烟火人生

王对生 著

黄河出版传媒集团
宁夏人民出版社

图书在版编目（CIP）数据

烟火人生 / 王对生著. —银川：宁夏人民出版社，2016.9（2023.8重印）

ISBN 978-7-227-06445-9

Ⅰ.①烟… Ⅱ.①王… Ⅲ.①散文集—中国—当代 Ⅳ.①I267

中国版本图书馆CIP数据核字（2016）第239080号

烟火人生　王对生　著

责任编辑　陈　晶
封面设计　伊　青
责任印制　侯　俊

黄河出版传媒集团
宁夏人民出版社 出版发行

出 版 人　薛文斌
地　　址　银川市北京东路139号出版大厦（750001）
网　　址　www.yrpubm.com
网上书店　www.hh-book.com
电子信箱　nxrmcbs@126.com
邮购电话　0951-5052104　5052106
经　　销　全国新华书店
印刷装订　三河市嵩川印刷有限公司
印刷委托书号（宁）0027075

开　本　710mm × 960mm　1/16
印　张　16.75
字　数　200 千字
版　次　2017年1月第 1 版
印　次　2023年8月第 3 次印刷
书　号　ISBN 978-7-227-06445-9
定　价　49.00元

作者简介

ZUOZHE JIANJIE

王对生 1963年生于宁夏中卫，1982年银南卫校毕业，分配到中卫市人民医院工作至今。系中卫市作家协会会员，部分作品在《宁夏日报》《新消息报》《中卫日报》及区内杂志发表。

旧日子的味道

对生大姐也要出书了，书名定为《烟火人生》。我有幸作为这部文集的第一位读者，并被委以作序的重任。心下惶惶的，担心自己愧对朋友的信任。我用数月时间通读了全文，最直接的感受是，这是一部用来怀旧、铭记的文学作品集，内里有太多曾深深影响或感动过我们，同时也正在被我们逐渐遗忘或忽略的旧日子的味道。是以，我在思考了很久很久以后，才斗胆用这句话做这篇序言的题目。

文学是个落寞的事业，但心里装有文学的人一定有一颗火热的心。我们借这颗本真的、柔韧的、多思多情的心去感知生活的真味，并希图从中挖掘出人世的一些最美最本质最动人的情怀。就是在这样的基础上，广大文学作者和爱好者，才会不舍昼夜地书写和阅读，才会通过这些具体入微的生活实践参悟生活，发现并创造美的生活，给生活以一丝甜腻的味道，和无穷尽的动力。

随手翻开对生大姐的这部文集，时刻都能通过她文字的引导深入到那些久已走远的旧日子的场景，也时刻能感受到作者着力记录和描述的旧日子的味道，心下也会随作者一起深情追忆、缅怀那往昔、那味道。因为，我们大都经历过那种日子的甘苦，也曾对这种味道有过深刻的体会。然而，那些日子碎片已经离开我们很久很久了，那种让我们心之向往的味道正逐渐被现代“快餐式”滋味所稀释所取代。相信作者和我都无意讨论两种味道孰优孰劣，不可否认的是，那些旧日子里曾装着我们对生活的全部渴望，也曾深深影响或感动过我们，有我们不该忘却不该舍弃的一些美好东西。因此，记录就显得尤为重要和珍贵。

对生大姐深情地记述了一些老物件、老习俗、老故事，字里行间透着一股浓浓的、酽酽的旧日子的味道。这味道经由作者或许还略显急切和粗糙的打捞、整合、包装，已然成了一道文字盛宴。老码头摆渡人、同事、朋友、亲戚、姐妹，这些日日萦绕在记忆深处的旧识，和由他们生发的故事，都是作者浓墨重彩记述的对象，他们的故事里透着旧时光的种种引人深思的可爱可敬；积肥、看瓜、生火炉、编草帽，这些业已淡出现代人视线的劳动，犹似在作者脑海中生了根，发了芽，并通过作者客观真实的记录再度焕发出光芒；泥炉子、野菜、秋风落叶、旧婚俗、旧讲究、乡间老匠人、乡村的树木和月光，这些旧时和我们的生活息息相关的事物早已变了模样，再难觅迹，但作者用深情的笔触，再一次把它们拉回来，让我们切实感触到旧日子透出的种种美好滋味。

对生大姐是个一心向善的老好人，她勤勉多思，她试图通过文字传达一种引人向善的力量，引人走向高远。但这引导又交付给文字，让文字“润物细无声”地发挥作用，不做作，不张扬，不强加。这些，在《人生中的等待》《当下的孝行》《法门寺钟声》《善小而为之》等篇章尽显无疑。我十分欣赏这种做法，不管我们来自哪个群体，从事什么职业，都要尽可能地做个好人，做一个问心无愧、于社会和他人有利无害的好人，我们才可能感染和教化他人，焕发出更多的正能量。为文之道也亦然，很难想象一个口到行不到、口是心非的所谓文人能创作出什么好的“作品”。我想表达的意思是，对生大姐的真挚善良给这部原本略显拙朴、生涩的文集增了光、添了彩，让熟悉她的我们感觉到，她的一篇篇文字全部出于心声。

纵览全书，对生大姐所记述的，正是我们日渐忽略和遗忘的；对生大姐想要表达的，正是我们时常思慕却又未曾系统追思或书写过的。这些旧日子的味道，直率又坦然地跃然纸上，不由让人感到亲切可近。对生大姐所写的日子旧是旧了些，但她对旧日子和生活的态度是真诚无私的；对生大姐追忆的旧日子的味道老是老了些，但这味道于现代生活却是弥足珍贵的；对生大姐的笔法虽稍显稚嫩，但她的书写却是极为虔敬疏朗。

诚然，我们都是文学大军里的未名者，充其量是在文学这广阔天地里自由率性地汲取养分，并做着一些琐琐碎碎的文学梦的追梦人。我们无意于追名逐利，我们无意于靠文学获取什么，我们甚至无意于著书立说。但我们一直在写，一直在用心体味身边的一切。我们的作品，是我们留给这个世界，或者单单留给我们自己的幸福记忆；我们乐意让这“写”，成为一种常态，成为一种习惯。也可能，终其一生，我们永远是文学天地里的花花草草，成不了树苗，更成不了大树。但这又怎么样呢？文学是我们此生不悔的选择，我们愿意在她芬芳的味道里沉醉。更大的可能是，我们最终会从文学里汲取足够多的养分，然后无愧地在人世存活、奋斗。

这些拉拉杂杂的文字，被我滥竽充数地拿来做一本天然生成的文集的序，实在有愧。愿我们以此共勉，创作出更多更好的作品，让我们的人生之花开得更绚丽一些。

是为序。

石　也

目录

目

录

目录·

目
录

孙家码头

读沈从文的小说《边城》，看到祖孙俩在河边手拉纤绳摆渡的情景，似曾相识的一幕在我的心头萦绕，只不过四十多年岁月阻隔，有多少人和事，已非往昔，但家乡的驿站——孙家码头，历历在目，仿佛如在昨天。

素有“天下黄河富宁夏，宁夏黄河富中卫”之说，我的家乡河沟村就在黄河岸边，世世代代依傍黄河而居。二十世纪七十年代初期，为了方便社员到河对岸去耕种，大队决定建一个渡口，造一条木船，渡口的地点选在黄河的拐弯处一个叫倪园的生产队边上，那个地段也正是河两岸距离最近的地方。码头用大石块砌成，上面覆盖土和砂石，走在上面感觉特别瓷实，有一种安全感。码头高四五米，宽三米，上面又盖了一个操作和瞭望用的小屋，屋内设有电动机和电闸。码头在平坦的河边兀自耸立，甚为壮观，像一个龙头把持着咽喉要道，似乎随时要锁住滚滚的黄河水。河对岸与之相接应处也砌了塔墩，用来连接渡船的钢绳从河面上空穿过，滑轮与船体相连。开渡船的是我小学同学的爷爷，姓孙，年过六旬，身板硬朗、耳聪目明。孙爷爷开船的动作极为敏捷，渡船时全凭目测耳听，经验老到。他家离码头不足一千米，村中孙姓只他一户，故而，孙家码头由此叫开。

码头下面有一块开阔平坦的空地，渡河的人在这里稍作休息等待过河，常常一袋烟工夫，船就打个来回。这期间孩子往河里丢石子打水漂，妇女蹲在河边洗手、洗脸，大声拉着家常。胆大水性好的小伙子们跳到河里去洗澡、耍水，老人们则惬意地抽着自家种的旱烟眯眼小憩，燕子贴着水面叽叽叫着，不时有黄河鲤鱼在水中翻飞……那一刻，人与大自然融为了一体。凉丝丝的水汽裹挟着风抚过人的肌肤，凉爽、舒坦，顿时，人们忘却了饥饿、烦恼和劳累。

夏收季节是渡船最繁忙的时候，开船的人中午往往连饭都顾不上吃，这时，家里送饭来的人就暂时替换了孙爷爷，可他仍不放心来往渡船的开闸。等待过河的两岸，人声、马嘶声鼎沸，过往的人、车辆、牲畜穿梭不断，好一番热闹夏收的劳动场面。

夏天，渡口繁忙而热闹，似青年小伙，永远有使不完的劲。若遇雨天河水时时猛涨，水流湍急，渡河危险大，易出事故，所以渡船的人格外小心，就这样还是有出意外的时候。我母亲就经历过一次惊险时刻，夏收时母亲和姐姐到河滩收麦子，坐船到河中央的时候，船体遭遇了漩涡，木船旋转倾斜，这时母亲正好站在船舷边，人和粮食霎时落入了河中，船上的人一片惊呼，等人们反应过来时，稍识凫水的母亲已眼疾手快地攀住了船沿，被船上的人及时救起。

冬天河面结冰，行人和运肥料的马车能直接从冰面过往，这时候，孙家码头一片寂静，像在默默修整疗伤，开船的爷爷却耐不住寂寞，隔三岔五到码头转一圈，似乎他的魂被码头牵去了。

孙家码头的渡船，乘载了无以计数人、物、粮食、牲畜的过往，在食物匮乏时期又承载了村里几代人对粮食的渴求。它年复一年无言伫立、固守着，像一位饱经沧桑的老人，面向黄河喃喃诉说着曾经的辉煌。

“逝者如斯夫，不舍昼夜”。渡口，它是一个时代的标志，二十世纪八十年代初，随着黄河水源流量的逐渐减少、社会发展的遽变，新建的水泥桥已代替了过去的木渡船，至此，码头的使命宣告终结，这是时代进步的结果。不知从何时起，人们远离了码头也忘记了码头，在万籁寂静的夜

孙家码头

晚，相信许多人和我一样，会被心底一个久远的记忆所触摸——那就是养育、温暖、丰富了我们生活与人生记忆的孙家码头。

逝去的年味

“三星晌午过年，三星后晌种田”。那些年，到了腊月，小孩子总是爱追着大人问：“多会儿才过年呢？”母亲就说：“三星晌午就过年了。”这句话一直印在我幼小的心里。到了晚上，找着天上七星的位置，看呀看，盼着三星快点移到天空的正中央，那时就过年了。兴奋、迫切的心情真是无法用语言形容，过年可以穿新衣服、吃好的、看社火、无忧无虑地玩耍……

逼近年关，过年的气息已处处弥散，母亲开始给我们做新衣服、纳新鞋子了，孩子们也不闲着，帮母亲裱鞋底剥麻皮、搓纳鞋的麻绳，姐姐则帮母亲扫尘、拆洗被褥等。在三星就要移到天空中央的时候，村庄里每个角落都能嗅到过年甜丝丝的味道了，扑面而来的喜庆洋溢在大人、孩子的脸上。条件好些的家户已开始请屠户杀猪宰羊，准备过年的肉食。这场面隆重得像是一场盛宴的开始，会引许多庄邻前来观看。晚上是大人们最忙碌的时候，烙毛、洗下水，连夜煮出能飘半村子的杂碎香味来，第二天，一大锅酸菜芋头烩杂碎就被族人和庄邻们吃个锅底朝天。

过年阵势最大的莫过于做面食。家家把平时攒下、舍不得吃的白面用来捏枣面馍馍、炸馃子、做夹食，每每这个时候，全家老少齐上阵，揉面的、翻炸馃子的、烧火的，个个忙得不亦乐乎。面食活计完成后，人们陆续开始准备过年的食材。豆腐便是其中之一。磨豆腐颇费时间，先要选好黄豆并且泡上一天，摆好石磨，套上毛驴，人必须极有耐心地慢慢往磨眼里均匀地灌豆子和水，磨好一盘豆腐得几个时辰。流下的豆汁用卤水一点，立刻凝成了一盘软腾腾、白嫩嫩、冒着热气的豆腐。切上一块，浇上油泼辣子，就是一碟引人垂涎的美味。

生绿豆菜、黄豆芽菜是冬季里每个家庭主妇的拿手活。黄豆或绿豆在热炕上，经过五天左右温度适宜的捂、换水，一粒粒饱满、披着外衣、带着尾巴的豆芽菜就生成了。春节里豆芽菜焯了凉拌或热炒都是庄稼人待客必不可缺的。晚上，大队部院子里舞龙的小伙子，村小学排现代戏的姑娘、小媳妇们伴着悠扬的音乐声，翩翩起舞，吸引着村里的少年们不知疲倦地整晚观看，整个村庄都沉浸在对过年的期许中。

诗经云：“三星在天，今夕何夕？”“三星高照”的除夕之夜，大队部院里的戏台上早已灯火通明、锣鼓喧天，村里自己排的现代戏《兄妹开荒》、京剧《窦娥冤》已敲响了开场的锣鼓，院子里满是黑压压看戏的人。家里昏暗的灯光下只有母亲忙碌的身影还在闪动，而我们早已搬个小凳子看热闹去了。

大年初一，睁开眼睛便闻到了饺子的香味，母亲告诫我们说：“初一有习俗，为求来年平安，不能动刀拿剪子，不能登梯子上房。”家里的人都敬畏老祖宗传下的习俗，不敢越矩。

过年的几天里，我们撵着到邻村和公社去看秦腔戏、看社火。那时，多么厚的雪都阻挡不住我们顽皮的脚步，在浓得化不开的年里头，空气仿佛都散发着香喷喷、甜丝丝的味道。父母领着我们走亲串户，似乎要把平时积攒的亲情统统补回来，至今想来，一年到头，他们哪有片刻的歇息？而年少不识愁滋味的儿女却浑然不知。

从大年初二开始，耍龙的队伍沸腾了挨家挨户，大人孩子都要从龙身子底下钻个关才好像尽了兴、满了愿，都希图个来年消灾免难。大年初五吃饺子填穷坑，初七吃拉魂长面，这都是祖祖辈辈遗留下的习俗，一样也不能耽误。

过年，浓缩了村民们一年的开心和满足，在漫长的冬天里温暖着乡村人的心念。春节似乎一眨眼就过完了，大年初七、初八生产队队长已扯开嗓子喊着社员要准备春耕。正月十五年尾的鞭炮响过，一年一度的春节就此画上了句号。

过年虽然只有短短几天光景，但是村民们对过年盼望、期待的心情使他们忘却了无数个日子的艰辛。年里头，人们无忧，尽情享用着一年收获的果实，他们是知足的，又是快乐的。在如今衣食丰足的日子里，过年之于我们每个人已显得稀松平常了许多，那曾经浓浓的年味已渐渐离我们远去了。至今想起，逝去的年味令人回味。

家乡的河流

天下黄河九十九道弯，在其中一个拐弯处就依偎着我的家乡——河沟村，祖辈们世世代代生活在这里，过着日出而作，日落而息的农耕生活，听着黄河的涛声入眠，饮黄河水长大，两岸飘香的水稻更是须臾不离黄河水的浇灌。

万物复苏的春天，黄河之水就担负起了它的历史使命——灌溉良田，滋润禾苗。皲裂的山脊因有了引黄灌溉，挂上满园果实；家乡的大米有黄河水的日夜滋润而闻名遐迩；一切物种因为黄河之水，生机勃勃、春意盎然。

“水能载舟，亦能覆舟。”到了汛期，黄河怒发冲冠，像一匹桀骜不驯的野马，怒吼、咆哮，裹挟着泥沙横冲直闯向东奔去，露出了它骇人的一面。顷刻，大片的庄稼被它吞噬，牲畜房屋被它掳走，村里的人们便赶紧放下庄稼地里的活计，全力以赴防洪抗险。队里的男女青壮年组成了突击队、铁姑娘队，晚上巡逻河堤、加固码头，我的大姐就是其中的一员，大队的高音喇叭一喊，睡梦中的我们便听到大姐急急出发的脚步声，和母亲低低的叮嘱声。

咆哮后的黄河偶尔也会显出它温柔的一面，像是要弥补自己过失似的。那就是村里人常说的“淌鱼”。上游突降暴雨导致河水的极度浑浊，大量的黄河鲤鱼因无法呼吸而漂浮到水面换气，顿时，河面上全是翻着鱼肚白的鱼儿，一时间竟成奇观。每当这个时候，村民们便拿起箩筐、背篓争先恐后地向河边跑去，一会儿工夫，一尺、几尺长的鱼不费吹灰之力已抓入篓中。据爷爷讲，他就曾捞过门板长的黄河鲤鱼。晚上，家家的饭桌上便添了一道鲜美的鲤鱼汤。至今还记得小时候，父亲把河滩上呛死的小鱼拾来后，用石片刮去鱼鳞，然后撒上盐巴用胶泥包好，放在灶膛里烤熟了给我们吃，剥开焦黄泥巴的一瞬间，冒着热气的鱼儿香味四溢，引得我们口舌生津，馋涎欲滴。

家乡的老人们说，打鱼的不富，吃鱼的不胖。鱼肉脂肪含量低，很容易被人体消化吸收，但不耐饿，村民通常以米、面为主食，因此，在粮食匮乏的二十世纪七十年代，村民们绝少以打鱼、卖鱼为生，人们的生活需求极其简单，人与自然却罕见地和谐。

麦收时节，村里像我们一样十多岁的孩子都随大人们在河边的田里拔青豆、拾麦穗，热了、渴了、饿了便到河边撩一帘河水洗去尘土，掬一捧河水吹去浮草痛饮，一点也不嫌弃黄浊的河水里透出的土腥味。男娃们则跳进河里嬉戏、消暑，此时此刻，黄河就像一位温柔的母亲，给你抚慰，任你顽劣。

冬天的黄河冰封河面，河水顿失滔滔，宽阔的河面呈现出一番静若处子的景象。结冰的河面在正午阳光的照耀下反射出银白色的光芒，像一面巨大的银镜。这时家家户户的孩子们便挑着水桶到河边汲水，冰面被孩子们拿石头砸出一个冰窟窿，深不可测的河水湛蓝清冽，在整个冬天是农人和牲畜的命脉。数九天的冰面又是天然的滑冰场和桥梁，白天孩童们在冰面上滑冰，用鞭子打“老牛”玩，凌晨大人们则从冰面上往对岸运肥料，我也曾无数次随姐姐从冰面上拉车往返，那种滑翔、飞驰的感觉令人终生难忘。

梦回董府

“众里寻它千百度，蓦然回首，那人却在灯火阑珊处。”三十年后的一个夏天，在网上，从一个游者的照片中我与你不期而遇，魂牵梦萦的董府啊！你，还好吗？你仿佛是我的一个知己，再次的相见仍令我怦然心动，瞬间，眼泪已溢满了眼眶。原来你一直都藏在我心底最柔软的一个角落里，等待着某个时刻与你重逢。

照片上的你，已然改变了模样，如沧桑的妇人涂上了厚厚的脂粉，华丽的外表下显露出你渐渐衰老的身躯。我端详、寻找着你过去的影子，就像你我曾经的青春韶华已渐行渐远，怎么寻觅也找不到回去的路一样，痛楚的感觉顿时从心底节节升高、拉长。真的好希望曾经的一切场景能定格，一直静静如初见你般相溶在那段如歌的岁月里。梦里，我无数次游回到你的怀抱，穿行于回廊亭阁间，似一个梦游的少女，怎么也走不出你迷宫式的院落。

“恰同学少年，风华正茂”。一九七九年，恢复高考的第三年，我们银南七县近300名莘莘学子，怀揣梦想，被分别录取到了银南机械化学校和银南卫校，两个学校虽专业不同，校址却设在同一所大院，清朝将领董福祥的府邸——董府。

坐几个小时的火车，又坐汽车，终于到了我们人生的第一道门。在董府念书的三年，对于农村的孩子来讲，是鲤鱼跃龙门，这是一个通往希望的大门。在一条乡间小路的尽头，我们远远地看到了天地之间坐落着一个土墙围就的城堡，看到了高大、威武，大有“一夫当关，万夫莫开”气势的董府院门。它像我小时候在电影中看到的场景，又像我的家乡——无际的田野，稀落的村庄，袅袅升起的炊烟……门前绿树环抱的高大土寨，府墙围住的神秘院落，斑驳的铜环大门；院内砖缝间杂草丛生的地面、木质的楼阁、窗棂上飘摆的玻璃以及屋里残破的纸顶棚，还有一间间散发着霉味的房间，一切都似乎在无言诉说它——百年董府的古朴、落寞。

一群少男少女的到来，沉睡的董府自此被彻底唤醒了。它注定是需要人气浸润的，每天早晨，在星星清冷的注视下，急促的早操铃声响彻董府的上空，城墙外面的四周便道就是我们的操场。踢踢踏踏的脚步声惊飞了董府周围树上栖息的鸟儿，几年过去，城墙脚下已被我们踩踏出了一条结实的土路。在朗朗的读书声中，董府也仿佛散发出了曾经的书香气，食堂里飘出的饭香又使董府熏染上了人间烟火

晚饭后是董府城墙上最热闹的时光了，也是同学们一天紧张学习后放松的唯一去处。少年们似一群无忧无虑的小鸟在高 8 米，宽 4 米的城墙上自由漫步，俯瞰大地，仰望天空，畅想未来。我们嗅着春的气息，任由柳树抽出的绿色拱动着年少的心。夏天，远眺摇曳的麦浪，享受凉风习习的轻拂；秋天，我们在此起彼伏的蛙鸣中与董府一同入眠；冬天，皑皑白雪覆盖了鳞次栉比的董府，只有那个时候，董府才寂静了下来，放寒假了，我们也与董府、与同学们依依暂别。

董府大院里，我们在老师的教诲下孜孜不倦地徜徉在知识的海洋里，畅谈人生和理想，构筑青春的信念。我们学会了解剖，学会了针灸和静脉穿刺，也学会了编织毛衣打扮自己。在小路上、城墙上、操场上，有和男生惊鸿一瞥的心跳，也有邂逅后的甜蜜初恋。

在董府三宫六院式的庭院里，南院住的是机械化学校的男生，北院住的是卫校的女生，大家最期盼的莫过于周末学校组织看电影或电视，那更

董府门前师生留影

像是青春的聚会，只有那个时候，我们才可放胆走进男生的领地，一个供放映电影的公共之地。青春懵懂的心儿，有多少时候是在看电影？或许已偷偷在夜幕的掩盖下注视着心仪的人儿。电影《小花》《红牡丹》，电视剧《大西洋底来的人》《敌营十八年》等等，引人入胜的故事情节、脍炙人口的电影插曲，至今想起仍令我们激动不已。

每到考试前夕，同学们个个提着马扎走出董府，田埂上、小渠边、树荫下遍布着同学们勤奋好学的身影。潺潺的流水声、清新的花草香、天空中盘旋的小鸟，都见证了同学们刻苦、不甘落后的辛勤付出和收获的喜悦。

董府，这颗清朝遗留在民间的明珠，主人虽被革职，但仍心系朝廷。寻着你的足迹，我们在供奉你祖先的木楼里学习，在院落里私塾的残痕前驻足，在雕刻栩栩如生的文房四宝前凝神，在回廊亭阁间穿梭，在门口的石狮子前沉思；在透着古色古香的木楼下合影留念；曾经的辉煌……一切的一切都已被历史所湮没。

当我们坐在吱吱作响的木楼里晨读，在城墙上散步，在院子里种花、上课、下课、吃饭乃至睡觉，都仿佛能听到百年董府的声音。我想，她必是欢快欣慰的，因为她就像母亲的摇篮，在这里孕育了一批建设四个现代化的有志青年，也在这里，孕育出了青涩少女绚丽的人生梦想。

董府，我千百次梦牵魂绕的青春之地。

似曾相识燕归来

四月，柳丝发芽的北方，成群的燕子结对从遥远的南方迁徙而来，越过千山万水，没有人能阻挡它们眷恋故土似箭的归心，也没有人知道它们是经历了怎样的狂风骤雨才到达的北方。燕子，勇敢的鸟儿，你不辞劳苦归来，就是要在春暖花开的时节，在北方筑巢、繁衍、养育儿女。

“旧时王谢堂前燕，飞入寻常百姓家”。燕子极喜欢富有烟火气息的土屋，同时又是恋旧的鸟儿。近年，因轰轰烈烈的新农村建设，村庄里的老屋一律拆掉翻盖了新的水泥瓦房，原来在此居住的燕子今年又返回了娘家，看到这变了模样的新家，竟心生失望和疑惑，日日扑棱扑棱地在院子上空飞旋，探寻屋内似曾相识的主人，搜找它的窝巢。未果，竟久久盘旋在树梢、墙头、屋檐下不肯离去。

燕子是高超的建筑师，它只需找准屋檐的任何一隅，即可衔枝搭窝。燕子筑巢很讲究，它喜欢随人而居，人们惊讶于燕子的忧患意识，有烟火的地方便有它的影子，所谓适者生存。在这一点上它与人类有相似之处，在筑巢之前它们先要飞来飞去地查看地形地貌以及房屋结构，燕子与人类有着相同的劣根性，之间时有争夺地盘的战斗发生，最终获胜的一方具有绝对的制空权。

通常，燕子习惯把窝建在通风干燥、阴凉的地方，这样既安全，外出觅食又方便，还不搅扰房屋的主人。燕子是农村人家最熟悉最欢迎的鸟儿，它们出双入对地觅食，养育儿女。人们相信只有和睦的家庭才会招来燕子居住，因此，人们像迎接亲戚一样，非常乐意让燕子到自己的家里筑巢、传宗接代。

据鸟类学家观察，筑一个鸟窝需要一只燕子衔来各类柴草，往返一万次，方能垒成。燕窝呈半碗形，燕子用唾液混合泥土，把密密匝匝的枯叶、杂草、布条、碎纸、羽毛等黏合在一起当巢的材料。垒好的“燕房”表面有白色的痕迹，是燕子唾液干涸后的颜色。燕子用唾液黏接的“燕房”，结实牢固，既能避风遮雨又安全稳妥。燕巢坚固耐用，若非外力破坏，可供燕子夫妇居住多年。这也是燕子的高明之处，它们能牢牢地黏合在一起，就像一块磁铁石紧紧地吸附在屋顶下、椽檐间。

燕子是害虫的天敌，人类的朋友。它对人类无所企求，却给人们带来了诸多福音。它是庄稼地头的医生，给禾苗捉去害虫；它是报喜鸟，给枯燥的农家生活带来喜庆的气氛，给天空捎去悦耳的音符；它是孩童们的玩伴，村里的孩童常和燕子比赛欢叫，它欢快的叫声就是农家的信使，奶奶常说：“清晨燕子叫，要有喜事来。”

燕子似乎天生就是人类的伙伴。小时候，祖父的四合院住着爷爷奶奶、大伯家、四叔家和我们一家。每到春天，四合院的廊檐下、正堂屋的椽橼之间筑着七八个燕子窝。到了晚上，外出觅食的燕子都归巢了，这时，院子里大人孩子或坐或蹲，都在讲着一天的所见所闻。在此居住的燕子也像是受到了感染，蹲在墙头上，栖在屋檐下叽叽喳喳地说着鸟语，好像要与人比赛语速似的。人与燕子和谐共处的温馨一幕深深地融在农家的生活中，天长日久，年长的人们已渐渐读懂了鸟语，洞悉了它的心思。

燕子是执行人类生物钟的楷模，掌灯时分，燕子便准时“宿眼”，它静静地安息在燕窝边，在站立的睡眠中警惕守护着它的儿女。世上父母之爱，莫不如此。寂静的夜里，燕子与屋内的主人同寝一室，从无骚扰。燕子是有灵性的鸟儿，在危险的情况下，燕子便满屋乱飞，鸣叫不止，它在

老 屋

用另一种方式提醒人们：危险逼近。

早晨，当晨曦透过窗棂映入屋内，主妇打开门窗的一瞬间，早已等不及的燕子旋即如离弦之箭飞出屋外。此时此刻，院外已是群燕争鸣，一片沸腾，袅袅炊烟中，孩子们在燕子叽叽喳喳的歌声中去上学，农人在燕子飞翔的剪影中下地劳作了。

燕子还是人们的老师，一对燕子双双筑巢，轮流孵化它们爱情的结晶，合力哺育出生的儿女。它们又是公平的，每次衔来的虫子都按顺序喂给孩子，绝无偏袒。它们又是勤劳慈爱的父母，每天每只燕子需往返多次方能喂饱幼燕，一只只幼小的燕子张开嫩黄的嘴等待喂食，像天下所有的父母一样，辛苦并快乐着。然而，它们又是明智的父母，小燕子蜕掉黄啄的时候，就是燕子出窝独立生活的开始，如若哪只燕子想当“啃老族”不肯练习飞翔外出觅食，那么就会遭到燕子父母决绝的啄逐，如此反复，直到小燕子离开父母的视野，自食其力为止。

随着新农村建设的推进，昔日的老屋已了无痕迹，一排排整齐划一的瓦房拔地而起，光滑的瓷砖、平展的天花板、明亮的玻璃、密织的窗纱，已没有了供燕子可以攀檐筑巢的栖息地，曾经人与燕子和谐共处、其乐融融的场景一去不复返了，这是燕子的悲哀还是人类孤寂的开始？

一生的老师

母亲是我人生道路上的启蒙者，也是我一生的老师。

生于二十世纪三十年代的母亲，脚裹到一半的时候，妇女的旧时代宣告结束。母亲没进过一天学堂，是传统的旧式妇女。只上过识字班的母亲识字虽然不多，但做人却丝毫不马虎。母亲深谙童蒙养正的道理，小时候我们到邻居家去玩，便教育我们不可以随便拿人家的东西，再好或是再小的东西，哪怕是一根针都不能私藏。母亲说小时候偷油，大了就会偷牛。至今，我清楚地记得母亲讲的一个发人深省的故事，说的是一个从小受到母亲错误引导，后来致使孩子误入歧途，最后锒铛入狱，临刑前儿子咬掉母亲的乳头，母子皆悔恨而亡。这个故事，在我幼小的心坎上设置了一道不可逾越的篱笆，同时，也种下了一枚清白的种子。借东西，母亲事前总叮嘱我们要有尊称，若借了农具，哪怕是一把铲子或是铁锨，母亲都要求家里人爱护使用，用完擦拭干净再立即归还。如若借了米、面等吃的食物，归还的时候总要多还一些。母亲常说："要时常感念他人帮助之情，做人多存善心，交人要讲义气。"打记事起，但凡是家里有别人需要的，不论是物、财、劳力，母亲总是毫不吝啬地施与。

"百善孝为先"。那个年代过来的人都深受传统观念的熏陶，我的奶奶活到八十三岁寿终，母亲和大妈、婶娘们一直轮流侍奉左右，做到了心孝和身孝。

母亲上孝下悌，曾在寒冷的冬天与父亲远走他乡，合力卖山芋筹资，在极其困难的时候为公婆分忧，给手有些微残疾的四叔娶上了媳妇；生产队每年分口粮的时候，碾了新米的那一天，母亲总要让年迈的爷爷奶奶美美地吃上一顿油焖黏饭；从油坊里分了油回来，便先炸了奶奶爱吃的芋头片，当奶奶享用“美食”的时候，怕我们眼馋的母亲总是事先把我们支到别的地方去，安慰我们说：“你们还小，以后好吃的日子长着呢，让爷爷奶奶吃好了，以后我们就不落抱愧了。”

孝敬父母不怕天，母亲用朴素的行动和语言，影响了我们后来对待公婆、姑子小叔的态度，长大后，我逐渐明白了母亲对我们的教育自始至终都贯穿了最朴素、最真挚的做人根本。

母亲的一言一行、一举一动像春雨，浸透在生活的点滴中，润物细无声，言传身教着她的儿女们。古人说：“三岁看大，七岁知老。”自小，母亲用易懂顺口的通俗谚语引导我们的一言一行。如：坐有坐相，站有站相；见了长辈有尊称，不可随意冒搭话；一句好话暖人心，半句恶言七月寒；吃饭穿衣量家当；俭以养德，浪费粮食要挨饿等浅显易懂的道理。

恢复高考的第三年，我考上了中专，母亲并没有被喜悦冲昏头脑，入学前请来了村里一个德高望重、曾经当过私塾先生的老伯，在煤油灯下对我进行了几个小时的人生再教育。那是我即将离开母亲、离开家，我一生中最重要的一次学习，在以后学习、工作、恋爱、成家的漫长的岁月里，令我受益匪浅。每当遇到过不去的坎儿，总能想到母亲对我的点滴教诲：“站在对方的角度做事做人。”正直、善良、笃信佛教的母亲说：“能帮助别人，为别人分忧考虑问题，这就是一颗金子般的慈悲心。”

时至今天，母亲仍然自食其力，过着简单节俭的生活，尽绵薄之力帮助左邻右舍。母亲对儿女的传统教育，早已根深蒂固地融入了我们的血液之中，那就是坚毅、忍耐、正直、宽厚、善良、吃苦、珍惜、节俭……

感谢上苍，让我们母女有缘。养育了我、教育了我的母亲是我人生道路上的第一个老师。

母亲心

母亲今年八十有余，除耳朵有些背外，身体灵巧，眼神好使。周末回家，见母亲就着亮光穿针引线竟比我的速度还快，连我都感到惊讶，难以相信这就是劳苦一生，至今仍不肯得闲的老母亲吗？

母亲自小失却父爱，外婆把更多的时间和精力用于如何维持一家人的生计上，因此，对外婆的记忆总是愁眉不展的一张脸，和为家里家外永远也忙不完的活计而操劳的身影。

长大后，母亲给我们讲了一件令我一想起来就流泪的事。生大姐的时候，正值一九五八年全国大炼钢铁时期，村里家家都在饥饿线上挣扎，老辈人遗留下规矩，出嫁的女儿生完孩子，满月后要回娘家住一个月，名曰“站满月”。母亲的娘家原是富足的大户人家，家境还算殷实，解放后定了富农成分，分了田地，家境一落千丈。由于外婆勤劳节俭，两个舅舅又都是壮劳力，人口相对少些，所以母亲娘家的家境比父亲家要好得多。月子里母亲喝了一个月清汤见底的小米粥，自己走路都打摆子，奶水更是少得可怜，饿得大姐常常嗷嗷地哭。因此，刚一满月，奶奶心疼孙女，迫不及待地差父亲把母亲送到了外婆家求得一点温饱。外婆当时做一点小生意以补贴家用，逢镇集便蒸两屉花卷拿到集市上去卖。花卷出锅的时候，面香味四溢，热气腾腾的花卷看得母亲直咽口水，但是眼巴巴地看着花卷放到篮子里，直到提走，母亲也没能吃上一口。母亲能理解外婆的艰难，但终其一生，母亲在心底里留下了一个遗憾：“当时要是给我哪怕只是小小的一口，

母　亲

让我尝尝花卷的味道该多好啊！”

多年后，我们姐妹几个相继出嫁，在生完孩子“站满月”的日子里，母亲总是倾其所有让我们吃好，不再重蹈她的经历。那些年，家里的条件虽然也还拮据，但母亲总能变着花样做出可口的饭菜。有一年，我生儿子满月回到了娘家，母亲听说村里有一户人家从淌稻田的水渠中捉了一条黄河鲤鱼要卖，紧忙催父亲去买，在父亲拾掇鱼炖鱼的过程中，母亲忙前忙后剥葱、拣菜，做着准备工作。中年就已茹素的母亲，平时是不动荤腥的，更不杀生，可看到我吃得香喷喷的样子，母亲的脸上洋溢着幸福满足的笑容，那是迄今我喝的最香的一顿鱼汤了。

岁月轮回，如今儿子也已长大成人。在平凡的日子里，我慢慢读懂了母亲的心，也更深刻地感受到了来自母亲厚重的爱。我们姊妹几个的家里，处处都留有母亲爱的痕迹，一句话、一个关爱的动作、一个慈爱的眼神；一个手工缝制的枕头、一床软软的棉花被褥、一个边角料拼缝的小花被；一双筷、一个碗、一口锅、一个盆；一双手套、一件衣服……所有这些微不足道的小物件、细碎的言行，都默默地温暖着儿女们的心。母亲心细如发，就连一个不舒服的神情都会被她老人家捕捉。

一辈子，母亲像上足了劲的发条，要把自己失却的爱全部弥补到我们身上似的，每一次回家，都能感受到母亲恋恋不舍迎送的目光，母亲的心就是细细针眼中穿着的那根线，永远连接着她的子女——一生一世。

法门寺钟声

在初秋淅淅沥沥的细雨中，我们一行人游览了佛教圣地、千年古刹——法门寺。法门寺位于陕西省宝鸡市扶风县境内，汽车到达法门寺时已是早晨的十点多钟，细细的雨丝似乎是菩萨挥舞杨柳枝洒下的甘露，令游者神清气爽。平坦的山门外，东西两侧栽植了许多银杏树，棵棵银杏粗壮挺拔，褐色的树皮揭示了它的年轮，银杏树长出的侧枝像千手观音的手臂，整齐笔直。银杏叶经雨水的冲洗更显苍翠，似定格的风景油画。驻足在久远空灵的寺庙前和古老的银杏树下，我们顿感天地万物的神奇伟大，愈显我们凡夫俗子的渺小。

法门寺入口处首临佛光门，屋顶冲天，直指苍穹，高大的建筑群，色彩均为金黄、暖黄二种颜色，身临其境庄严清静、慈悲祥和。穿过佛光门，院中一泓清水，名“静心池”，池中的朵朵莲花似在缓缓盛开。莲花高雅圣洁出污泥而不染，在佛教中寓意圣洁高贵。水池中央有一座观世音菩萨雕像，两侧布有喷泉，喷洒的白色水雾似烟似雾，缭绕在菩萨周围，使人有种置身飘飘仙境的幻觉。在静心池边静息片刻，行者的心里立刻清净了许多，仿佛真的放下了世俗间的一切纷扰，抱着一颗平常心迈入了佛教圣地。

进入般若门之后，芸芸众生仿佛踏入了智慧的殿堂。大殿上方刻有东晋杰出书法家王羲之的真迹“般若”二字，字体舒展，端庄秀丽，仿佛就是菩萨的化身。佛教经典《摩诃般若波罗蜜多心经》中的“般若”代表的是智慧、觉悟。据说唐代高僧玄奘法师在往西天取经途中，每遇艰难困顿无法前行时，便静坐一心诵读《摩诃般若波罗蜜多心经》数遍，阻碍即可消除。因易于诵读并蕴含哲学思想，流传甚广，至今为广大佛教信众持诵。

出了般若之门,眼前豁然开朗,放眼望去,双手合十的舍利塔就在前方，行走在长 1230 米，宽 108 米的佛光大道上，宽阔、空寂，人仿佛从世俗走向漫漫的修行之路，两旁巨大的菩萨像似乎也在垂目注视着你的内心深处，教你不敢放逸，珍惜眼前，放下执着，简单快乐地生活。巍峨高耸的佛指舍利塔身让凡夫俗子有朝圣般的感觉，好似经历了一次心灵的洗涤。一位哲人曾说过：“人是需要信仰的，一个没有信仰的民族是可怕的。”

游至法门寺真身塔前，我有幸见到了传说中的菩提树。史书记载释迦牟尼就是在菩提树下坐了七七四十九天后，才悟道成佛的。时下茂盛的菩提树已结下一串串菩提果，小时候见奶奶掐的数珠，据说就是用菩提子结成的，菩提子大小如一，香味绵长、经久不退。菩提树下悟道的故事让游客对出家修行之人又增添了一份神秘和敬仰。

法门寺内“珍宝馆”几个大字飘逸、遒劲，珍宝馆内陈列着沉寂了 1113 年，一九七八年出土的 2499 件大唐国宝及佛教经书、法器等，同时出土的还有佛祖真身指骨舍利。地宫内的重大发现，为我国社会政治、文化、科技、中外交流等方面的研究，都增添了浓墨重彩的一笔。尤其是馆内展出的一件文物，迎真身银金花锡杖尤为引人注目。锡杖为比丘十八物之一，听讲解员介绍，当年玄奘去印度取经时带的就是这个锡杖，它不仅可以用来探路防身，也是当时僧侣身份地位的象征，只有高僧大德才有资格携带它。

进入地宫，人们仿佛游走于时空隧道，听到了几千年来高僧不懈传法的脚步声，一代代的佛法传承才使得今天的香火延续，人类精神得以净化和守护。在六臂菩萨像前，我们虔诚地叩拜了佛像，菩萨像前的默默祈祷，在那一刻擦拭掉了心灵上的尘埃，卸去了生命中那些多余的包袱，顿觉一身轻松。

返回途中，法门寺的晨钟暮鼓似在耳畔久久地回荡。寺院的僧人笃守清规戒律，留一方净土，让众生浮躁的心有所寄托、有所舒缓，能舍弃些、平和些、知足些，让生活的脚步放慢些；把正心、修身、齐家、治国放在首位，那么我们离夜不闭户、路不拾遗将不远矣。

法门寺

悠悠木鱼声

奶奶一生笃信佛教，三十岁茹素，粗茶淡饭及至八十三岁无疾而终。

自小，我们这些孙男嫡女，就是听奶奶的佛教故事和敲击木鱼的念佛声中长大。所谓的木鱼，实则是一个名不符实的“铁鱼”，它是用自行车的铃铛改制而成的，敲“木鱼”用的是一根一尺长的细铁丝棒，这个特殊的“木鱼”敲起来声音清脆，如盘滚珠，余音袅袅，仿佛在耳膜里溅起了一串串水花。小时候，木鱼声一响，我们就知道奶奶晨暮诵经的时刻开始了，叮叮当当的木鱼声伴着佛号声传出很远，不由得使闻听的人敛神屏气。

念佛的人每天都要供午斋，这是我们从奶奶身上得出的结论，无论生活多么拮据，日子多么难熬，气候多么恶劣，奶奶颠着小脚慈眉善眼早晚上香、磕头、念佛，几十年从未间断。作为奶奶的孙子、孙女，从蹒跚学步，咿呀学语的幼儿长成翩翩少年，始终沐浴在奶奶的温和软语下，在她的慈悲教化中长大。至今，我仍记得奶奶讲的孝道故事，《扇枕温衾》为父扇凉的黄香、《卧冰求鲤》为母治病的王祥，还有佛教故事《清洁妇人》《国王与树神》等，都是教人孝顺、为善。

奶奶虽然识不得一个字，却懂得做人的道理。奶奶常说：“树不修不成材，人不琢不成器。”对我们一点一滴的熏陶就像给小树修枝。循循善诱的教育，宽大慈爱的怀抱，我们在奶奶的羽翼下、怀抱中一天天长大。跟着奶奶的小脚走路最稳妥，睡前听奶奶的故事易入眠，奶奶敲击的木鱼声最动听。

奶 奶

那时候，父母都下地劳动了，家里只剩奶奶和大小十几个孩子，有的尚在襁褓之中，可是奶奶总是不疾不徐，有条不紊得像一个指挥官，手把手教我们和面、擀面，指派打草、喂猪、喂鸡、洗衣、生火、做饭。奶奶是我们生活中的老师、启蒙者，也是我们童话里的正义化身。深谙儒释道精髓的奶奶，生活中处处参透着禅机，浸着佛理，耳濡目染中我们学会了知恩图报，以礼相向，宽厚待人，不攀上、不凌弱，不怨天尤人，笑对人生。

奶奶常说：“敬天敬地敬万物，惜人惜物惜粮食，只有珍惜一切，敬畏一切，修身惜福，幸福才可长久。”所以每年的七月十五、八月十五及大年初一这些重要的日子，奶奶总是提前就招呼大妈、母亲、婶婶们炸面食、蒸莲花馍馍供奉祭祀。蒸供果的面一定是现磨的米面，名曰“整面整米”。出笼的馍馍各式各样，有莲花状的、寿桃形的、娃娃形的，但无论多么诱人，年少的我们都遵从奶奶的信仰，等供奉完了才能吃，“事死者，如事生”，虔诚程度可见一斑。

奶奶的木鱼声在那个特殊的年代曾一度中断过，木鱼也成了牛鬼蛇神的象征。小学三年级的我坐在大队的戏台下，无奈地看着奶奶在台上接受红卫兵小将的批斗，心里一阵阵难受，我不明白慈悲为怀、与人为善、济人危厄的奶奶怎么突然之间成了“四类”分子、牛鬼蛇神。那段时间，家里没了奶奶的木鱼声，我们心底欢快的风铃像是哑了，全家人脸上仿佛蒙上了阴霾，可当看到挨批斗的奶奶迈着“三寸金莲”，在众人的视线之下表情淡定，不恼不怒，嘴角仍微微蠕动似默念佛号，我们又好像吃了定心丸一样，坦然地度过了那一段艰难的岁月。

改革开放后信仰自由，奶奶在有生之年终于赶上了好时候，再不用偷偷摸摸、战战兢兢地敲木鱼，可以正大光明地诵经、拜佛了。一次，父亲去四川贩辣椒时，买回一个真正的木鱼，用榆木制作的木鱼身色呈枣红色，附带一个敲击的木鱼槌，表面光滑，手感细腻，形态敦厚，很受奶奶的喜爱。为了爱护使用，奶奶还专门用红布条缠了底座，从此，木鱼声由清脆变得浑厚柔和，一如我们的日子渐渐舒畅殷实一般。

岁月如梭，年过八十的奶奶在佛龛前诵经的身影日见苍老，在我如愿考上中专的那年秋天，永远地离开了我们。

转眼间，奶奶离开我们已三十多年，每在凌晨听到寺庙里传出悠悠晨钟时，我眼前似乎浮现奶奶勤劳的身影，回想她乐善好施的心肠、勤俭节约的美德、大度厚德的品质；耳畔仿佛还回响着奶奶敲击木鱼的声音，像一声声警钟，提醒我做一个诚实的人，一个助人为乐的人，一个“上善若水，厚德载物”的人，一个“穷则独善其身，达则兼济天下”的人。

孝行在当下

每每接到白事请柬或是同学、朋友相见，得知谁的父母又故去了，心头难免涌上一层酸楚，掩目沉思，最后不禁长长地叹一口气：“这个世上，最疼他（她）的那个人从此没了。”细想起来，每人似乎都有诸多亲情错失，遗憾地留在胸臆之间难以抒发，由彼及己，唏嘘不已。

佛教有一句静思语：“世上有两种事情不能等，一是孝顺，二是行善。”我们每个人从落户娘胎的那一刻起，一根六十公分长的脐带就把我们与母体紧紧地连接在一起，休戚相关，生死与共。母子有缘，十月怀胎已属不易，而呱呱坠地后挪湿就干的日日夜夜里，母亲的每根神经都在聆听我们无声的语言，翻身的动静、顽皮的乱动、一丝梦呓、一息呼吸……儿女时刻牵动着母亲的那颗敏感多疑的心。我们吸吮母亲的乳汁，嗅着母亲的奶香，在母亲慈爱目光的注视下迈出了人生的第一步，从咿呀学语到念书、工作、恋爱、结婚、生子，一生，我们何曾走出过母亲的心，母亲的视线？

多年前，在《读者》上看过毕淑敏写的一篇文章，题目是“尽孝要赶早”，大意是说趁父母还在世的时候，我们做子女的要提早尽孝，不要等父母离世了再追悔莫及。这个浅显的道理人人都明白，但是我们却在无意识中忽略、漠视着，总以为来日方长，以后有的是时间尽孝，殊不知生死无常，父母猝不及防的离世常常让我们捶胸顿足，但悔之晚矣。

孝顺应是贯穿我们一生的行为习惯，《弟子规》里教导我们从小就要做到“父母呼，应勿缓，父母教，须敬听，父母责，须顺承。”古有“王祥卧冰求鲤”“孟宗哭竹生笋”的孝道典故，流传至今，发人深省。父母负有教导养育我们的责任，儿女更要具有“乌鸦反哺，羔羊跪乳”的孝心。

对父母孝顺的方式有多种，但不外乎心孝和身孝。古人云：“父母在，不远游。”因国家需要，我们也可能离父母千里之外去工作、生活，但我们只要感念父母亲的养育之恩、国家的培养之情，努力工作，积极上进，着力于品德培植，活着“仰不愧于天，俯不怍于人”，做一个对国家对人民有用的人，这是大孝。常侍父母左右，从经济上为父母分忧，更要在精神上使父母愉悦。做到“出必告，返必面”，爱护自己的身体维护好自己的德行，让父母放心、安心。《孝经》里讲“身体发肤，受之父母”，《弟子规》里也有云：“身有伤，贻亲忧，德有伤，贻亲羞。”父母无需儿女们华丽的语言、富足的财富、位高权重，只需我们踏实做人、认真做事即可。

孝敬父母从点点滴滴做起，一个节俭的习惯，一句温顺的言语，一张快乐开心的笑脸，一个健康的身体，一个积极的心态，一颗善良的心灵及高尚的情操品德，耐心倾听父母的诉说，努力工作，好好生活，让父母安心、放心……这一切就是对父母最大的孝顺。

天下的父母对子女别无奢求，唯一的希望就是儿女们一切皆好。父母对我们的恩情一辈子可能都无法回报，我们能做的就是在当下，放下你手中的酒杯、离开牌桌、熄灭指间正在燃烧的香烟、停止无聊的游戏、放下手里的鼠标、戒掉你的网瘾、视线离开手机，爱家人、陪父母、回归自然的怀抱，珍视身边的人，做一些力所能及的慈善公益事业，才不愧为人父母、为人子女，当是孝顺。

孝顺，是正在进行时，在当下行孝，行当下之孝。

洗礼了青春岁月的经典老电影

“让所有的日子，所有的日子都来吧，让我编织你们，用青春的金线和幸福的璎珞，编织你们。有那小船上的歌笑，月下校园的欢舞，细雨蒙蒙的踏青，初雪的早晨行军……”这是二十世纪八十年代一部电影《青春万岁》里主人公的诗朗诵。女七中高三学生杨蔷云热情洋溢地朗诵着赞美青春的颂歌，表达了当代青年的崇高理想和激情。这是一部根据王蒙同名小说改编，由黄蜀芹导演执导的反映中学生校园生活的影片。

这部电影上映的时候，我们国家的文学艺术已经解冻，“百花齐放，百家争鸣”的时代已经到来。正在董府大院上学的我们，年龄与电影《青春万岁》里的杨蔷云、李春相仿，她们的理想与校园大家庭里的欢乐、矛盾和温馨与我们是何等的相似，青春的旋律时时撞击着我们的心房。影片放映后引起了二十世纪八十年代青年人的强烈共鸣，彼时，我国已恢复了高考制度，大、中专院校的莘莘学子正意气风发，漫游在知识的海洋里，如饥似渴地学习知识，决心为祖国的四个现代化贡献自己的力量。影片中杨蔷云在毕业晚会上优美的诗朗诵，至今想起仍令人热血沸腾，我们和电影中的同学们一样高呼：“青春万岁。”

二十世纪八十年代初期涌现出了一批优秀的导演，拍出了许多经典影片。唯美的画面，激励人心的故事情节，奋发进取的男女主人公，脍炙人口的歌曲，激扬的旋律，这些电影在改革开放初期的祖国大地奏响了回首过去、展望未来、健康向上的最强音。

一个周末，学校组织观看了反映知识分子遭受“四人帮”迫害的伤痕电影《巴山夜雨》，电影名字带有诗意，它取自唐代诗人李商隐《夜雨寄北》里的一句诗：“君问归期未有期，巴山夜雨涨秋池。”电影里的诗人秋石与诗词里的人物一样，蒙冤受屈，在坐船经过三峡巫山的途中，经历了普通人之间相互关心、相互帮助的质朴和真诚，刻画出他们得以生存和斗争的信念与理想。这种蕴藏在人民心底的美德和力量总是永驻人间，最终李志舆扮演的秋石在历经种种磨难后平反昭雪。看完影片，一个受迫害知识分子的正义形象在同学们心中引起了共鸣，影片营造出的压抑气氛、经典对白、一种人物命运与历史背景的淡淡忧伤久久挥之不去。

那个年代的校园生活，看电影成了同学们周末最期盼的一件快事，记得有天晚上，学校附近的村庄放映《红牡丹》，我们宿舍里的几个人私下相约去看电影。那天看完电影后天色已经很晚了，走在乡间的小路上，同学们兴奋地谈论着影片里姜黎黎扮演的马戏演员红牡丹，敬佩她是一个不畏强暴、追求自由和幸福、坚强美丽的姑娘，策马疾驰的英姿让同为少女的我们崇拜不已。影片中蒋大为演唱的主题歌《在那桃花盛开的地方》，更是成为脍炙人口的经典金曲，传唱至今。我们班主任曾在一个晚自习自弹自唱了此首歌而引发了众多女生的暗恋。

那个时期的电影，可以毫不夸张地说，部部都有令人回味的经典片段和瞬间，如《渡江侦察记》中连长的英气逼人，张金玲饰演的民兵排长刘四姐，英姿飒爽、端庄干练，竹竿一撑，船瞬间划出几米开外，忽又撑住竹竿，跃到船上，成为我们跃跃欲试争相模仿的动作，她与解放军连长在战斗中萌生的情愫也触动了一颗颗青涩少女的心。还有红色经典电影《红岩》《红色娘子军》《党的女儿》《苦菜花》《英雄儿女》等，里面的英雄人物江姐、双枪老太婆、许云峰以及女红军战士吴琼花、王心刚饰演的连长洪常青、党的女儿玉梅，以及英雄儿女王芳、王成，这许许多多祖国的好儿女，他们的光辉形象深入人心。《娘子军连歌》以及《英雄赞歌》等歌曲至今听来仍倍感振奋，英雄的种子根植在一代代青少年的心田，激荡人心的歌词和优美的旋律洗礼了青春的岁月。

工作后，看电影成了我们业余生活的主要喜好，在电影空前繁荣的那些年里，电影院门前出现排队买票的动人情景。县城中心地带的红太阳广场上，有雄伟高大的电影院，一天几场电影都有人在排队买票，若有反特、战争或是反映地下工作者的这类影片，电影院更是场场爆满，有时到了一票难求的地步。《刑场上的婚礼》上映时，我们正在外科做实习生，医院里一群风华正茂、情窦初开的姑娘下班后一起去电影院看电影。电影里有这样一个场景：陈铁军和周文雍在共同的地下工作中，已深深地产生了爱情，这一对默默相爱的战友，在白色恐怖下，把爱深深地埋在心中，把对党的忠诚，对人民的爱放在首位。广州起义的前夜，周文雍作为主要负责人，在他们即将分别的前夕，陈铁军在一条破了洞的围巾上绣上了她最喜欢的木棉花，在深情的双眸里我们感受到美好而崇高的爱情。彭雪枫将军说过："革命的爱情分外浪漫"。刑场上，陈铁军在木棉花下动情地向周文雍表白了自己的爱情，"我们要举行婚礼了，让反动派的枪声作为我们结婚的礼炮吧！"多么伟大而不朽的爱情，英雄的豪言壮举激励着我们，电影院里我们和他们一同流下了不舍的泪水。那一刻，相信许多年轻的心和我们一样，被强烈地震撼着。

英雄对爱情的追求是多么崇高和纯洁，美好的爱情观感染了我们年轻的一代。

《城南旧事》里一曲"长亭外，古道边，芳草碧连天……"让人在怀旧的电影中体味了离别的愁绪。《小花》里妹妹找哥泪花流，叫人难忘妹妹小花寻找哥哥的艰难历程，《苦菜花》里大义凛然的母亲，《铁道游击队》里机智的芳林嫂，《奇袭》里善良友好的朝鲜阿玛尼等，她们美丽坚强的形象深入人心，令人终生难忘。

一部经典电影，一句经典台词，一个动人的镜头，曾怎样地洗礼了我们的青春，铸造了我们的理想，指引了我们的人生，浇灌了我们的爱情。

难忘你，洗礼了我们青春岁月的老电影。

电影《小花》海报

少女小鱼

小鱼是随知青母亲及姐姐们插队到我们村里来的，在我家后面盖了房屋，成了我们的邻居。小鱼在家排行老三，上面有两个姐姐，都已高中、初中毕业。念小学三年级的小鱼，学名很少被人叫起，使用最多的是她的乳名——小鱼。这个名字后来令我多次想起刘若英初涉影坛演的一部电影《少女小渔》。她和电影中的小渔一样散发着一丝忧郁的气息，这是我们常在一起玩耍时从她身上感受到的。在乡村野丫头的眼里，她就像小人书里的童话公主、美人鱼、洋娃娃，集漂亮、娇柔、聪明于一身，我纳闷，她怎么会有愁绪？长大了才知道，这可能就是诗人们所说的“为赋新词强说愁”吧！

小鱼比我大三岁，我上一年级的时候，她已是三年级的少先队员了。能光荣地加入少先队可是每一个小学生的梦想，看着她戴红领巾上学时骄傲的神态，我们羡慕死了，爱围着她转，听她调遣，按时下的说法就是忠实的“粉丝”“拥趸”。模仿她的一言一行、一举一动成了我们炫耀的事情。一次，为能和她一样有双水灵灵的大眼睛，晚上偷偷地抹上红霉素眼药膏，以期达到水汪汪的效果，结果，第二天非但没有达到美的效果，反而使上下眼睑粘到了一块无法睁开，眼睛越发难看，结果挨了母亲一顿狠狠的臭骂。

小鱼走路文文静静，两条辫子上扎着从大城市买来的水晶球皮筋，晶莹剔透，好看极了，我们争相追逐观看，爱不释手。我曾暗暗发誓，长大也要当一回城里人，穿跟她一样的衣服，留和她一样长的辫子。

几年之后，我们又同在镇上一所中学就读，原本准备高中毕业就招工的小鱼，随着高考制度的恢复，在母亲的期盼下，退到了我所在的初三班冲刺中专。一年的时间要想补上过去耽误的功课，何其之难。但天下哪个父母不是望子成龙、望女成凤？她妈妈希望我与小鱼一起复习功课，能相互帮助，小鱼知道自己的功底差，但为了迎战高考，还是尽最大的努力补习功课，找老师辅导，晚上我们经常一齐复习到夜深人静。

一年下来，与其说是我帮小鱼不如说是她在给我陪读。至今，我还记得在小鱼家的烛光下，我们一边做作业一边吃玉米花，身影投射在墙上，影影绰绰仿佛两个顽皮的孩子在耍皮影戏，那一刻，我们忘记了高考，忘掉了压力，一种平等、无忧的氛围包裹了我们。

高考，有人欢喜有人忧，1979 年的高考终结了我与小鱼的友谊。我的如愿和她的失落令我们之间竖起了一道无法逾越的鸿沟，我隐隐有负罪感，没能和小鱼一起考上中专。在接到录取通知书的那几个月里，我不敢也不忍去找她，我能想象得到她难受的心情，无法面对同学，更无法面对对她抱以极大希望的母亲。很快，小鱼就随母亲回了原籍兰州。从此，那个爱臭美的少女小鱼，那个爱讲稀奇古怪故事的小鱼，那个有着忧郁气质的小鱼，那个把我当成小妹、小跟班的小鱼，仿佛一片云彩，挥挥衣袖轻轻地飘走了，翩若惊鸿。她是我童年的玩伴，少时崇拜的偶像，她的身上凝聚了我对一切美好事物的向往和憧憬。

再次见到她是在二十年之后，得知她回城后上了财会夜大，现如今已是一名身兼几职的会计师，女儿业已大学毕业在读研究生。看到她神采飞扬地讲着女儿的一切，我们一起开心地大笑了起来，曾经未竟的愿望终于在女儿身上得以实现，那一刻，我如释重负，恍若又回到了从前。

二月二豆飘香

“二月二，炒豆豆，家里来了个小舅舅，杀鸡呢下蛋哩，杀鹅呢瞧门哩，炒了豆子舅舅吃。”这首耳熟能详的歌谣开启了孩童时我对青豆、蚕豆、豌豆的渴望。如今各种煎炸、豆类在干果店随处可见，人们想吃立刻就能买得到。但在三年困难过后相当长的时期里，全国粮食普遍匮乏，豆子奇缺，能吃到豆子是很稀罕的一件事，平时家里都攒着，到二月初二这天要应个节气。

乡下的人家，虽然日子清贫，但村里的大人孩子总不忘这个豆子飘香的日子，尤其是孩子们。这天大多数家里都不约而同地响起了炒豆子的声音，春天的记忆仿佛从那一时刻开启了。

临近二月二，母亲便开始搜集豆子，平时舍不得吃的蚕豆、青豆，这天统统归拢，仿佛要和平素作一暂别。孩子们更是期盼每一个有好吃的日子，童年的我们，二月二似乎就是个特别值得期待的日子。

有一年，再过一天就是二月二了，家里的口粮都已捉襟见肘，哪里还有储藏的豆子？母亲瞅着我们几个眼巴巴的神态，突然，做出了一个令我们笑逐颜开的决定，派家里的一个人到十里之外的姑妈家去换蚕豆，这个光荣的任务最后落到了我的身上。姑妈家所在的生产队荒地多，每年都种许多蚕豆。换好蚕豆时已近中午，顾不上在姑妈家吃饭，便一路小跑往回家赶，走到半路上已是饥肠辘辘，腿脚发软，情急之下，便抓了一把布袋里的蚕豆生吃充饥。大概是因为体内的蚕豆转化为能量的缘故吧，反正，返回的路上我的一双脚如生了风一般轻快。

蚕豆好吃，但要炒出香酥好吃的蚕豆却是颇费工夫的。若炒制过程简单，少了环节，豆子便不酥、不香，所以提前一天要拣好豆子，用温水把豆子泡“醒”了，然后在炒制的铁锅中倒入细细的黄沙先行翻炒，待黄沙滚烫后再倒入蚕豆与沙粒一起炒，只消几分钟，锅中的豆子便砰砰作响，像子弹在锅内交错飞迸，如果此时打开锅盖则会有带着沙粒的蚕豆向你射来，打在人的脸上、手上，生疼生疼，严重时还会烙出一个水泡。如果不迅速地盖上锅盖，那么暴躁的豆子瞬间会有大半蹦到锅外，锅里只剩下沙子了。

豆子是农村孩子们最喜好的零食。每到炒豆子的这天，上学的孩子们口袋里都满当当地装着豆子，相互炫耀着自己母亲炒豆子的手艺，交换吃着别人家炒的蚕豆、豌豆、青豆……下课后，教室里咯嘣咯嘣吃豆子的声音此起彼伏。教室外，踢毽子、滚铁环的男生、女生口袋里的豆子哗啦哗啦作响，同学们脸上洋溢着天真灿烂的笑容，撒落的豆子也兴奋地满地打滚。

豆类的营养价值极高，它含有维生素、生物素、矿物质元素及丰富的蛋白质。清代诗人陆奎勋就蚕豆作诗《尝陈豆》：“蚕眠非我土，豆荚忽尝新。实少腹犹果，沙退醉儿巡。植物留遗爱，农歌久未湮。”

蚕豆在田间地头随处可种植，每年四月点种，五月份一二尺高的蚕豆秧就已秆壮叶肥，待白色黑边的豆花退去，豆荚已悄然立上了枝头，待豆荚渐渐怀苞，馋嘴的孩子们已迫不及待地尝青了。我们常常借打猪草为掩护，伺机偷吃未成熟的蚕豆，这个时候的蚕豆生吃又嫩又甜，剥开其外衣，三至五粒指甲盖大的蚕豆眨眼便吸入口中，吃起来有丝丝甜味还渗着青草的清香，蚕豆和打瓣的豌豆一样，是年少时农家孩子们舌尖上的野蔬。老熟了的蚕豆外衣发黑，豆呈白色，煮了吃沙味多、甜味少，生吃有豆腥味还容易吃坏肚子，所以，蚕豆熟了，田野里瞧蚕豆的爷爷反而放松了警惕，因为，孩子们像鸟一样又会寻到另外的美味。

在那个夏天，灵巧的少年与大自然融成了一道风景，有道是："天地与我并生，而万物与我合一。"

二月二的春风啊，是你召唤了绿色的生命，还是春的果实为了生命的欢歌而一路追随了你！

蚕豆秧

冬日火炕

冬日北方，任外面大雪纷纷，朔风猎猎，此刻，煨在老屋的火炕上，丝毫也感觉不到这是滴水成冰的冬天。反而，听着雪花落地的沙沙声，沉醉于手中的书香里，吃着灶膛里烤的热气腾腾的土豆，别样的乡情油然而生。火炕，你就像母亲滚热的胸膛，温暖着远方的儿女。

二十世纪六十年代出生的乡下孩子，自打出生起，土炕就伴随着生命的每一天。母亲临产的时刻，总不忘先烧热炕头，是接生婆在热热的土炕上迎接了新生命的诞生，听到了嘹亮的第一声啼哭。

乡下的妇女，生产后坐月子，大都在火炕的一侧倒上几簸箕黄沙，就算是月窝子了。母亲生下我后就是在这个“沙窝”里度过了满月。从呱呱坠地的那一刻起，土炕注定成了我们人生的第一个舞台，吃饭、睡觉、玩耍、学习，无不在炕头上度过。襁褓中我们在炕头酣睡，在炕上学会了坐卧、翻身、滚爬、咿呀学步。童年时，炕头又是玩耍打仗的场地，有时蹦跶得炕面坍陷，自然会招来父亲的一顿揍。冬天，火炕是全家人最流连忘返的温暖乡，晚上，一家人围坐在滚烫的炕头其乐融融地打扑克、讲故事，家里来了亲戚，睡在一个炕头上，和母亲总会聊上半夜。早晨屋里冷，则赖在暖暖的被窝里久久不肯起床，等母亲把棉袄放到炕上焐热了再穿，瞬间，暖暖的棉袄带着热炕的温度，传遍了全身。放学后，热炕头又是第一个接纳我们的地方，麻利地一骨碌爬到炕上，把冻得冰凉的手脚赶紧伸到热炕上的被子里，焐得浑身通体舒坦才开始吃饭。

老家火炕

火炕虽大，也禁不起年少时顽皮的折腾。儿时两方对峙时，从炕沿掉下来摔得鼻青脸肿是司空见惯的事，但我们与火炕相依相偎的情愫无法割舍。上学后，火炕又成了我们学习时的“桌椅”。炕上置一炕桌，在昏暗的油灯下写作业，困了随意躺倒呼呼大睡，那一刻，火炕就是我们温暖的摇篮。冬闲的数九天里，母亲在热炕上飞针走线做着针线活儿，平整宽大的火炕又是母亲缝被褥、棉衣绝好的场地，我们围在母亲身边扯线头量尺寸，火炕的炉边上，是咕嘟咕嘟正在煮着饭的锅灶。西斜的夕阳从窗棂上投射到炕上，照得屋里亮堂暖和，顿时，饭香味、烟火味弥漫了整个屋子。

乡下的村民一年中有近一半的时间都在炕头度过，这个让人恋恋不舍的土炕，不断地演变着人生的酸甜苦辣，它承接着繁衍生息的故事，是北方古老民族与寒冷冰雪抗争的产物，它滋养了一方水土、一方人情。

农家盘火炕非常讲究，首先要制作炕面。秋收一结束，大片平坦的庄稼地就可以用来脱炕坯了，用黄土和麦芒和好的泥，醒透软和，放在正方形的木制模具里，把泥抹向四个角，中间用拳掌拍打平整、实落，晒至半干后用脚把炕面中间踩踏瓷实，立起晒干，铲去四边的毛渣，一个炕面就此制作成功，码齐储存以备过冬用。那些年里，农家院落里少不了一排排码得整齐壮观的炕面，它是火炕必不可少的材料，也是庄稼的肥料，更是农家人勤劳的象征。

火炕集传热、对流、燃烧、材料学于一身，集中体现了劳动人民的智慧。一个火炕根据大小，需十五至三十个炕面，填土壤、立土柱、盘好一个火炕需要两个劳力干大半天才能完工，不精于此的人砌出的火炕燃烧不利，烟会倒冒，火炕也不热。父亲回忆道，他二十世纪七十年代在沙坡头固沙林场时，因为经常打火炉，所以盘火炕的手艺炉火纯青，曾一度名声大噪，周围村庄的人都去请他盘火炕、砌火灶。的确，多年来父亲盘的火炕还真的没有罢过工。

火炕延续了几千年，它的设计日趋成熟，进火处及出烟处也分别设了“落灰膛”和“狗窝”，煤和柴均可用来烧它。炕的侧面也用瓷砖代替了土坯面，如今乡下的火炕更加美观耐用，昔日频频盘炕拆炕，把土炕当成造肥积肥的往事已随风而逝。

火炕的传承就像家风的传承一样，从未中断。炕桌、炕席、炕笤帚、针线笸箩这些摆设曾是多么的亲切和谐。家里来了客人，一句“炕头上坐”是最亲切自然的招呼。冬天，在热炕上发面、生豆芽菜，如果来了亲戚，你不愁没处睡，一个炕可以当一个通铺，远方来的客人在热乎乎的炕头上融化了几多亲情，几多爱。

冬日的火炕，家的港湾。

村庄的早晨

村庄在天色麻麻亮的时候就已苏醒了，开院门的吱呀声、远远近近的咳嗽声、自行车的铃响声、狗吠声在村庄里此起彼伏，热闹欢快地拉开了一天的大幕。在东方露出第一缕晨曦时，乡间小路上已有骑自行车或摩托车的村民去往田间地头了，庄稼经过一夜酣畅淋漓的睡眠复又抖擞起了精神。

你看，露珠在草尖上如珠滚盘，帮玉米叶洗脸、麦苗美容，给稻穗补充水分……石桥下汹涌的河水发出声声嘶鸣，像无数不服管的野马甩着鬃毛向下游奔去。路边各种野菜和叫不上名字的青草儿伸着懒腰，像刚从熟睡中苏醒的婴儿，摇摆着叶子。田洼边的小渠里流淌着从黄河里引来的水，哗啦哗啦不知疲倦地往田野里去，在这个清新的早晨，散发出新鲜的水汽。一望无际的玉米地横竖排列着整齐的队伍，经历了一夜月光的沐浴后，静息等待。露珠急急地赶在太阳升起之前要让庄稼们喝个足，玉米行的蚕豆饱满丰硕。走在田埂上，青草的湿香迎面扑来，一个远离了城市喧嚣、汽油、烧烤、烟酒及化妆品浓香的世外桃源展现在眼前，心旷神怡。此时，你全然不顾露水打湿了裤脚，蚊子叮咬你的肌肤，尽情张开全身的每个毛孔深深地呼吸，与万物一同陶醉在大自然给予的馈赠中。

行至一个高高的拱桥上极目远眺，一望无际的田野上，一人多高的玉米地里缥缈着一缕缕雾气，像轻纱，似炊烟。鸟儿在空中纷纷亮开了婉转的歌喉，“叽叽”“咕咕”“唧唧”“呱呱”“嘎嘎”，各种鸟的叫声欢腾热烈，此刻田野上空仿佛是鸟儿翱翔演唱的专用舞台。湖面上，一只专

村庄的早晨

吃鱼的银白色水鸟时而展翅欲飞，时而迅疾俯冲到水面捕捉猎物，旋即，叼起一条小鱼飞上了蓝天，激起的一圈圈涟漪复归于平静，似乎什么也没有发生过。

河边的大片湿地上，野生的苦苦菜、朵朵菜、“灰条”、“酸溜溜”等满目皆是，织就了一张绿色的毯子。在高高的沙砾土丘上，柴草搭成的简易窝棚前，一个中年男人正在洗脸，周围的草地上一大群白花花的鸡在草丛中自由觅食，火红的鸡冠随着啄食左右摇摆，在绿色的草地里仿佛是一簇簇耀眼的火焰在摆动。此情此景，我联想到了前不久，电视里的一句广告词：饿了吃青草，渴了吃虫子的那些草原上放养的鸡。动物学家们一致呼吁，动物也需要快乐地觅食，自由地生长。此刻，我相信眼前的这些动物们一定是快乐的，也是健康的，因为它们不受铁栏的束缚，没有灯光的日夜照射，没有人为强加的喂养，在大自然的怀抱随性生长，自由散步，在这远离闹市的村庄，天、人、动物是如此的融洽和谐。

鹅卵石铺就的弯弯曲曲小路上，我与一群羊不期而遇，牧羊人拿着一枝柳枝看管前面的羊群，不时吆喝掉队贪吃的羊儿。他穿着雨鞋，戴着草帽，背着干粮，看样子是做好了一天放牧的打算。擦肩而过时貌似初中同学，看到他们为生活奔波的模样，我却在这个凉丝丝的清晨闲逛，一时间脸上隐隐发烫。如若在过去大集体的时代，这样子就是一个游手好闲的人，会遭人耻笑的。

返回途中，经过一条早已干涸的河床，河床上堆积着大小不等的鹅卵石子，如小山一般。近年来村里人靠河吃河，鹅卵石俨然成了村里人致富的一条途径，一卡车石子可卖出一千元左右，村里和邻近庄上的人盖房垫地基是离不开沙、石、土的。多年前，村前的黄河年年暴发洪水，防洪抗灾劳民伤财让人们时有怨气，多年后，黄河给村里淤出了万亩良田，又冲刷出了得天独厚的沙石，这不能不赞叹大自然真是一个神奇的造物主。

路过枸杞园时，摘枸杞妇女的说笑声在薄雾笼罩的清晨里显得格外清脆。枸杞园上空撑起的一张白色的大网，像是人们防蚊的帐篷，不同的是这里用来防止麻雀啄食枸杞果。红彤彤、晶莹的枸杞像红宝石镶嵌在绿翡翠似的枸杞叶上，摇曳生姿。枸杞园旁边，硕果累累的苹果园一个紧挨着一个，果园的围墙边一律种植了密匝匝的枸杞树，多年生长的枸杞树高大弯曲，枝枝蔓蔓足有两米多高，正好成了一道天然屏障。

“小扣柴扉久不开，春色满园关不住”。伸到外面的苹果树丫上结着累累青涩的果实，压得树枝弯了腰。果园的门用木栏扎成，铁丝若有若无地扣着，探头望去，空无一人，恍惚间仿佛误入了神仙的住地，从内弥散着幽幽的气息。

乡村里的一切自然、和谐，似乎是天地的妙手布局，浑然天成，它无需人工雕琢粉饰，日月交替，亘古不变。

湮没的麦草方格

金色的沙海，绿树成荫，黄河岸边千回百转的沙坡头，还遗留着沙海中几近风化的麦草方格，它像沙坡鸣钟一样在时刻提醒着人们，那曾是父辈们治沙的足迹。

被风沙、雨雪肆虐过的固沙印记——麦草方格，至今依然静静地驻守在沙漠的边关要塞，它是人类治沙史上的缩影，半个多世纪的麦草方格，像一块块天书图谱，记载了几代治沙人与沙抗争，沙退人进的艰难岁月。

二十世纪六十年代中期，正值壮年的父亲接到公社通知，带领全大队的年轻姑娘、小伙子到沙坡头去治沙。固沙所用的材料是麦秸秆，麦秸秆是麦收后的产物，平时家家用来烧火做饭、烧炕用的麦柴。稀松平常的麦柴，在治沙中却是最廉价最管用的原料。一把铁锨、一捆麦草就可以把漫天飞舞的黄龙锁住。治沙的十年里间，父亲在家和固沙林场之间奔波，半月或一个月回家筹备一次粮草，日夜兼程，披星戴月，风雨无阻。几百里的路程，赶着运粮草的马车徒步向西进发，风餐露宿，争分夺秒与风沙抢时间，为了巩固治沙成果，不让已扎好的麦草方格被随时刮起的风沙掩埋，固沙人有时候一天一夜只睡三四个小时，发扬一鼓作气连续作战的治沙风格，一锨接一锨扎下去麦草，桀骜不驯的黄沙便被服服帖帖地驻扎在麦草方格里。神奇的麦草，神奇的麦草方格，神奇的治沙人。

一块块麦草方格固守住了黄沙，留住了水草，留住了生命和绿色。据统计，腾格里沙漠里有几百种爬行动物和沙生植物，坐火车路过沙坡头，映入眼帘的是开满黄色和蓝色花朵的柠条、丛丛马莲。一墩墩柠条有一人多高，在炙热的沙海中顽强生存着，就像扎麦草方格的治沙人。腾格里沙漠曾是号称寸草不生、飞鸟不过的“死亡之谷”呀，如今沙海变绿洲，这不能不说是劳动人民勤劳智慧的结晶，是近代治沙史上的奇迹。

报告文学《沙坡头——世界奇迹》，使中卫沙坡头名扬全国乃至世界，作者杨兆兴因此也被人们所熟知，他曾参与了治沙并亲眼见证了治沙人走过的路程。父亲说，书中的许多人物都曾与他并肩作战过，他们都是来自五湖四海治沙的设计者、指挥者、建设者，而他，不过是治沙史上无数沙粒中的一粟。

一次，大队放映电影，听说拍的是我们村里治沙的一群年轻人。那天晚上，人们早早地前去观看，白色的电影幕布上，全大队的人有幸看到了彩色纪录片，更让人惊喜的是看到了村里治沙的知青姑娘小萍的一个特写镜头，画面采用了高倍摄影镜头拍摄，还有队里的小伙子在沙海中扎麦草方格的场面。短短半个小时的纪录片，每个家庭成员都一眼不眨地寻找着自己的父母、兄弟姐妹的身影，若是看到熟悉的身影一闪而逝，遗憾和欢呼声瞬间便湮没了讲解员的配音。那是多么振奋人心啊！年轻的治沙人挥舞铁锨抛沙的动作被数次定格放映，电影中姑娘们优美的腰身，红彤彤的脸庞至今仍珍藏在村里人的记忆深处，让人联想到高尔基的一句名言：“劳动着是美丽的。”

二十世纪八十年代初期，卫校毕业的我与同学们相约去沙坡头游玩，那是第一次见识沙坡头的风采，沙海中遍是整齐划一的麦草方格，仿佛就是给金色的沙丘披上了花格衬衣，远远看去，起伏的沙海像飘动的衣裙随风起舞。沙山下流淌着从沙海中浸出的淙淙泉水，清澈见底，一脚踩下去凉得直透心底。沙丘下生长着丰茂的冰草，和几百年来遮天蔽日的枣树、核桃树等，它们年岁悠久，与沙漠深处童家园子里居住的人家一样，不知在这里住了多少年，长了多少辈，年年岁岁，岁岁年年。

站在几十米高的沙丘上，远处的黄河水惊涛拍岸向东流去，河对岸忙碌了一天的农妇在家燃起了烟火做饭，袅袅炊烟在天空中徐徐升起，夕阳下，唐代诗人王维的诗句："征蓬出汉塞，归雁入胡天。大漠孤烟直，长河落日圆。"道出了沙坡头天人合一的旖旎风光和静若处子的一面。

沿台阶拾级而上，随风飘来沙坡果园的瓜果香味，满园的苹果树上挂满了沉甸甸的果实，诱人的葡萄和桑葚透出紫色的光。随处席地而坐，微风轻抚面颊，此时此景，一时微醺，不知"今夕是何年？"

几次重游沙坡头，每次都有新发现、新惊喜。如今，舒适的吃住环境、现代化的游玩设施在沙坡头随处可见，惊险、刺激的玩法层出不穷，蹦极、空中索道、滑沙、沙漠冲浪以及最古老的羊皮筏子，与这里不同种族、不同国籍、不同语言的游人构成了五星级沙坡头旅游景观。

半个世纪的沙海变迁，浸透着中卫几代治沙人的希冀，他们的足迹在沙海里瞬间即被掩埋，了无痕迹，但沙坡鸣钟的嗡嗡声却长久响彻在人们的心中，一如治沙者的足音。

沙坡头的麦草方格

初识海原

2006年，卫生部万名医师对口支援正如火如荼地进行，受医院委派，我报名成了其中的一员。因为对海原充满了好奇，等待出发的日子里心中兴奋异常，或许是在一个地方生活、工作久了的缘故，囧得慌，好似深宅大院里的闺秀，对外面的世界有一种向往、一种渴求，一俟有机会放飞，就像鸟儿挣脱了樊笼一样。

四月的天气春寒正浓，出发的那天温度低得仿佛仍停留在冬天。我们一行五人却热情高涨得很，料峭的春寒并没有影响我们去海原的热情。说话间，载我们的“依维柯”便驶上了香山路，进入山路后似关上了一道门，城市的喧嚣顿时被挡在了外面，路上空无一人，一片静谧，鸟儿都似乎不想驻足，只偶尔有车辆过往鸣笛交汇。山坡和路边的土地看不出一丝绿意，山仍被枯草所覆盖着，这里的一切似乎都还在沉睡，真是山里山外两重天。

大概一个小时，眼前一片开阔的平原地带映入了我们的视野，兴仁镇到了。这是由中卫到海原必经的一个集镇，镇上大约有两万人，多以种瓜为生，此时正是点瓜的时节，只见覆盖石砾的大片山地上到处是正在忙着种瓜的农人，一家人三三两两散落在田间，旁边停着盛泡瓜种子的水车。

山里种瓜和川区大不相同，这里点瓜先要挖好一个一尺见方的瓜穴，像植树的树窝，只是要小好多。每个穴内备放两个西瓜种子，你别小看点瓜，程序还蛮复杂的哩，得像妈妈孕育宝宝一样精心呵护才能出苗、结瓜，种子下土后培土、扣碗、保墒、浇水……到七八月份，一个个十斤乃至二三十斤的西瓜就成熟了，这就是闻名遐迩、富含硒元素、又大又甜、石头缝里蹦出来的硒砂瓜。

山里十年九旱，收成甚微，有时甚至绝收，现在政府扶助的支柱产业让山区的农民尝到了甜头，靠山吃山，种了得天独厚的硒沙瓜，硒沙瓜远销全国各地，山里的农民从此富裕了起来。山区的变化，让人不由想起那句："上帝为你关闭一扇窗户的同时，一定会为你打开另一扇窗。"

行至兴仁镇时，有同行在镇卫生院对口支援，我们在这里停留了片刻。这儿离市区一百多公里，交通方便，但水稀缺，吃、用都需窖藏水，不但注意节约还要反复使用，一直以来，水对于山里人如同油般珍贵，可我们生活在川区的人每天都在不经意地浪费水资源。

驶入海原的腹地，沿途两边的榆钱树、槐树等都还在蛰伏，山坡及两山之间被山里的农民平整出了大大小小的田地，像被梳子梳过了似的绵软、规整。这个时节，大概早就播下了种子，伺机等待着第一场春雨的亲吻，它们好像才肯苏醒。路过蒿川时，路边有近十个年龄不等的学生在等车，那天恰好是星期天，许是在等车去学校吧。从路上看不见大山深处的村庄，山遮蔽了村落和村庄里的人们，他们要外出，想必得爬过几座山或走很远的山路才能到达公路上。

过去山里十年九旱，他们的父辈们世世代代在大山间行走耕种，广种希望，丰收或绝产，全靠老天赏脸。如今他们沿袭了父辈坚韧、厚重、锲而不舍的劲头，从山里考出去的孩子个个都有健壮的体魄，他们学习优秀，生活节俭，自古寒门出学子，苦难造栋梁，这是一个朴素的道理。宁夏著名的中青年优秀作家"三棵树"都是相继从西海固走出来的。

大山孕育了他们忍耐能吃苦的品格，也哺育了其大山样厚重的品质，他们背负着希望，像山一样静默，却蕴含着无穷的爆发力。

海原的山浑圆，鲜有直插云霄的凌厉和独自耸立的清高，像山里的兄弟姊妹不可分割，似扯不断的红丝线，升起又落下，连绵不断。

到达海原时已是中午时分，翻过一道山脊，突然见一处世外桃源，海原到了。只见放学的学生、下班的职工川流不息向家奔去，汽车在缓慢行驶，家院里的各种果树繁花似锦，伸出了墙外，绿的翠碧，红的耀眼，点缀着大山的春天。后来知道，海原城内用的是山泉水，县城内没有工厂的污染，水源清醇，我们听到有泉水的那一刻，耳畔仿佛响起了久违的叮咚声，真想立刻奔到泉眼去狂饮一番。一方山水养一方人。山里的水纯净甘甜、爽口又养人，海原的女子皮肤细嫩，脸蛋上像绣着两朵红云，身段标致，那美流淌着一种自然、健康的韵味，俊得耐看；男人挺拔伟岸，皮肤黝黑头发浓密，活生生北方汉子的模样。有一回，在蒿川支援的同事说，她们乡卫生院的院长生得好英俊，在川区很少见到如此溜溜的男子。

山里的人天性率真、厚道、待人真诚。我们初到就感受到了浓浓的热情和豪爽，医院里的同事三番五次邀请我们到家里做客吃饭，遇婚嫁、回族添油香等习俗我们也欣然赴约。山里人好客是出了名的，婚丧嫁娶宴席战线长，要摆三天流水席，虽食物简单，来的客人可尽情尽意，每人一大碗粉条萝卜炖羊肉、一盘小茴香花卷，吃得可劲过瘾。

海原妇女生得俊也皮实。我所在的产科经常可以遇到急产的孕妇，她们生孩子时来也匆匆去也匆匆，家属在产床旁像喊船工号子一样喊着:“挣，挣，用劲挣”。婴儿也仿佛听话似的就跑出来了，并且一律的红润健康。产妇生完孩子后，从产床一骨碌翻将下来，一眨眼就被家属用手盘成搭子驮回了家。需要住院继续治疗的产妇，也没有城里产妇娇滴滴的样，口也壮，吃的是家里送来的小米饭和扁豆子生的豆芽菜，虽然粗茶淡饭，奶水却丰沛得像小溪。在她们身上我看到了山区妇女的朴实和无怨，而她们乐陶陶的人生态度，也感染着我们川区的每一个人。医院的领导告诉我们，近些年他们医疗投诉率几乎为零，山里人的理解和敦厚可见一斑。

海原人又是懂得珍惜的。每到晚上九十点光景，街上的路灯就熄了，自来水也停了，这有些像部队士兵有规律的作息，感觉挺好，少了毫无意义的活动，净化了社会风气，节约了水电资源。

山区上空的风清新干净，天空辽阔、清澈。晚上人们都喜欢到仅有的一个广场——海喇都广场上，走一走、转一转。海喇都广场建于2002年，象征回汉民族团结发展的雕塑高高矗立在广场正中央，广场南边仅有的一家电影院已废弃，山区的文化活动单一但健康活跃，只要遇上节日或是庆祝活动，他们纵情释放每一个细胞，来表达心中的欢乐。护士节前夕，我有幸赶上海原县医院举行的知识竞赛和联欢晚会，本土、本色的演出与观众即兴的“花儿”表演相互交融，整场晚会高潮迭起，余音绕梁。

晚上，县城有两家舞厅开放，里面宽敞干净，光线事宜，跳舞的人穿着整洁，优美的舞曲和优雅的舞姿与氛围，吸引了许多上班族到这里来跳舞，娱乐。县城的主街上有一个醒目的国营图书馆，里面的书摆放整齐，各类书籍应有尽有，书香味浓郁。

这个县城里的人穿戴很有特色，工作人群着装正统，衣服大都从本县商场所买，衣服庄重得体、端庄大方，穿在他们身上显出别样的美。初到海原看到她们，惊叹这里的人与都市人的气质竟如此相近，这恐怕是自内而外散发的一种主人翁的坦然、从容的气质使然吧。城市小选择余地小，满足感却很强，知足者常乐用在他们身上再贴切不过了，一件好看的衣服刚挂到商场，只几天时间，同一个单位就会有七八个人在穿，撞衫，但并不影响他们相互欣赏的目光。

海原的街道少，只有两条马路，贯通东南西北中，以海喇都广场为轴心，两条马路交汇，车辆川流不息。站在此处向东南西北方向放眼望去，街的尽头依稀可辨，向南的这条街道堪称繁华，集中了海原回中、县医院、邮电局及党政机关。路两边有蔬菜摊点、理发店、服装店、洗浴中心、图书馆等，买生活用品很是便捷。路的尽头是通往南华山的牌山路，山上方圆十几公里种有密匝匝的杏树，在一个下午，我们造访了它。杏树下松软的黄土透着泥土的气息，满山的杏花开得正浓，粉白色的花朵随风落英缤纷，无边的杏林透着少有的寂静，仿佛只有花瓣落地时的沙沙声。我们好像是没有预约的造访者，贸然闯入了它的领地，一时间，被一望无际的杏林气势所震撼，屏气呼吸生怕惊扰了这里的山神。大自然也需要自己的一方领地，是需要敬畏的。

海原还有一座家喻户晓的天都山。每年四月初八这天，只要能行动的人，都会到山上来朝拜山神土地，天都山是道教圣地，海拔 3000 多米，层层都建有道观、庙宇。海原是回汉民族融合的大家庭，他们对各自信仰顶礼膜拜的程度惊人的相似。那一天，男女老少相互搀扶浩浩荡荡进山的气势叹为观止，上山的人川流不息，摩肩接踵，山上香火缭绕的神像前香客敬畏的神情令人肃然。据说当天有两三万人进天都山朝拜，就连邻近的县都有人赶去叩拜山神，求得山神土地爷爷的保佑。淳朴的山民虔诚地祈祷着一方的宁静平安，他们生生息息在这片土地上，敬这山，惜这里的人，这里的一切已同他们血肉相连不可割裂。

返回的路上，我们途经海原的西安镇，这个镇多年盛产小茴香，有四十多年的历史。茴香药用价值高，做调料味道馥郁浓香，无公害无污染，近年西安镇的茴香走出了国门，与一家公司合作专门向德国调料公司出口，小茴香这山里的凤凰已从山窝窝里飞了出来。

海原，这个长在深闺人渐识的忐忑妹子，越接近越嗅到了你沁人心脾的幽香，越被那自然的芬芳所吸引，你的美令人眩目。在这个质朴的地方，远古的地震带，你以山的傲然，水的清冽，风的雕刻，塑造了一方儿女。你可知，走进你，你的高度和宽度让人仰止！

本色寺口子

进了寺口子山，便嗅到了她本色的味道，是婴儿身上的乳香，还是槐花的清香，抑或是山涧的泉水、野花野草、山里的石头散发的体香？总之，寺口子山弥散着一种原始的、未被开垦的美，就像山里的妹子，俊得自然、清新、质朴。

在城市里，这个季节的槐花已开得精疲力竭了，可寺口子的槐花彼时才刚刚启开了她羞涩的双眼，花香袭人。低矮的槐树，伸手可及的槐花，人与大自然是如此的贴近。城市里的槐花要么挂在高高的枝梢，要么被农药喷洒得失了花的醇香，你只能望花兴叹，能够着的槐花也早已被顽皮的孩童一扫而空，连枝带花伤痕累累。突然地，在寺口子山脚下看到一树树槐花，立刻触、闻、吃，像忆起了舌尖上久别的一个稀罕食物，欢喜得不得了。

小时候，曾祖父家境殷实，住的院子外有一个宽敞的车院，车院里种有三棵槐树。据祖父说，种槐树是有讲究的，祖辈流传着一个说法：屋前栽有三棵槐。不出秀才就出举。打记事起，院里的槐树就被爷爷，奶奶精心呵护着，仿佛在养育着一个秀才或是举人，每年五月中旬一串串的槐花开白了树冠，整个庄子都沁着槐花甜丝丝的清香。儿时的我们常常在槐花盛开的时候爬上树丫摘了生吃，满口的槐香至今仍留在唇齿之间，槐花成了叩开童年记忆大门的一把钥匙。

寺口子山的颜色与别处山的颜色似有不同，她看上去像巨大的生铁，

寺口子吊桥

黑、硬，似铁山，可临近她宽阔的腹部，才发现平坦的地上竟躺着或大或小的石头，形态各异，颜色与山两边的石头截然不同，鱼白色，光滑，像是被水或是什么常年冲刷打磨浑然而成。仰头望去，两边的山棱角分明，似剑直插云霄，遮天蔽日，近了看，它并没有从山帮剥脱下来的痕迹，也不像从山上滚落而来，难道是天上掉下的陨石？或是两边山的结合体？像婴儿坐在父母怀中，被父母年年岁岁守护着，不知它们在这里静卧了多少年。

寺口子山路幽曲、狭长，一拐弯，一不留神便看不到了前面的同伴，好像这个山中只有你一个人，寂静得令人有些胆寒，可抬头一喊，又发现他们在你头顶的上方。

寺口子山里山外的气温相差甚远，进入一线天时气温顿时骤降，感觉有氤氲的阴凉湿气包裹着你，霎时，人对大自然产生了莫名的敬畏。山涧的泉水不知从哪里来，要到哪里去，好像是从石头上生出的眼泪，凉得瘆人，流过细细的石罅便又消失了，远处只听得到泉水与石头碰击的叮咚声，如水与石合奏的交响乐。

山上的石头也仿佛在召唤生命，你看，对面的石壁上看上去没有一粒土，竟长着一株绿油油的小树，是鸟儿或是风信子衔给石头的礼物吗？上山的路逼仄得只容一人通过，山路上的石头像山繁衍的子孙，光滑，形态迥异，它们是一道风景线，沿途你绝少不了它们的搀扶。

“世上本无路，走的人多了，便成了路。”我猜想，寺口山原本是无路的，它更像一本天书，叫人慢慢去品味、谛听。而开启她的人读懂了她，保留了山的原貌和内心深处的渴望，只有在极险峻的地方才设有铁索、天桥辅助，有的地方用树木铺就而成，而这又与山是那么的相宜。“欲把西湖比西子，淡妆浓抹总相宜。”上山的台阶也是石匠在石头上打凿得只容得下一只脚，我们惊叹这里的山是如此绝美，更赞叹山的主人，他们保留了原来的一石一砾、一草一木。

寺口子东西两侧的山形态迥异。西山悬崖峭壁，走在吊桥上向下一看，深不可测，不禁令人倒吸冷气，直吓得人魂飞魄散，有恐高症的我，壮胆爬到了半山腰便两腿发软，不敢向前了。

东山则不同，山看上去高不可测，但爬山的过程却不令人害怕，大概是人在上山和下山的时候看不到山底，只看到脚下不远处平坦的地方。人总是脚踩实地心底才觉踏实，爬山的过程就是自我超越的过程，一处险峰征服了，接着又是一处险峰，人生何尝不是如此呢？下山的时候，大家简直像猴子，攀、爬、翻、蹓十八般武艺全用上了，甚是有趣。

寺口子山清纯，像一个美丽的、素面朝天的女子，她没有画蛇添足的亭台楼阁和庙宇，也没有赚吆喝的噱头，有的是一山形态迥异的石头和睡佛爷千百年来慈祥安静的睡姿，它们流淌着米钵生金的动人传说；石窟里苏武牧羊坚贞不屈的使节形象，栩栩如生地屹立在人们心中；远处峭壁的羊肠小道上，一群群洁白的羊只仿佛与苏武织成了一道美丽的风景，从远古向你走来。

乡村月亮

乡村的月亮没了霓虹灯的干扰，烧烤烟雾的笼罩，噪音的污染，显得格外干净。

乡村的夜晚，静谧空灵，月亮为黑夜准备了一盏明灯，给人和庄稼送去清凉。

七月流火，麦田里劳作了一天的人们，摇着蒲扇坐在院落里，燃上一堆麦柴蚊烟，在时浓时淡的袅袅烟雾中，在忽明忽暗的火星里，不知何时，已近饱满的月亮跃过树梢挂于天际，照的农家院落亮堂如白昼。沐浴在月光下的农家人，望着眼前一地斑驳的光影，身心也在这清凉的月光下变得舒坦安静。九十点光景，银盘似的月亮徐徐融入宁静祥和的村庄，享受着月亮光辉的抚摸，安详地入睡了。

“千江有水千江月，万里无云万里波。”此时此刻，乡村的一切都沉醉在“此处无声胜有声”的意境中，人物两忘，时间仿佛停止了走动，只有月亮穿过云层，往西边的天际游去、游去……

月亮和太阳一样，绝不吝啬它的光辉。月光洒在乡村的每一支河流，每一条小路，每一株禾苗上，如影随形，不离不弃。月光也是农村人的路灯、眼睛和影子。儿时，吃过晚饭后，便侧耳聆听邻村的高音喇叭有无放映电影的消息，倘若晚上有电影，我们便欢呼雀跃起来，早早地就约人结伴前往。

晚上，弯弯曲曲的田间小路上，银白色的月光洒满大地，辉映得树木庄稼影影绰绰，仿佛有无数个黑影在暗处蛰伏。树梢上的猫头鹰猝不及防的一声凄厉尖叫，给田野晕染了神秘和恐怖的气息。顿时，小伙伴们相互拉紧小手，屏息静气，飞也似的向放映电影的灯光处奔去，把此起彼伏的蛙鸣和恐惧甩在了身后。

电影结束时，月亮已悄悄地游弋到了当空，把黑影逼得无处逃遁，清亮的光辉覆盖了一切。电影中的情景意犹未尽，小伙伴们七嘴八舌地讲着，完全忘记了来时恐惧，撒欢唱着歌儿一溜烟地跑回了家。

推开虚掩的屋门，像走入了神游的境地，炕上的父亲、母亲、姊妹们睡得正酣，劳累了一天的父母发出均匀的鼾声，似水的月光像一床纱被，轻轻盖在每个人的身上，清凉、丝滑。在这个宁静如流水的月夜里，我如同一个被催眠了的孩子，脱掉鞋子和衣服，爬到炕头的一角，在月亮婆婆的怀抱里，甜甜地酣睡到天亮。

月亮的作用在乡村发挥到了极致。农人夜晚开闸淌田，需要它照明。冬天夜里运粪需要它引路。赶早走夜路需要它辨方向。月亮是农村人的手电筒、天然节能灯，也是村里人的晴雨表和活日历。老祖先常用最简单的肉眼观望，预测第二天的气候变化。月亮周围若有风圈则预示第二天刮风，月亮四周发毛则提示天气有变。从月牙到月圆，从月满再到月亏，可大概推断出初一至十五，十五到三十的日子。

从古至今，文人骚客也喜欢在月下，吟诗品茶，对酒当歌。李白就曾在月下发出了“人生得意须尽欢，莫使金樽空对月”的感慨。乡村的人们更懂得时间的珍贵，月亮的重要。一年一度庄稼的种植、收成都离不开天地的照应和月亮的守护。试想，如果漫漫黑夜没有了月亮，世间将是多么的可怕。所以，每逢七月十五、八月十五等重要日子，每家都会拿出上好的白面，蒸上莲花、寿桃馍馍，虔诚地供奉月亮婆婆，祈求来年五谷丰登，风调雨顺。

在久远的年代里，月亮是人们主要的照明设施，即使到了今天，月亮的光辉也使琳琅满目五光十色的灯光黯然失色。与人造的灯光相比，人们更喜欢让自然似水的月光倾泻开来，洒满房前屋后，滋润心田。

月亮是乡村人不可或缺的影子。乡村的月光，亮得纯粹、幽静、辽阔、纯美。我想，追寻心灵宁静的人们，都更喜欢在如水的月光里行走，感受自然的力量带给生命不一样的体味。

河滩小路

布谷声声催耕种

春节刚过，土地活泛了，布谷鸟儿欢实了，农人也不得闲了。

立春，万物复苏，人和土地经过漫长冬夜的熟睡，仿佛刹那间苏醒了。“春耕了，准备春耕了”。生产队长高亢嘹亮的喊声吹响了春耕的号角，急迫的语调一点也不亚于布谷鸟的叫声。不等队长的喊声结束，庄户院里的老老少少已开始准备耕种的农具了。他们翻腾出闲置了一冬的铁锹、犁铧，拾掇手拉车，备好套驴车的鞍子，就等着队长的一声号令。

春寒浓浓的早晨，社员们抖擞精神开始了春耕的第一项劳动——运肥。“庄稼长势好不好，要看肥料足不足。”村民编的顺口溜道出了肥料、土地与庄稼的密切关系。天刚麻亮，土地冻得正硬时，拉车运肥最省力。田间地头到处是热火朝天的劳动场面，运肥车在飞速前行，人喊马嘶，腾起的尘土漫天飞舞。农田里遍布着一座座肥料堆，这是社员们一个冬天积肥、造肥，给土地送去的最好礼物。村口的路边，队里的会计在认真地记着每个人运肥的趟数，发着象征工分的路条。你看，运肥的手拉车，前有大人拉，后有孩子推，个个汗流浃背，人人都不甘落后。要知道，那可是秋后算账分粮的凭据啊！

广袤的土地经过深秋翻茬、冬水浸泡、瑞雪滋养和冬日阳光的照耀，发酵得格外丰腴，储蓄了一冬油黑的肥料带着炕火、灶火的气息，在铁锹的抛撒下向大地飞去。肥料是土地最好的伙伴，就像苦咖啡需要加糖一样，需要加糖，必不可少，土地被肥料滋养得肥沃丰硕，大地散发出特有的泥土香味来。

春耕会战的日子里，村子里没有一个闲人。庄稼人心里自有一杆秤，种瓜得瓜，种豆得豆，劳动吃饭，天经地义，不劳而获连小孩都觉得可耻。所以，小时候放学后回家放下书包，不是写作业、下河摸鱼或是掏鸟窝，而是赶到田间帮大人干诸如拉犁、牵牛、打土坷垃等力所能及的活儿，这些必是留给孩子们做的。能给家里挣工分不吃闲饭，是孩子们觉得光荣而自豪的一件事。

犁田、耙田、磨田，土地在农民的手中，像被梳子梳过的头发一丝不乱，任由春风春潮轻抚浸润。你看，一望无垠的田野上，农人在尘土飞扬的黄土地上吆喝牲口、磨田、下种子，磨耙上压重的那个孩童，仿佛就是种子的前尘今世。

一粒一粒、一行一行的种子在农人的歌谣中，撒在土地这偌大温暖的被窝里，落脚、生根、发芽。土壤好似一位等待孕育的母亲，在涌动的春潮里，与种子紧紧拥抱，孕育直到收获。

“春雨贵如油”。一场寥若炊烟的细雨柔柔地飘洒在大地上，润物细无声。种子醒了，麦芽在布谷鸟的催促下钻出了温柔乡，一露面就引来了麻雀、燕子叽叽喳喳的欢叫声。禾苗一出土，虫子就来松土。随后，鸟儿们又来捉害虫。农人们坐在田埂上，喜看喜鹊、麻雀繁忙地衔食。这时候，农人的锄头也不闲着，松土、锄草、间苗，他们精心侍弄庄稼的心情，不亚于对待自己的宝贝，淌水、施肥，日夜照看。

布谷鸟是土地的忠诚卫士，它栖息在房前屋后树丫的鸟窝里，盘旋在村庄的上空，时刻提醒耕种的节气，立春、谷雨、小满……又仿佛一位尽职尽责的哨兵在巡视庄稼。它叫声亲切，直抵心房，像大地呼唤种子，又像母亲呼唤儿女。

这些年，随着农业机械化的逐步实现，春耕的步履似乎缓慢了许多。

田间水渠

不用人工造粪，不用早起运肥，更不用人拉犁地，农村人工造肥运粪犁田，人欢马叫的春耕会战场景成为了历史，但是，布谷——布谷——催耕的鸟叫声却从未停歇过。那声声呼唤，仿佛在提醒人们，春耕的时节永不更改，春天的脚步永不停歇。不是吗？你看，欢快的春雷正在催醒种子的心房，叩开我们久闭的心扉。

布谷鸟，它和农人们一样，是春天的信使、农耕的先行者。田野因了它们的存在，充满了希望，充满了朝气。

梨花入梦

早就听说南长滩的梨花不同凡响，潜意识里，仿佛只有到了南长滩，才算是真正见识了梨花。南长滩的梨花盛名太炽，一年一度的梨花节更是让她美名远播。想来，那里的梨花定与别处不同，一直以来，我竟是一次次地错过了与她见面的机缘。

这不，今年的梨花刚开，便先在梦里与她相遇了。一树树繁花似锦的梨花，像一个个雪白的精灵在跳舞，飘逸舒展的身姿尽情在寂静无人的山间飘摇，花瓣像细腻的绸缎，嫩黄的花蕊散发着幽幽的香气，引我追逐了好远、好远……终于，绕在了一条河的尽头，眨眼间，一瓣瓣柔美的梨花又化作了酸甜透黄的香水梨，诱得梦中的我馋涎欲滴，醒来，嘴角仿佛还能尝到软梨子特有的酸甜。

今年的梨花，开得有些迫切，尚未等到梨花节，一夜间，忽然就怒放了。往年这个时候，山外人似要赶着去相亲，蜿蜒的山路上脚步连绵不绝，执意要和南长滩梨花来一场美丽的邂逅。崎岖遥远的山路，一路漫天飞舞的尘土，渡河边久久的等待，这一切，仿佛都是貌若天仙的梨花为了见到凡夫俗子，特意设置的种种险阻，就像唐僧西天取经必须历经磨难才能见到真经一般。

四月份的大湾河流速平缓，流经南长滩的梨树园，河水泛起黛青色的光，站立在船舷上，似乎已嗅到了梨花的淡香，波光粼粼的河面上也仿佛倒映出了梨花含羞带笑的芳容。极目远眺，梨花似在眼前，又仿佛远在天边。

通往梨花之园，必先进入拓跋寨。土黄色的房屋之间隐藏着曲曲弯弯、自上而下、峰回路转的小径，走在其中，仿佛永远也走不出这貌似盆底的古寨。终于，在开阔平坦的河床边看到了成片成行的梨树，每棵树都顶着一头密密如盖的繁花，像一个个白色的巨大花篮，美丽如初，貌若天仙。

梨花含羞带雨，走在树下，有风吹过，梨花便如花雨一样洒落在游人的身上、脚下，宛如置身于飞花的海洋。

南长滩盛产独有的软香梨，也盛产肉厚个大的红枣。梨树被枣树掩映其中，带刺的、尚未抽绿的枣树，在婉约的梨花前显得呆板、枯槁。大自然赐予生命的节气不同，美感不同，让生命有了更多独自展示的机会。那一个时间段，仿佛就是为了梨花或是枣花而设置的舞台，它们的花蕾栉次开放在春天。人生不也是这样吗？每个人都有让别人欣赏的精彩时刻，都有属于自己的那个舞台。枣树就是这样以自己迟滞的美，恰到好处地衬托出了梨花的清雅脱俗。

这儿的梨花不仅美得惊艳，其历史更是古老得让人震惊。300~500多年生长至今的梨树，古朴、健硕、高大，粗粝的树皮诉说着历史的沧桑，几人合抱的树桩，像倒置的高脚杯，托举起繁茂的巨大树冠。置身于这几百年的梨树下，我听到了时间嗖嗖飞逝而去的声音，还有不歇生长的嗞嗞声。在整齐排列的几百棵梨树中，如织的游人显得那么幼小，不由得让人对世世代代生活在这里的党项族人心生敬佩，对这里自然的鬼斧神工心生敬仰。

在这片梨树林里，有一株母梨树，与其身边的梨树相比，矮小、瘦弱了许多，它如同天下的母亲一样，倾尽心血繁衍养育儿女，却枯竭了自己。生生世世，它欣喜的目光注视着自己繁茂的子孙，在这片天外之地上大放异彩。也许，这就是绿叶对根最好的报答。

梨花开得率性，开得洒脱，一如大山深处的儿女。它们在恶劣的生存

南长滩梨花

条件下，在几乎与世隔绝的大山腹地顽强地生长、生儿育女，守护着独有的一片天空。大山的阻隔，造就了这一方朴实的人们，稀缺的梨树，洁净的天空，无污染的黄土地和美丽如飘带环绕的黄河。

独特的地域造就了独一无二的梨树，结出了唯一的、独特风味的冻梨——南长滩软香梨。这里的梨树是他们的祖先带来的种子？还是上苍赐予他们果腹的神果，我们不得而知，有的只是惊叹与讶异。

软梨子好吃，模样却令人生嫌。这让我想起了《巴黎圣母院》里的敲钟人，外表虽然丑陋，内心却正直善良。软梨子不仅是冬天里特有的水果，更是一剂良药。有年冬天，母亲煤烟中毒，头痛欲裂，全身发软。父亲说，要是有几个软梨子给母亲吃就好了。不知是巧合还是感应，正好那天城里工作的舅舅带了几斤软梨子来到了家里。母亲喝了酸甜冰凉的梨水后，全身清凉、舒坦，很快能下地煮饭了。第一次，我领略了软梨子的功效。

黄色的软梨子，果汁如同琼浆玉液，既好喝又能治病。医学证明：软梨子性凉味甘，具有润肺凉心，消痰降火，解毒排毒，滋脾养胃等功效。

如今，每到冬天，路过水果摊时，看见柳条筐里黑褐色的软梨子，我总忍不住要买上几斤。软梨子在冬天被冻得裂开了口子，外皮长满密密的麻点，在众多水果中，它没有美丽的外衣，但这并不妨碍人们对软梨子的喜爱。

冬天的火炉边热炕上，当你捧着碗，盛上一个冻软梨，把一勺勺梨肉慢慢送入口中，细细品味酸甜冰凉的香水软梨子果肉那沁入心脾的冰凉时，你可曾想到宛若仙女的梨花？她或许就在某个梨花如雨的夜晚，蹁跹入梦……

我的姐姐们

姐 姐

姐姐出生时正值三年困难时期，母亲营养不良，奶水不足，姐姐整日啼哭，羸弱得如一只小猫。直到五岁，营养不良的姐姐才摇摇晃晃地学会了走路，大院子里的人给姐姐取了个小名叫摇摇。

七八岁正是讨人嫌的年纪，豆芽菜似的姐姐却已担负起了看家、煮饭、照顾妹妹的责任。踩着凳子和面，靠在炕沿上揉面、擀面，一副小大人的架势。择菜、生火、喂猪、喂鸡，样样活计干得有模有样。瞅母亲歇晌的工夫，背着小妹到田间找母亲哺乳。弟妹病了总不忘母亲的嘱咐，耐心照顾、按时喂药，俨然一个小母亲形象。

能干又机灵的姐姐总能把母亲上工前安排的家务活，完成得及时又毫无差错。那些年，父亲常年被生产队派在外面搞副业，姐姐成了母亲最得力的帮手，也是几个弟妹生活中模仿的榜样。晚上，母亲搓纳鞋底的麻绳，姐姐则教我们剥麻；姐姐剪鞋样，我们则围在身边观看；姐姐织毛衣，我们负责绕毛线……一天天的长大中，我们跟着姐姐学会了稻田里插秧、间苗、薅草、割麦、打柴等巧活，更跟随姐姐在三九天的黑夜里赶趟运肥，春天打蒿草、修渠、固河堤……不论苦活、累活，姐姐总是干得既好又快。母亲说：“你姐姐生到我们家可受了不少的苦。”农村人常这样形容长子或长女的辛苦：“宁转个牛犊子，不转个‘头顺子’。”可见“头顺子”

的苦有多重。自小因家庭成分问题，姐姐没能进学堂，后来村里成立了扫盲班，已长成了大姑娘的姐姐才识了些简单的字，但这无法弥补姐姐没上过学的遗憾，这遗憾一直伴随了姐姐的一生。

爱美是每个少女的天性，姐姐也不例外。当时流行的一种时髦穿戴是宽上衣，窄裤子，姑娘们形象地将之比喻为“提高警惕的裤子，宽大政策的布衫子。”我的姐姐是不甘落伍的，她穿着宽大的花布衫和窄小的蓝裤子，干起活来好似一只翩翩起舞的蝴蝶，讨巧、耐看。

冰心说过：“爱美的女孩是巧的，爱美的男孩是好的。”姐姐从不错过每一个学习美、创造美的机会，她从村里的知青那里学会了织绿白相间的西瓜皮背心，用上好的麦秸秆编制草帽、草鞋，用碎花布缝制手套，自己动手剪裁得体的衣服、时兴的鞋样，每一个流行的式样她都能很快学会，并且实践到自己身上。

在家里，姐姐有一个专用的木箱，这是父亲为了表彰姐姐为家里所做的贡献，专门找木匠师傅打做的。平日里，她把自己的衣服、用品统统珍藏到这个木头箱子中。一次，趁箱子没有上锁，好奇心促使我打开了神秘的宝箱，除了衣服，里面有一瓶两元钱的擦脸油“面友”，很流行价格也贵，姐姐平时舍不得用。那天，我不知“面友”怎么用，用手指挖了一大坨，把自己抹成了“白骨精”，一照镜子连自己都吓了一跳，赶紧洗呀洗，最后还是被姐姐发现挨了一顿揍。

转眼，姐姐已二十五六岁了。这在农村已属于大龄姑娘了，姐姐为了家、为了弟妹延迟了谈婚论嫁的年龄。因为姐姐在家里顶着一个劳力挣工分，才使我得以顺利地考取了中专。接到录取通知书的那一刻，姐姐比我还高兴，拿着通知书左看右看，仿佛考取的不是我，而是她。一瞬间，我似乎读懂了那个平时严肃的凶巴巴的姐姐，她的苦、累及所受的委屈，在那一刻因我的争气，变得举重若轻。新生入学，我穿着姐姐为我做的白底

姐姐与堂姐

黑面的布带鞋、量身裁剪的和平式的确良衬衫踏入校门，连扎辫子的蝴蝶结，都是手巧的姐姐精心用绸布缝制的。

上中专的第一年，姐姐出嫁了，之后的日子里，我穿着姐姐结婚置办的新衣，度过了三年的卫校生活。我知道，我不仅承载着父母的希望，更承载着姐姐一生的夙愿。

多年来，为人妻为人母的姐姐当过养鸡专业户、养猪专业户，件件令人刮目相看。操持家务，下地种田更是把好手。遇乡邻红白喜事她必前去帮忙。为此，她的家庭被村里连年评为“五好”模范，两个女儿也先后考取了外地的重点大学。如今，年过五十的姐姐与村里的大姑娘小媳妇们跳舞自娱，过年还被村上委派进城扭秧歌。社火队里的她，红衣绿裤，格外好看。

这就是我的姐姐，粮食过关时，一听到家里刮锅，就担心没饭吃大哭不止的“摇摇”；那个从小为父母分忧解愁，半夜里骑车捎母亲到三十里外的医院为小弟看病的坚强少女；那个甘愿牺牲自已为弟妹铺就念书道路、任劳任怨的“头顺子”；那个干活麻利得和男人一样，上山砍柴、拉煤、打场、挖渠，不畏艰难的女汉子……

堂　姐

如果说与我一母同胞的姐姐，是一位严格的管理者与不苟言笑的老师，那么堂姐之于我则是一位可亲可爱的玩伴。从记事起我就是堂姐的跟屁虫与应声筒。她不但是一位知心姐姐，还是我在饱受姐姐拳脚时候的庇护神。堂姐有一肚子的故事，牢牢地吸引着我，令我吃饭时想，睡梦里思。

堂姐虽与姐姐同岁，性格却迥然不同。堂姐长着一对月牙似的眼睛，圆圆的脸庞，脸上的两个酒窝徒增了无限的亲和力。开朗、爱笑、没心没肺的堂姐，身边时常围绕着一大帮孩子，我理所当然是其中一员。堂姐是这个群体里当之无愧的孩子王，她总是有许多出其不意的招数和点子让我们惊喜不已。小时候捉迷藏、过家家、打猪草、赶集、吃酒席等活动，我紧随在堂姐身边，生怕一不留神掉了队，找不到堂姐的身影了。

一次，父母都下地劳动去了，家里只剩下一群孩子。这时，房上的麦垛堆里传出了母鸡下蛋后呱呱呱的报喜声。鸡蛋在农村可以当钱用，到小卖部换点灯的煤油，换香皂日用品，换油盐酱醋等。一年到头我们天天听着母鸡打鸣、瞅着母鸡下蛋，却很少能吃到鸡蛋，那是多么香喷喷的诱惑啊！那天，大人们不在，堂姐自然成了孩子们的主心骨。当堂姐把带着母鸡体温的鸡蛋从鸡窝里掏出来，用铁勺炒熟，喂到十几张小鸟似的嘴里时，我相信，世上最美味的食物也不过如此。至今，每每逛超市时看见鸡蛋，便不由自主想起小时候吃鸡蛋的味道，仿佛味蕾上仍留着第一次吃炒鸡蛋的香味。

堂姐和姐姐一样，没上过学，可她想象力丰富，编故事的能力出奇的高，令旁听者如身临其境，尤其是孩子们。从她嘴里讲出来的故事情节生动、曲折，充满了悬疑，好像真的发生过一样，故事的结局大多是善有善报，做了坏事的人结局凄惨。年幼的我们听着堂姐的故事，既充满了好奇，又害怕做坏事遭报应，难免有所畏惧。堂姐讲述的故事让我们从小明白了一个道理——善恶终须报。倘若放在现在，我想堂姐也许能成为出《哈利·波特》这样的畅销书的人。

让我难忘的是和堂姐到乡下赶集吃酒席。亲戚娶媳妇嫁闺女都要摆酒席，吃酒席是乡下人改善生活的一个绝好机会，我多次随堂姐到县城和邻近的庄子上吃酒席，中间还闹出了许多啼笑皆非的事情来。一次到亲戚家吃酒席时，堂姐怕新买的自行车丢失，便将之放到了附近的一个亲戚家屋里。吃完酒席等不及主人回来，回家心切的我们便翻过院墙，从窗子里抬出了自行车。还有一次，也是为了进县城吃酒席，数九天竟坐着敞篷的拖拉机走了三十多里路，害得我感冒发烧了好几天，不但让母亲费神伺候还耽误了上学，即便这样也照旧不改对吃酒席的渴望。

工作后，又是堂姐给我介绍了对象，成了我的媒人。每遇痛苦或幸福，需要找人倾诉的时候，自然而然就想到了堂姐。堂姐率性、乐观、不折不挠的性格感染着我，她是我的姐姐，是我儿时的玩伴，也是我如今的知音。回想起来，她的这些特质影响了我的一生，这些特质帮我渡过了一个又一个难关。多少年来，无论时代如何变幻，时间怎么流失，唯一不变的，是我与堂姐的手足情与朋友谊。

表　姐

表姐在家里排行老大，是家中唯一的女孩，也是我仅有的一个姑表姊妹。

表姐年长我五岁，冬天腊梅开的时候生的，小名叫剪梅。腊梅不畏严寒，冰清玉洁，姑母把她的第一个孩子取名梅花，寓意不言自明。

二十世纪五十年代末出生的表姐，与她同龄的孩子一样，早早就做好了当一辈子农民的打算。幸好当教书先生的姑父颇有远见，排除了一切阻力，不理会他人异样的目光，把女儿送入了学堂，表姐才得以念完小学及至初中毕业，要不然表姐会与她今生的职业——教师，而失之交臂的。

表姐和那个年代所有的农村女孩子一样，帮父母看家、煮饭、洒扫庭院，照看几个异常调皮的弟弟，不同的是她身上还背负着父亲是“右派”的这顶帽子。“穷人的孩子早当家”。生活的重担和精神上的压力使十几岁的少女过早地成熟了起来，她坚强但不倔强，随和但有主见。

那一年，我随爷爷去十里之外的姑妈家。爷俩一路走一路挖野菜，夏天炙热的太阳晒得人口干舌燥、疲乏无力，篮子里的菜也禁不住太阳的热情而奄奄一息。为了给女儿家减轻些负担，爷爷沿途不停地挑苦苦菜和苜蓿，菜篮子好像永远也盛不满。一个小时的路程就这样走了近四个小时，眼看快到了姑妈家所在的村庄了，年老的爷爷却因为饥饿昏倒在田埂上，吓坏了的我赶紧跑去找表姐。得知情由，小小年纪的表姐迅速奔回家中，把家中的剩饭调和后一路小跑地送到了爷爷的跟前，在爷爷吃着瓦罐里热乎饭菜的那刻，我觉得表姐好高大，好有主见，就像小人书《红灯记》里的李铁梅。

表姐身材高挑，秀外慧中，说话轻声细语，很有亲和力，想必，上天早就给她安排好了职业。

机会总是等待有准备的人。随着姑父被平反，表姐进了城，经考试成了一名光荣的人民教师。我有理由相信，吃苦、耐心、专注、肯钻研的表姐具备了一个教师的素质，一定会成为一名优秀的小学老师。后来的事实证明了这一点，她没有辜负学生和学生家长的期望。

表姐结婚的时候已属于大龄，表姐夫是恢复高考后的首届大学生，这也算圆了表姐的一个心愿。婚后，他们夫妇“琴瑟在御，岁月静好”。我不禁想到了巴金先生《家》《春》《秋》里的梅表姐，觉新和表妹梅芬皆为崇尚新思想的有为青年，却受到封建家庭的戕害，无法与青梅竹马的恋人结合，最终，梅表姐含怨另嫁病故，凄惨的爱情结局让人扼腕叹息。同样的年华，不同的社会，值得庆幸的是新时代青年不一样的境遇。

表姐的性格像水一样柔软，随方就圆；像玉一样温润，婉约和煦；像经典线装的古装书一样耐人寻味。她柔和孝顺，几十年来照顾年迈的父母、婆婆，养育出了一对优秀的儿女，与兄弟媳妇和睦共处，从未听到她的抱怨和不平。那年表姐出嫁，我是表姐的小伴娘，与表姐相处的几天里，看到表姐始终面带微笑，从容面对一切——尽儿女之孝、尽媳妇之孝、守夫妻规矩。与她在一起，我这个疯丫头也不由得淑女了起来。她就像一汪清辙的小溪，静静地流淌滋润着身边的人，让人如沐浴在宁静的月光里、拂面的春风里。

有这样一种女人，如姐妹、如朋友、如知己，如妻、如母、如女儿，她们使人自在、贴心、踏实，不提防，少算计，她们总是考虑别人多，想到自己少，宁可自己吃亏，也不让别人难过。我的表姐就是这样一个不谙俗事，没有不良嗜好，清爽素白的女子。

表姐同无数繁衍子孙的妇女一样，是这个世界上男人不可缺少的另一半，人类因了她们而优良进化，岁月因了她们而静好得格外让人眷恋、回首。

通湖草原上的风

刚一进入通湖草原，无遮无拦的热风就像一位豪爽的西北汉子，率先猎猎地拥抱、拍打着你。春天的通湖，风劲道又不失温柔，裸露的肌肤被它撩拨得热辣辣、痒酥酥，一如通湖草原上的马奶子酒，沉醉而诱人。

第一次去通湖草原，与我想象中辽阔无垠的草原相差甚远，“风吹草低见牛羊”，昔日的景象仿佛只是传说里的故事。我丈夫自小在甘南长大，他曾无数次描绘过儿时的故乡：茂密的草丛，遍野的羊群，随处可见的野鸭蛋，草丛中雪白的鸡腿蘑菇，追逐的野兔野鸭……羊群啃着永远也吃不完的青草，儿童们骑在健壮羊背上玩耍撒欢。

儿童的节日，也是大人们庆贺的日子。每到“六一”儿童节，生产队要分羊烹煮集体庆祝，念书的孩子们口袋里装的零食是油汪汪的肉干，喝的是锅里不停熬煮的新鲜牛奶。有一首歌，《香巴拉并不遥远》里唱道：“那里鸟语花香，四季常青，那里没有痛苦、没有忧伤，那是神仙居住的地方……”

通湖草原的风吹绿了草原，也吹来了沙漠，一半火焰，一半绿洲，一阴一阳，一凉一热构成了通湖独有的风景。沙滩上布满了蒙古包，穿着蒙古族服装的姑娘穿梭其间，蒙古包内的酥油茶叫人难舍难忘，蒙古汉子大碗喝酒、大块吃肉，把酒当歌，一时间恍若置身于久远的原始部落。

通湖草原的沙子虽在同一个地方颜色却有所不同，茨林客栈周边的沙呈金黄色，柔顺颗粒小，太阳也似乎格外青睐这片沙漠，骆驼及游人仿佛被火辣辣的风感染着，尽情释放原野的激情。蒙古包外的沙地则呈鱼肚白，粗粝坚硬，像极了草原上的汉子，粗犷硬朗。这片沙地透着一股青草水气，白杨树摇着窸窸窣窣的树叶，沙地上长着一种开着黄色花儿的蒿草。蒿籽草耐高温、干旱，好似沙漠里的骆驼，沙漠才是它们的温床和定居的故乡。我家乡的河滩上曾遍野长着这种蒿草，蒿籽叶的颜色灰绿中泛着鱼肚白，与沙滩的颜色相近。其间生长着一种蒿草籽，春天开花结果，秋天打籽，磨成粉末就是地道的蒿面子，蒿面子和面粉掺匀和面，擀出的面劲道、滑爽，是当地人喜爱的一道特色面食。

沙地里长的植物，虽小但顽强，它们与通湖相依相存，就像沙漠里的骆驼和逐水草而居、游牧的蒙古人。

草原上的篝火晚会扣人心弦，是草原上牧民一种传统的欢庆形式。相传在远古时代，人们学会了钻木取火，发现火不仅可以烤熟食物，还可以驱吓野兽，保护自己的生命安全，于是，对火产生了敬畏之心。

晚上，草原的气温陡降，与白天截然不同，凉飕飕的风不禁让人留恋篝火的热情。天空中悬挂的一轮明月，似乎也在欣赏着这人间美景。夜幕下，草原被黑色面纱笼罩，只有通湖草原露天的演艺场内篝火冲天，人声马声响彻草原上空，骑在马背上的小伙子如离弦之箭，策马飞驰，淋漓表现了蒙古人的剽悍威猛。悠扬的马头琴声似在召唤着远方放牧的游子，绿茵茵的草原上，姑娘们身着艳丽的民族服装，盛情款待远道而来的客人，一曲祝酒歌洇在浓浓的马奶子酒中，醉了草原，醉了这里的一切……

一曲腾格尔的《蒙古人》，苍凉浑厚的歌声仿佛把人们带到了遥远的香巴拉。天际无垠的沙漠里缓缓走来一支驼队，他们穿过楼兰，沿着“丝绸之路”，穿越死亡之谷——罗布泊，向我们走来，一路播撒文明，传递友谊，交换食物用品，他们是沙漠里顽强的胡杨树，千年不倒，千年不朽，缔造了沙漠神话。夜深了，熊熊燃烧的篝火仍在点燃着人们向往自由、热爱和平及各民族大团结的豪情。

通湖草原上的风，携带着异域的风情和广袤的爱扑面而来。

守望瓜屋

春天来了，田间伫立的瓜屋像在等待久别的亲人，翘首期盼着主人的光临，瓜屋、瓜田、瓜农像是一个瓜藤上结的果，连为一体，气息攸关。

冬日晒活泛了的土地，在瓜农的铁铲下被侍弄得绵软、松酥。西瓜、香瓜、哈密瓜、黄瓜的种子一旦下了土地，种瓜人的目光每天都在搜索，看着瓜秧悄悄地钻出了地面，好像几天之间，瓜苗就探头探脑地钻到了垄上。秧苗出齐后，种瓜人又开始忙活着给瓜秧松土、施肥、浇水、掐秧。

西瓜是夏天最受欢迎的瓜果，它汁水多含糖丰富，既可以解渴又能充饥。西瓜泡油饼，味道美极了。传统的种瓜方式辛苦但瓜却是独特的好吃，瓤沙、色红、籽大、味甜。瓜瓤的颜色、沙甜程度来自于种子的品质和土壤，更来自于种瓜人的手艺、浇肥的时机及肥料的好坏。早年的乡下，每个生产队都有几个种瓜的把式，他们身怀绝技，种的一垄垄好瓜。西瓜和香瓜熟了后拉到城里去卖，不用吆喝，只在县城鼓楼脚下摆上瓜摊，切开西瓜，一会工夫就招来了城里人品尝后的赞不绝口。不到晌午，一胶车露水瓜就卖完了，生产队又添了一笔收入。

种瓜人在生产队里很受队长的器重，他们可不用干繁重的体力活，还受到队里社员的尊重和喜欢，地位仅次于队长、保管、会计之下，自是惹人眼红和羡慕的营生。

母亲的二伯，也就是我的二外公，就是典型的种瓜好手。解放前二外公因吸食过烟土，身体瘦弱，干农活总是落在人后头。土地改革后，他不知从哪里学到了种瓜的活计，种的西瓜个大瓤甜；香瓜香味袭人，吃后满嘴满屋子里都荡漾着久久不散的香气；哈密瓜粉色的瓜瓤沙得噎人，但凡吃过的人还想再吃几个。

二外公身材矮小，戴一顶瓜皮帽，炯炯有神的大眼睛镶嵌在深深的眼眶里，不苟言笑，有一种威严的气势。他仿佛生来就是种瓜的料，瓜不但种得好还会经常研究改良技术，光西瓜就能种出好几个品种，有沙瓤、脆瓤、薄皮和能长时间存放的厚皮西瓜，香瓜更是藏到柜里半月之久不坏，余香袅袅。改良的朝鲜黄瓜，水嫩香甜，迄今没有人超越，被村里吃过的人所津津乐道。二外公去世后，再也没有人种出诸如朝鲜黄瓜之类的品种了。

二外公种瓜的绝活无人能比，盖的瓜房也不同一般。他的瓜房和别人的有所不同，瓜屋里面小，只能容一人睡觉，他从不容许别人在他的瓜屋里留宿，哪怕是他的孙子都不行。但是外面的凉棚却比别人的瓜棚大几倍，凉棚大自有它大的用处，一则是因为二外公在瓜田里的时间比在瓜屋里待的时间长，连吃饭纳凉也喜欢坐在凉棚下，晚上更是长时间坐在瓜棚下瞧瓜、看瓜，防止村里的愣头青前来糟蹋瓜田偷瓜。旱烟抽掉几锅，青蛙都困得停止了哇叫，他才进瓜屋睡觉。

二外公种的瓜快熟了的时候，经常有邻近的生产队前来取经，品尝西瓜或是香瓜。二外公的瓜棚好比一个展览台或者接待室，坐在凉棚下无论是乘凉还是看瓜，或者是参观品尝西瓜，看着满田摇曳生姿的瓜叶，和依偎在叶下圆溜溜的西瓜，真是一件比吃瓜还惬意的事。

二外公瞧瓜公私分明，铁面无私。这样一个人物，是生产队里种瓜、瞧瓜的不二人选。他在他们生产队里种瓜瞧瓜十几年，地位无人能撼动，直到包产到户。

乡下的田野，随处可见瓜屋，瓜屋必连着瓜田，就像瓜秧连着西瓜一样。因此，瓜屋之于人们尤其是孩子，在无数个梦萦魂牵的日子，思之、念之、想之。香瓜、哈密瓜、黄瓜，在瓜田里依次成熟，黄瓜掉在挂起的枝蔓上，香瓜藏在秧叶间，西瓜窝在厚实的土地上。总之，它们与瓜叶之间都有一根毛茸茸的绿“绳”相牵，就像母亲的脐带连着自己的孩儿。

早晨的阳光像金子撒在瓜秧上，田野里的西瓜正在铆足了劲地猛长，瓜农手里握着铲子在瓜秧间一铲一铲地松土、掐秧，像给沉睡了一夜的瓜秧活动着筋骨。中午毒毒的日头晒得瓜秧蔫歪了头，种瓜人却趁日头炎热侍弄土地，要的是让瓜秧的根茎充分吸收阳光的养分，等下午再把松开的土用铁铲拍密、拍实。瓜被瓜农侍弄得舒舒服服伸起了懒腰。

瓜蒂坐果后，看瓜人在整个夏天都吃住在瓜田。到吃晌饭的时候，家里便有人送来午饭，这时的看瓜人才歇晌开始吃饭。吃完饭，装上一锅烟，慢慢地品咂，一锅旱烟抽完后，看瓜人通常要到他的瓜屋小憩一会。窄狭只容一人的瓜屋里，弥漫着烟草和汗腥的气息，瓜屋的窗台上放置着煤油灯、火柴、烟杆。煤油灯很少点亮，倒是火柴必不可少。瓜屋因为长久地浸染了烟味和汗味，竟滋生了一种别样的亲切感，点烟、燃柴草薰蚊子，这是瓜屋独有的气味。村里的许多孩子做梦都想着到小屋里一探究竟，是看瓜人深深的眼窝，还是瓜屋里神秘的气息，使他们望而却步了？

瓜屋两面墙各开着一个窗口，为通风，也为了瞭望瓜田。每到西瓜快成熟的时候，常有村里的毛头小子来瓜田里踅摸，稍不留神就会生瓜熟瓜一起摘掉几个，惹得看瓜人心疼地直骂。瓜田像一个诱人的蛋糕，村里的孩子们乐此不疲地往返。在月朗星疏的夜晚，如敌特电影中的情节，几个男娃在瓜田附近蛰伏良久，负责望风的少年一眼不眨地观察着瓜棚里看瓜人口中的烟斗一明一暗的火星，他们知道，火星熄灭了，看瓜人就去睡觉了，这时，负责偷瓜的孩子手脚麻利地把摘到的西瓜，放到就近的水渠里漂走，下面有的是人等着接应。第二天定能听到看瓜人一整天懊恼的骂声。

有一个约定俗成的规矩，平时瓜田里严禁人们光顾，大人们都自觉地

遗落的瓜屋

绕开瓜田走路，所谓“瓜田李下”避嫌疑。

黄瓜、香瓜、哈密瓜、西瓜分别成熟的时候,就可以开田下瓜了。

开田，是西瓜成熟后第一次摘瓜，标志着瓜熟蒂落的时候到了，就像养在香闺里的姑娘要出阁了一般,仪式也必定是隆重的，在下瓜开田的前一天，生产队长会邀请队里德高望重的老者品尝后，才可以正式下瓜。

第二天太阳冒花的时候，瓜田里早已躺着一堆堆的西瓜，看瓜人舍不得别人把西瓜硬生生地揪下来，自己半夜起来轻柔地把瓜与秧断了开来。瓜与秧都是他的心头肉，就像婴儿要断奶一般，最怕下瓜的人生揪硬扭，弄痛了他的宝贝。

分瓜的时候，人们背背篓拿麻袋，推拉车到了瓜田，按家里的人数等待领取。这是队里大人孩子们都最兴奋的时刻了，分剩的瓜大家蹲在瓜田里不分男女老幼，放开了肚皮尽情地吃。哈密瓜下雨后，容易在短时间内爆裂成熟，有时正在分瓜的当口，又遇上下雨，分上了西瓜，又得到了哈密瓜，一举两得，这时人人都像是额外增加了幸福的筹码一样。

分瓜的当下，孩子们可玩疯了，他们在平时来不了的瓜田东瞧瞧西望望，尤其是在浸透着烟味、汗味和瓜味的瓜屋，过了一会儿神仙爷爷的瘾。

瓜摘完了，瓜秧像是失了生命，蔫头耷脑。碧绿的瓜田已如秋风落叶一般，结束了它的青春年华，而瓜屋，则像秋风中孑孑孤守的看瓜人，守望着来年的春天。

医院里的花树

毕业的那年夏天，我们二十几个如花的少女被分配到了县医院工作。医院地处鼓楼西街，当时人烟稀少，荒凉僻静。但走上通向医院的小路，又仿佛误入了世外桃源，百米长的小路两侧生长着挺拔的新疆杨，灰绿两色的杨树叶形状和枫叶极相似，春风掠过，笔直的杨树如玉树临风的少年在风中摇曳，发出沙沙的声音，反射出阳光的气息。小路的尽头是两层高的医院办公楼，被飘逸的合欢树掩映其中，树叶摇摇晃晃，像绿丝线编织的页页扁舟，盈盈绿叶中的合欢花，似花仙子的羽毛扇，在清新的花香里翩翩起舞。仿佛这不是令人恐惧的医院，而是欢乐的花树海洋。

病房外的空地上茁壮生长着桉树、李子树、椿树、杏树，从病房向外望去，绿色映满眼帘，似是神仙的画笔在雕琢描画。你看：椿树在花树争艳的季节也露出了她的芳容，树枝上挂着一嘟噜一嘟噜绿黄色豆荚样的花朵，就像足球场上少女手中舞动的花环。椿树散发着与众不同的涩涩椿香，飘出很远、很远……在众多花树中，最惹人眼馋的还是槐花。每年的五月中旬，槐树的叶子还未完全舒展，槐花的花蕾已急迫启开了它羞涩的双眼，一枝枝雪白的槐花在风中摇曳，似白色的小铃铛在叫醒春天，槐香随着嫩黄的花蕊飘散。此刻，槐树就像一位身穿白色蕾丝婚纱的新娘，浑身散发着醉人的幽香，在五月的空气里仿佛只有它在旁若无人地舞动裙裾，吸引着蝴蝶蹁跹、蜜蜂环绕，连鸟儿都喜欢在它的花下筑巢。树下乘凉的病人，则尽情张开每个细胞深深地呼吸、呼吸，仿佛要把这药味、来苏味，在花的熏香里清除得无影无踪。

槐花香，浓而不烈，甜而不腻，捋一把生吃，入口有茉莉花的丝丝清香，与面拌好蒸了吃，软绵可口。槐花味道清香甘甜，富含维生素和多种矿物质，同时还具有清热解毒、凉血润肺、降血压、预防中风的功效，古时郎中常用它做药引子。

医院里的花树随处可见，图书室门前的杏树，篮球场边上的桑葚树、榆钱树，宿舍院里大片的梨树、合欢树，太平间门前的桃树，她们像是花神派到人间的使者，阅遍人间悲欢，仍欢快地怒放着，它们无声地告诉人们：生命是短暂、脆弱的，但又是美丽、值得珍惜的。

“落红不是无情物，化作春泥更护花。”这些花树的花期有长有短，栉次开放，有的无人留意它便已凋谢，有的昙花一现，但这并不妨碍它们如期开放，点缀这个美丽的春天。一如医院里的白衣天使们，他们给绝望的生命缔造奇迹，让残缺的身心重获新生，病人康复后从此对人生有了更深刻的认识，那就是真性、乐观、坦然。

几十年弹指一挥间，曾几何时，青涩的我们坐在树下看书、学习、乘凉，与已熟络的病友打扑克、聊天，静坐在树下，听树叶婆娑、鸟儿啾啾，看花开花落，这一切好像就发生在昨天。如今这些花树伴随医院走过了许多风雨岁月，它就像一位历经沧桑的哲人，见证了种下这些树的支宁医生、护士和药师，见证了他们把青春热血洒在这片土地上的艰辛，见证了医院的巨大变迁，也见证了医疗技术的迅猛发展，还有为医院操劳、付出心血的老院长、老前辈们。

沧海桑田，“前人栽树，后人乘凉。”前辈们种下的花树，如今已长得高大健壮，它年复一年散发着馥郁的馨香。为这片土地奉献过的人们，你们可闻到了这花香，听到了医院里那喁喁的花语？！

风扬麦场

七月，开镰的第一刀，是从麦场的麦田上开始的。麦场，是麦子收割后的囤积地，是麦穗脱去麦芒的香阁场，更是农人们扬起麦粒的归仓场。

麦场上的麦子收割完，田野上露出了一撮撮黄色的麦茬，好像壮年男人的胡须，走在上面，扎脚。这时，农人们便套了骡子，拉一个石头磙子，在麦场地里不厌其烦一圈一圈地来回碾压。只消一天工夫的碾压、曝晒，麦场已如泥子抹过了一般，平整、瓷实。

生产队里主要的劳动力在麦田里忙得汗流浃背的时候，这边的麦场却平静得多。麦场的房子年年如斯，一直坐落在它原来的位置，看麦场的爷爷在忙碌地拾掇他的地盘，铺被褥、挂马灯、铲杂草、收拾打场的农具。做这些事情的时候，他就像一个久别的人，重新回到了自己的家，嗅着麦场上扑面而来的麦香和屋里浓烈的霉潮气，这气味让他觉得熟悉、亲切。

宽敞平坦的麦场，此刻像一个拾掇好的新房，欢喜地等待着入住的新媳妇。来了，来了。你看，套着胶车的三匹马扬着四蹄，打着响鼻在车夫的吆喝下，向麦场飞奔而来，高高的麦垛被绞棒和绞绳稳稳地固定在车厢里，随胶车的跑动前后左右地摇晃。

麦子上了场，就好像士兵归了队。码麦垛是村里每个男人的必备功夫，倘若哪个男人不会码麦垛，那么他在队里妇女的眼中，地位就矮了一截。

码麦垛首先要打好底座，就像盖房子打地基一样，马虎不得。生产队里的小伙子们码麦垛很是麻利，一捆捆的麦子在他们的手里，就像是儿童手里的魔方，任他们扎放成一个圆圈样的底盘，麦穗向内，麦根向外。之后，又逐层摞压成一个高高的麦垛，码好的麦垛像一座座山，既挺拔又结实，威风凛凛地立在麦场上，像丰收的碑塔，骄傲地展示着丰收的成果。这是村里汉子的技术活，淋漓地表现了男性的力量美、创造美与粗犷美。

田野里的麦子收尽的时候，麦场上则开始了打麦的“战役”。说是“战役”，一点也不夸大其词，因为它就像一个协同作战的集团军。三伏天，为了防止连绵细雨的搅扰，一个多月里，社员连天带夜地在脱粒机上脱麦粒，两台脱粒机，一刻也不消停。生产队里凡是能出工的，不论男女老幼分工不同，皆出工出力。青壮年上打麦机，集中精力往打麦机放麦子；儿童们则被队长派了去扒拉打下的麦粒；妇女们被分成了几拨，有的拿杈扬、翻抖打麦机吐出来的麦柴，把夹杂在麦柴里的麦粒抖出来；有的腰束草绳像民兵一样，威风凛凛地捆扎麦柴；有往远处运麦柴小跑的妇女儿童。年长的男人手里握着木锨，头戴草帽，像一个看风使舵的舵手，辨风，扬麦，细细地扫着麦秆；还有往打麦机前运麦捆、递麦子的年轻小伙，后勤保障伙食供应的炊事员，巡看麦场的管家爷爷。他们都在自己的岗位上尽职尽责，全力以赴，齐心协力。

打麦的过程中每个人的位置都不可或缺，一个环节受阻，整个过程延缓。

麦场，上演了家庭、社会中的兄妹之情、邻里之情、夫妻之情、恋人之情和对集体的无私之情。从打麦机上下来休息的姐姐、哥哥，代替弟弟妹妹扒拉麦子，好让她（他）们去偷空睡一会儿觉，有的父母忙里偷闲帮子女捆麦柴、运麦子，恋爱中的小伙子暗里帮助自己心爱的姑娘。有强壮的帮弱小的，健康的帮病残的，年轻的帮年长的。

静静的黑夜里，只有麦场灯火通明，亮如白昼。麦场上机器轰鸣，人声鼎沸。此时，在家暂时休息的人，时刻聆听麦场上熟悉的声音，等待召唤。

麦场，仿佛汇集了全队人的大脑和心脏中枢。

夜里打场，队里供应的晚餐有米饭、芋头、莲花菜、辣子、西红柿烩菜。饭菜香，也很诱人。在缺油少粮的年月，这一顿丰盛的夜餐无疑是全家人的一顿盛宴。孝顺、懂事的子女，疼爱子女的父母，打了饭舍不得自己吃，忍受着饥肠辘辘，等着收工了拿回家与家里的爷爷、奶奶和幼小的弟弟、妹妹一起吃。打麦子的夏天，睡梦中的我似乎天天都能闻到姐姐带来的饭菜香味，常常等不及母亲唤我，已一骨碌爬了起来。那饭菜好香啊，梦中的我不知想了多少回。

打完的麦子，晒在麦场上，像铺在农夫心里的黄金，饱受阳光的照耀，映入农人的眼帘，享受大地的拥抱。一粒粒麦子饱满而沉醉，农夫在手心里搓着，用指头捏着，用牙嗑着，掂量麦子的干湿、饱秕，闻着麦子的香味，眼睛里泛出的是舒坦、欣喜的目光，好似一位父亲稀罕着自己千辛万苦养育大了的儿女。

夏收的麦子带着阳光的温度、农夫的汗味走进了千家万户。

行走的麦子

麦子磨成面可以有许多种吃法，面条、面片、长面……更是有数不清的糕点、零食离不开面粉制作。小麦之于人们必不可少，但种麦、收麦、打麦、磨麦却是一个艰辛的过程，唐代诗人李绅的《悯农》，就真实地道出了农夫种粮的不易。

拣麦种

大集体时，每到冬闲，生产队仓库储存的头年上等麦子分到各家各户，每家分四至七麻袋不等，到了晚上，吃完饭所做的第一件事，也是顶顶重要的事就是——拣麦种。

有好收成，必须得有好种子，这是六七岁小孩子都明白的道理。因此，傍晚放学的孩子们不是在灯下做作业，而是与大人们一起围坐在吃饭桌前拣麦种。每家都有这样一个共同的场景，屋外冷飕飕的北风呼啸，鹅毛大雪漫天飞舞，屋内昏黄的灯光下，一家老小坐在桌边聚精会神地拣着一粒粒麦种，晕黄的灯光映照着虔诚专注的脸，看、挑、划一丝不苟，只听见指腹划拨麦粒的声音。屋子里静极了，连说话都生怕分了神而使次麦充了种子。人们在拣麦种的时候，神情专注，手指灵巧，充满期盼。麦种在他们的眼里仿佛已长成了沉甸甸的麦穗，散发着诱人的麦香。

拣麦种看似简单，但要付出恒久的耐心、细心和一颗爱惜粮食的心。

拣麦种要眼尖、手快，眼手协调同步进行，才能又快又准地把一粒粒饱满、没有缺损的麦子拣出来做麦种。麦子在人们灵巧的指腹下瞬间被划到了麦种的一边，挑起了繁育麦子的重任，而瘪的、残缺的麦子则被归到了另一个角落，与草籽为伴成了果腹的食物。同种麦子却是不同的命运，这是一个必然的结果，它们与自然界的生存法则一样：优胜劣汰。

一个冬季，大约有三个月，每家夜晚都在分拣麦种，漫长的冬夜里，社员们忍受着饥肠辘辘，忍受着手脚冻得发麻，腰身酸困精挑细选麦种，为的是来年能有一个好收成，生产队里能有余粮存，公粮能有好粮交，社员能有口粮分。

拣麦种挑剩的麦子最后都要集中交回到生产队里，每百斤也只相差 2 至 3 斤而已，这也是掺杂在麦子中的石子、草籽、土粒的重量。粮食那么缺乏，有的家里甚至有揭不开锅的时候，可是，拣麦种的时候，不论是年轻的、年老的，抑或是孩子们，谁家也没有动过要吃或是私藏一粒麦种的念头，他们的心和麦子的颜色一样，散发出的是金子般的光芒。

种　麦

春节一过，二十四个节气的第一个节气——立春，就随之而至了。立春，农民又通俗地称为“打春”。刚立春，农民就闲不下了，他们拾掇擦亮了农具，连天带夜地往田里运肥。犁田、磨田、耙田，把土地侍弄得绵柔、肥沃，就是为了下麦种。

冬天若是好好地下上几场大雪，春天在土地上撒上肥料，犁铧走过，田野里的土地就格外油黑、潮湿，种子特别喜欢在此发芽、生长。

下麦种，分手撒和机耕。早年间，机械化还没有实现，都是人工手撒种子，农夫们在田里一手端着盛麦种的箩筐，一手抓上麦子，呈弧形一趟

小　麦

趟均匀地撒上麦种，然后再翻、再磨，直到把麦种都覆盖在土壤里。传统的方式长出来的麦子没有行距和株距，麦子通风不畅，加上麦种属于自我优化，所以，麦穗小，产量也低。如今，种麦已不比从前，麦种都是从种子公司买来的优良品种，采用机械化的种麦方式，种出的麦子一行行、一垄垄，易施肥好除草，整齐又科学，产量也是今非昔比。

四月份麦子长得和韭菜一样的肥实，田野上绿油油的麦田似地毯，惹人喜爱。有一次，队里插队的知识青年从麦田经过时，惊讶地叫道："哎呀，这么多的韭菜，怎么吃得了！"让队里的姑娘们取笑不止，后来曾被人无数次地演绎，次次惹得社员笑个不停。后来，人们对认不清韭菜和麦子的人常说的一句话，就是孔子的"四体不勤，五谷不分"。

麦子长到一尺多高的时候，就得开始锄草松土。麦田里长的最多的杂草是稗子，它和麦子外形相似，比着长，把属于麦子的养分拼命地往去抢，农人当然不答应，日日在麦田里除草松土，一丝不苟。

芒种一过，麦子丰收在即，是最需要肥料的时候，也是麦子最怕狂风骤雨的时候，农夫施肥、淌水时要观天气变化，如果给麦田浇足了水，突然刮起了大风，麦子就会站立不稳躺倒在田里，一大片的麦子匍匐在麦田里，看得农人揪心，就像是人摔倒生病了一样，麦子的收成已大打折扣了。

收 麦

七月中旬，黄澄澄的麦穗像个孕妇，摇摇摆摆催促人们赶快收割它，银针似的麦芒像守护麦子的卫兵，任是鸟儿尖利的嘴也难以啄到麦子，麦子的自我保护功能让它们顽强地生存了下来，这也是自然界的法则：不断优化。

三伏天割麦子，麦芒刺得人热痒难耐，割头茬麦子的那个人必定是队里体力最好，最能干，割麦最快、最利索的人。我四婶就曾自告奋勇担当割麦的头趟手，她身体健壮，割起麦子来风卷残云，一会儿，就听见麦田深处镰刀与麦秸相遇时噌噌噌的声音，抬头望去，人已蹿出了几丈远，待排在后面的人刚下镰，打头趟人的身后，麦子已齐刷刷地躺在了田里，人也跃上了田埂。几块田的麦子割倒后，人和镰刀都已困乏了，这时，田埂边上备的青色磨刀石为人们提供了借机歇息片刻的理由，在霍霍磨镰刀的当口，有到渠里找水喝，有找地方方便的。烈日炎炎下，汗水、疲乏、饥饿时时侵袭着他们。可是，在男人、女人的说笑声中、汗津津的脸上，从他们矫健的步履中，丝毫也感觉不到劳动的累和苦，相反，他们在大集体中享受着共同劳动的乐趣。

割麦是虎口夺食的战斗。村里家家铁将军把门，连吃奶的孩子都被抱到了田间喂奶。队里的青壮年是割麦的主力军。拨青豆、拾麦穗是少年和年老妇女的活计。许多年前，种麦子的时候为了节约空地，见空在麦子行间种着青豆，麦子成熟了，青豆正在生长期，割麦子的时候，每个大人的身后必定跟着一个少年拨青豆，青豆拨得快、好，割麦子的人便割得快。生产队长在后面一检查割得干净与否，二看麦茬低不低。

收麦子的时候，最怕老天爷不给面子，阴天下雨，割倒在田里的麦子更怕下雨，下雨后躺在田里的麦子容易发热，麦芒里的麦子遇雨水和热就会发芽、霉变。因此，割麦、捆麦、运麦、堆麦、拾麦是一个连贯的、虎口夺食的劳动过程。那些年没有天气预报，全凭经验观测天气情况，如遇雨天，队长和社员们眼看着熟透的麦子遭罪，心中焦急万分。因此，晴天割麦子哪怕再热再累，人人都信心百倍争先恐后。大家都知道，期待了一个夏天的麦子，不能眼睁睁地看着被雨水糟蹋，要有个好归宿。

一个多月的收麦，麦田里的儿童们像一只只小鸟，每天随大人转战麦田，拾麦穗、拨青豆，把麦田里遗漏的麦穗拣拾了回来，做到了实实在在的颗粒归仓。

麦子运到打谷场上要码成麦垛，这样防雨的同时也减少占地。码麦垛的人必须具有精巧的技术，才能把麦垛码得既高又稳，这并不亚于泥瓦工盖房屋的技术。一个码麦垛的好把式，码出的麦垛高度恰到好处，既圆又结实，能禁得住狂风刮不倒，雨水淋不进。

打　麦

麦垛码到了打谷场，田野里的麦收告罄，打麦子的战线拉开了。这个时候，生产队里的人的夏季口粮全部在场上了，这可是重地，就像是士兵打仗时的弹药库一样重要。因此，看麦场的人肩负着重大的责任，队长一般派觉悟高、出身好、品行端、责任心强的人担任看麦场的守夜人，通常是队里的贫协主席、老成持重的党员、劳动模范等。

偌大的麦场上耸立着一座座丰收的麦垛，麦垛之间存在很强的视觉障碍，看场的两个人 24 小时轮流巡视，严防火灾等意外情况的发生。有一年夏天，村里正好放映电影《闪闪的红星》，看到电影中潘冬子拿红缨枪站岗放哨的情景，儿童们羡慕之余，便纷纷拿了红缨枪效仿，自发组织了儿童团到麦场站岗放哨，时间一长，见麦场上平安无事，便生出了丝丝遗憾，竟然希望出现个把捣乱的破坏分子，好叫我们捉住炫耀一番。

收麦的整个过程中，人人都很重要，青壮年上打麦机，一站就是几个小时，他们都是年轻力壮的姑娘小伙子们，精力旺盛反应敏捷，出不得半点差错。邻近的生产队就出现过一例事故，往打麦机里放麦子的小伙子因疲劳过度，一只手被打麦机绞掉了，还发生过扬场时风扇叶子伤人的事故。真是粒粒麦子都带着汗味、血味。

打麦历时酷暑，一般生产队都只分配两台脱麦机，打麦机一旦开启，轰隆作响，轮班作业，24 小时不间断，只有停电的时候才能歇上一晌。麦场上，人声、机器声嘈杂，打麦场上，人们说话都凑近对方的耳朵，或是用手和眼神交流，一步开外很难听清对方的说话声，

打下的麦子离机器最近，噪音大、麦灰多，扒拉麦子的人得勤看落下的麦子是否积满。队里的少年常常被队长派去扒拉麦子，手中的木锨在手里既好玩又沉重，一粒也不敢轻视，那可是父辈们辛苦打下的粮食啊！

麦子带着体温也带着尘土，打麦场上每个人即便是围着围巾，戴着草帽，也都是满脸灰黑，鼻孔更是黑得似两个冒过烟的烟囱。

随着打麦进程的推移，麦场上的麦垛减少了，麦柴增多了。麦子从打麦机里吐出来时已变成了一堆蓬松的、泛着黄色的、光滑干净的麦秸秆。麦秸秆在农村有多种用途：编草帽、编凉鞋、编草墩，可戴、可穿、可当板凳坐，还是农家人冬天烧炕的燃料，后来又成为固沙得天独厚的原料。

脱下来的麦子里汇合有麦芒、麦竿，要经过扬场这道工序才能使麦子变成黄澄澄干净的麦子。扬场的人通常是队里的老把式，能看风等风顺风扬麦，他们头戴宽边草帽，动作老练沉稳，有的扬锨，有的轻扫麦竿，齐心合力，极少说话，把麦子和麦竿分隔开来。

扬场时是要借风，若无风或风小，麦竿、麦芒就不能被风吹去。后来生产队里有人借鉴了邻队的经验，用铁皮造了一台简易的电风扇，这样就

不用等老天爷赏脸。那一台风扇作用果然很大，它能把麦子里掺杂的麦秆及麦芒吹得干干净净，着实令人惊叹！而且还能给打场的人消暑、降温，当酷暑难耐一身汗水的时候，站到风扇前，一瞬间，凉丝丝的风抚遍全身，通透的舒坦。那台电风扇一直被生产队使用，直到包产到户。

交公粮

打完场后，一夜之间，麦场上全是一堆一堆黄灿灿的麦子，农人们看着金字塔似的麦堆，犹如战场上的士兵缴获了胜利果实一样自豪和骄傲，他们的目光喜滋滋地久久注视着麦子，用粗糙的布满老茧的手捏着掂量着麦子的成色。带着农人汗味和阳光味道的麦子，要经过风吹日晒后把麦子体内的水分蒸发掉，才能颗粒归仓，尤其是上交公粮，更是不能掺假。

大集体的年代，上交公粮是每年夏收和秋收后的头等大事，每个生产队都把交公粮当成一项政治任务来完成，公粮要成色好且所含的水分少，干湿程度决定粮食是否易于存储。因此，打下的麦子或是稻谷先要在麦场上铺开曝晒几天，直到将麦子放在嘴里咬，能听到嘎嘣声。看到麦子的体积缩小，重量减轻，那个时候的麦子才算干透了，才能交公粮。

上交公粮的时候，每个生产队都不甘落后。你看，戴着红花的骡子胶车上，坐着喜悦的赶车人，满载一麻袋一麻袋的上等麦子，带着土地无私的奉献，带着农人的集体主义观念，带着对国家的忠诚向公社粮站奔去。

粮站的大院，被黑压压交公粮的人挤得水泄不通。收粮的工作人员在严格地验收入库的粮食，验干湿、用筛子筛，倘若交的公粮达不到标准，有的便在粮站就地晒、筛。顺利的话，一天就交结束了，如果打了麻烦，就得等上一两天或是拉回去择日筛晒好了再来交。收粮的时候，粮站的工作人员吃香得很，他们的脸色就是过关表，一旦验收过关，交粮的人如释重负，验粮的人也是眉开眼笑，他们都怀有一个共同的想法：交公粮就是交良心。

包产到户后，有一年，我和姐姐到粮站去交公粮，上交前，家里的麦子晒了又晒，可是到粮库验收后才知道，麦子没有验到一等。好强的姐姐失望之余，当场在粮站的大院里又筛了好几遍。那天晚上，我和姐姐就在粮站院子的手拉车上度过了一夜。第二天，验了一等麦子的姐姐拿着粮站发的肉票，打了供应的肉高高兴兴地回了家。那天在全家人的眼中，姐姐不亚于一个归来的英雄。

交公粮，交的是厚道，交的是无私，交的是良心。

我的婶娘

四　妈

春天，苹果花开得最灿烂的时候，四妈突发疾病去世了。院子里的苹果树是四妈亲手栽种的，此时，繁茂的苹果花刚刚盛开，好像专门等着为它的主人送行，一朵一朵的苹果花，白似雪、软似缎，在四月的清风里频频摇头，似乎不舍主人的猝然离世。不知疲倦的蜜蜂，在花蕊间飞来飞去忙着采蜜，就像生前忙碌的四妈，她为一家人的生计操劳了一生，最后也像这花一样，留下果实，然后决绝地飘去。

四妈的婚姻，多少有些悲壮。四叔还在娘胎里的时候，手就落下了毛病，虽是轻微残疾，但在农村，以男人为主要劳力和顶梁柱的家庭，也是让人揪心的一件事。为此，四叔的婚事成了老大难，经媒人不遗余力的撮合，最终将邻村四肢健全、高大丰满的四妈娶进了门。

四妈的到来，仿佛给摇摇欲坠的老屋顶了一根木柱。生产队开批斗会去的是根正苗红、口齿伶俐的四妈；收麦子割头趟，吃苦耐劳、身手矫捷的四妈挺身而出，挡在四叔的前面；刮稻田、打麦子、筑河堤、到山外拉煤、上山打柴等诸多累活、苦活都是四妈在前方一肩挑，四叔在后方管家带孩子，干些轻松的活计。

四妈干活的苦性和胆识少有人匹敌，连队里的男人也逊她三分，真有巾帼不让须眉的劲头。

干什么都是一鼓作气的四妈，不干则已，干就令人刮目相看，有所成就。在一年接一年里连生了四个丫头后，不甘心的她一口气连生了两个男娃。十张嘴、十口人的工分、口粮，基本上全靠她一个人往回挣，她上炕能裁剪缝补，下炕能煎蒸烹煮，为了省钱，她还学会了用理发的推子和剃头的刀子给四叔理发剃头。孩子们穿的戴的都是她亲手裁剪缝制。院前的菜园子被她种上了惹人眼馋、郁郁葱葱的各类蔬菜，茭瓜个大、豆角繁多、玉米粒饱、茄子活泛……

四妈不但干农活有勇有谋，生活中也是一位有远见的智者。十几年后，六个孩子渐渐长大，到了升初中、高中的年龄，果敢的她在城里租了房，把稍大的几个孩子相继送到城里的中学读书，后来事实证明了四妈的明智和预见性。离开父母的孩子不仅独立性强，而且锻炼了孩子们动手及互助能力，成年后，她的孩子个个都很争气。

外表貌似强悍的四妈，内心其实有着正直柔软的一面。每有好吃的，她第一个想到的便是年事已高的婆婆、公公，待公婆吃饱了又拿给其他孙子的时候，她总是佯装看不见，满足公婆的心愿。大集体时候，干活时每遇不平，她也毫不畏惧地站在公正的一面，直言不讳，替弱者抱打不平。

四妈爱人，爱已，她集温柔与干练于一身。那一年，我考上了卫校，入学前，四妈扯了布，亲手给我做了上衣，并把积攒的两元钱放到了我的手心，要知道两元钱对当时的一个家庭意味着什么？至今我仍能感觉到那张绿色纸币上的温度。

如今，四妈已像苹果花一样随风而逝，留给后人的是一部耐人回味、精彩的喜剧。四妈诠释了人生的意义——生命不在于长度，而在于宽度、厚度和密度。

大　妈

嫁给大伯父之前，大妈是镇上一户员外人家的独生女，天资聪慧，知书识礼，和那个时代未出阁的姑娘一样，擅长女红，是方圆几里出了名的针线活好又俊俏的姑娘。

大伯父是五爷唯一的儿子，高中毕业的伯父投笔从戎，在中国人民解放军西安炮校当文化教员。本就一表人才的大伯父穿上军装更是英气逼人。据说当初相亲的时候心高气傲的大妈一眼就相中了伯父，才子佳人自古是绝配。至今，大妈家的五斗橱柜上仍旧摆着一帧大伯父与大伯母婚后的照片，照片中的伯父年轻俊朗、英姿勃发，身着军装，戴一副细边眼镜，儒雅、倜傥；大妈面容饱满，着那个时期女性流行的滚边花旗袍，梳两条漆黑及腰的粗辫子，搭在胸前，辫梢扎绸缎蝴蝶结。他们就像画中的一对璧人，大妈怀里抱着幼小的堂姐，初为人父人母的脸上掩饰不住幸福的笑意。大妈的眼睛最为传神，像两颗水汪汪的黑葡萄。我想，在当初的那个年代，美丽的大妈和大伯无疑是郎才女貌的一对夫妻，他们是家族里人人艳羡的佳偶，大妈绣花做饭，养儿育女，一家人过着衣食无忧、神仙眷侣般的生活。

随着朝鲜战争的结束，伯父解甲归田，在镇上的中学当了一名语文老师，大妈从随军家属变成了一名家庭主妇，负责一家老少十口人的一日三餐、衣食住行，即便这样，大妈也能把家里的一切安排得井井有条。大妈的女红和巧手是乡里出了名的，生产队成立了裁缝铺，大妈被队里派出去在裁缝铺里干活，给全大队的人裁衣、做衣服。她能把一块不够尺寸的布料端详裁剪成合体的衣裤，碎布头也能被她拼接成小孩子穿的花衣服、护巾等。在粮票和布票计划供应的困苦岁月里，勤俭的大妈能把旧的拆了翻新，破了洞的补好，脏了的洗净，给别人做的衣服合身、好看，也能让一

大 伯

大 妈

家人穿得光鲜、亮堂、整齐，让教书的大伯穿戴体面地上三尺讲台授课。

大妈饭做的香，烧的一手好菜，是不折不扣上得厅堂下得厨房的女子。煎炸蒸煮样样得心应手，同样的饭菜一经她的手烹炒，即刻变得既好看又好吃。小时候我们最喜欢到大伯家玩，大妈总是有自制的零食，晒干的馍片，炒熟的豆子，腌制的胡萝卜、洋姜，还有秋天的大白菜茎。煮熟晒干的洋芋吃起来劲道有嚼头。在缺粮少油的时期，大妈总能生出许多节省粮食和香油的吃法。春天的榆钱、槐花和面蒸了吃，绵软可口，灰条、毛肚扫（一种野菜）、苜蓿蒸包子吃别有风味，胡萝卜掺和米煮米饭，香甜糯软。总之，大妈的一双手就像魔术师变戏法一样，能变出各种美味的食物来。

一次，母亲下地干活了，家里来了一位父亲的朋友，当时，家里一棵菜也没有，大妈硬是用仅有的一枚鸡蛋煮出一锅香喷喷的揪面片来招待了客人，客人吃得津津有味，赞不绝口。

大妈绣花的功夫也真是了得，一个庄子上妇女的女红能与大妈相比的也凤毛麟角。鸳鸯戏水、天香牡丹、人物头像、花草鸟虫等绣得个个栩栩如生，如活了一般。门帘上绣的喜鹊、炕围或枕头上绣的花草鸟虫布幔，顿时让不起眼的土屋蓬荜生辉了起来，引得村里的姑娘媳妇争相传看临摹。

渐入不惑之年的大妈经历了许多事，尤其是大伯父被打成右派的那些年里，阅尽人间冷暖。从此，大彻大悟的她皈依了佛门。入了佛门的大妈擅长绣荷花和五佛帽，退休在家的大伯唯一的嗜好就是画画和写字，大伯画大妈绣，他们相互切磋，相敬如宾，举案齐眉，从他们身上，我看到了历经新旧社会变化，而始终如一的婚姻。

如今的大妈，怀着一颗慈悲的心无偿地为年老的乡邻做寿衣，为眼神不好的主妇缝棉衣棉裤。你瞧，枕头侧边的花叶、花茎，一针一线她都不马虎不敷衍，经她手做出的寿衣合体、整齐、贴身，深得老年人的喜爱，不论是谁有求于她，都一概应允，而她已是八十岁的老人了。她给乡邻做也给妯娌及小叔子做。她说，趁我的眼睛还能看得见还有些气力，都给你们准备停当，也算是了我这个做嫂嫂的一片心愿。

大妈就是这样一个人，无论顺境、逆境，她都安之若素。家里的摆设日日擦拭得锃亮，被褥衣服虽缝了又补，但整洁清香。到过大妈家的人都有这样一个感觉，屋里散发着书画的翰墨香，屋外弥漫着果香花香，家人的身上散发着谦虚和善的幽香。

大妈就像一株向日葵，阳光似乎从未离开过她的心房，自信、开朗、乐观、坚韧。

这就是从那个年代里活过来的妇女，优雅地老去，从容地活着，她们是大地，是厚德载物的母亲。

知青一家人

二十世纪六十年代末，知识青年上山下乡运动席卷全国，我们这个不足百户的村庄也不例外，不久队里就来了一家插队的知青，一位母亲和她的三个女儿。乡村消息闭塞，村民的好奇心又太强，一时间大家蜂拥而至，像观看稀缺物种一般。

她们的到来使寂静的乡村不再沉睡。

就在众人期盼之时，知青一家已然到了村里，暂时寄居在队上的一户人家。后来人们得知，来插队的是兰州一个知识分子家庭，和生产队上的一户人家有沾亲带故的关系，为了响应知识青年上山下乡的号召，同时也是为了在艰苦的农村锻炼子女的意志，希望女儿们以后大有作为。很快，队长就召集队里的强壮劳力给知青一家造房子，乡下盖房简单、快捷，大家积极性很高，没有任何报酬。知青一家人对村民的感激之情溢于言表，每天中午给盖房子的人发饼干和水果糖。这在当时的农村，是多么奢侈的一顿“饭”啊！要知道，在那之前，村里的许多孩子是从未吃过糖的，就在那个下午，那个记忆犹新的日子里，我和许多孩子一样，尝到了母亲分到的一粒珍贵的水果糖，那一粒糖块被家里的孩子们兑开水分着喝了，是幼年的我们对水果糖的第一次认知。

知青家的房屋与我家毗邻，我们一家人为与知青为邻颇有些自豪。近水楼台先得月嘛！好奇心的驱使，早晨我们早早地就爬在院墙上看她们在院子里扑哧扑哧地洗漱，城里人与乡村人的习俗大有不同，刷牙、洗脸、梳头，要用上半小时。而我们村里的人起床的第一件事就是烧火、做饭，很少有人每天早晨都刷牙的，更不屑于花大把的时间仔仔细细地刷牙。倒是村里的年轻人新奇得不得了，容易接受新生事物，很快，一大帮青年人便开始效仿，尤其是年轻姑娘跟着知青学会了用火钳烧热了烫卷发刘海。

知青一家落户到队里后，她们的行走坐卧都成了人们关注的焦点。晚上从她们家传出的手风琴声悠扬动听，像一个快乐的孩子在村庄里游走，古老的村庄从此有了乐声。时间长了，知青一家人和社员们在共同的劳动中渐渐熟络了起来，她们家也成了每天晚上青年人积聚活动的场所，在屋外玩耍的孩子们是不甘寂寞的，围在窗户外偷偷听她们讲大城市的趣闻轶事，和他们一同感受着屋里的欢声笑语。

知青一家的母亲是一位和蔼严厉的长辈，教育子女很有一套，如果哪个女儿做错了事，她既有严父的一面，又有慈母的一面，在她的言传身教下，几个女儿都很懂事听话，尤其是大女儿，更是成了母亲的左膀右臂。

城里的人虽没干过苦活，但干起农活却很卖力。生产队长分配的农活她们母女从来都是一马当先，不挑轻避重，从冬天拾粪、春天播种到夏收、秋收，但凡是生产队长派的活计，出工、出力、出活一点也不比队里的其他人逊色。

早些年，靠造肥种田，粮食产量自是没有现在高，但人们都知道粮食的珍贵，所以每到夏收时节，大人在前面割麦收麦，队里的少年便组成了“儿童团”在麦田里拣拾遗漏的麦穗，“儿童团”团长便是知青的妈妈。知青妈妈拾麦穗认真、仔细，经她拾过的麦田，很少有遗漏的麦穗。以她的年龄足以做我们的母亲，但她以身作则、从不指手画脚，中间让我们歇息几次，可她一个晌午都在不停地捡拾，好像有使不完的劲。整个夏天我们拣拾了多少株麦穗就弯了多少次腰，那是谁也数不清的麦穗啊，而一个年近五十的母亲付出的劳动更是比我们多得多。至今想来，晚上收工后她一定是累得腰酸腿痛，这需要多么大的毅力。

知青妈妈见识多广，像一位百科老师，因为长期领着孩子们干活，所以教会了孩子们许多常识，比如如何能快速干净地拣拾麦穗，巧妙地摘去缠绕在青豆茎上的菟丝子，用高粱头制作锅刷、麦秸秆编制草鞋、座墩等。我们还从她那里学会了辨认田野里的蒲公英、马齿苋、甘草及菟丝子等植物和它们的药用价值。知青妈妈有一次就用菟丝子熬了水，给村里的一位孕妇做安胎药。

知青大姐插队时刚高中毕业，在家中数她的文化程度最高，她性格文静，圆圆的脸庞上戴着一副眼镜，一副书生模样，这与她的性格极其吻合。但干起农活来，她既不怕脏也不怕苦，虚心请教又泼辣能干，非常受社员及村民的赞许。知青大姐又是一个勤学上进的青年，每当收工之后总见她捧一本书如饥似渴地学习，遨游在知识的海洋。功夫不负有心人，一年之后，恰巧吴忠师范招生，她顺理成章地进了师范学校。许多年过去了，当了老师的知青大姐，一直在曾经插队的这片土地上教书育人，她的学生已遍布各行业。也许，这就是知青大姐早年的理想和心愿吧！

知青二姐活泼开朗，与大姐性格迥异，她长相端庄美丽，声音婉转动听，每到一处总是先闻其声才见其人，无论个头、长相、肤色还是人缘，无疑都是我们见过的最美丽端庄的姑娘。知青二姐好人缘众所周知，她通情达理善解人意，还常常乐于助人，有着极强亲和力的她很快就与队里的姑娘小伙子们打成了一片，她穿的每一件衣服，编制的每一件毛衣，包括一个刘海的自卷发型，乃至一个发卡都被姑娘们追逐效仿，按时下的话说，她有一大群粉丝。我的姐姐和几个堂姐都是她忠实的追随者。知青二姐能歌善舞，每到年关大队演节目和报幕都少不了她，她既能演现代样板戏《小靳庄》《兄妹开荒》，又能演古装戏《薛平贵》，把古代的大家小姐演得惟妙惟肖，那步态、腰身、眉目、兰花指传神至极，有谁能相信她是一个业余演员呢？

知青二姐内心和外表的美是统一的。她教年轻人识字、教姑娘织毛衣、教村里人讲普通话……凡此种种，不厌其烦。与村里的年轻人冬天上山打柴，春天修渠，夏天锄草、麦场上打麦，与队里的社员同吃同住同劳动，如若不是穿戴和口音有别，你很难把她与本队的人分清楚。

一部纪录片《会战沙坡头》，使知青二姐名声大噪。她在沙坡头治沙会战中手握铁锹扬沙扎方格麦草的镜头，被纪录片永久地定格成了村里人的经典形象。多年后，人们仍常常回忆起那个健康的，脸庞似红苹果的年轻姑娘，曾经在我们队里、村里插过队，当过村里的社员。长大后，有一次我在电影院看了电影《野火春风斗古城》，剧中对革命和爱情忠贞不渝的金环，小说《青春之歌》中美丽坚强的林红，脑海中不由浮现知青二姐的音容笑貌来。

钻石婚姻

姑父与姑母的婚姻是旧社会的产物——父母之命，媒妁之言。地道的包办婚姻，所幸的是属于先苦后甜、先结婚后恋爱的那一类。姑父出身于书香门第，父亲当过县长，又是家中的独子，自小衣食无忧，天资聪慧，翩翩少年，在村里自是惹人注目。读小学的时候姑父曾创造过连跳三级的佳话，高中毕业后与我姑母成婚。

姑母斗大的字不识一个，缠过一半的足，是旧时代的妇女。一个是新潮学生，一个是文盲村姑，且姑母比姑父年长两岁，按今天的标准是极不相称的。在不被看好中，姑母怯怯地走入了这桩婚姻。从村姑变为书香人家的媳妇，规矩礼仪自是不可少的，她硬是演活了童话里灰姑娘的故事。不久，姑母的贤惠、善良和勤快就赢得了公公婆婆的喜爱。

土地改革中，姑父家遭受了前所未有的劫难，一家人惶惶不可终日，姑母却是一身的正气，担当起了家里的重责，她劝导婆婆配合土改工作队，把多余的房屋主动交了出来，大队把房屋土地分给了无房少地的农民，而他们一家却住进了一间窄小的耳房内。姑母安慰家里的人："财是身外之物，留得青山在，不怕没柴烧。"在历次运动中，姑母一家向心合力，坦然度过了那些艰难的日子。

在动荡的年代和风雨飘摇的岁月里，姑母始终表里如一地照顾家人，秉持勤劳节俭的美德。对待邻里，以平和为贵，从不发生龃龉纠纷，平素恪守妇道，相夫教子，孝敬婆婆，直至老人寿终离世。

姑母没有进过一天正规学堂，但她积极参加村上组织的农民识字班、秧歌队，学习认真。认得《农民识字课本》里约80%的字，能看一般的报纸和生产队出具的各种会计凭证。地里的农活如犁田、割麦、挖渠，家里的活如盘炕、打灶等，凡是男人能干的都难不住她，在生产队里挣的工分和男劳力一样的多。她上炕能缝缝补补，下炕能洗衣煮饭，农活样样拿得下，村里的人都对她跷起了大拇指。

小时候到姑父家，常看到这样一幅景象——从生产队收工回来的姑母，顾不上喝一口水，就挽起衣袖生火做饭，儿女们围着锅台等饭，姑母像一个陀螺，忙得团团转。她穿梭在简陋的屋里屋外，片刻工夫，热乎乎的面条就端上了桌。院里的鸡、圈里的猪也被她一一喂饱，停止了抗议。在生产队里，姑母像一个能干的男人。在家里，姑母像一个负责后勤保障的部长，一一供给。

姑父是教书育人的先生，姑母知道教书是圣贤之事，不能分心。她总能把家里的一切安排得井井有条，让姑父心无旁骛地备课、看书。土屋的地上堆放着烧炕的麦柴，炕的中间摆着炕桌，煤油灯下姑父正聚精会神地准备教案、改作业。那个年代，人人都在为填饱肚子犯愁，而姑父姑母却各司其职，一个遨游书海，一个尽染烟火。可谁又能体味到，最朴素的婚姻中蕴含着深沉的爱？就像舒婷《致橡树》所描述的那样："我们分担寒潮、风雷、霹雳；我们共享雾霭、流岚、虹霓，仿佛永远分离，却又终身相依。"

1978年，姑父的冤案假案得以平反，羁鸟出笼的他重返教学岗位，视教书如命的姑父更加忘我地工作。姑父在化学教学上颇有建树，成绩斐然，教出的学生屡屡被北大、清华等名校录取，不久，被任命为校长。他爱学生比爱自己的子女更甚，尤其是品学兼优和具有潜质的学生。遇到经济窘迫和生活困难的学生，姑父毫不犹豫地拿出工资予以资助，虽然家中负担很重，姑母也毫无怨言，随姑父一样出钱出力周济。

"一个成功男人的背后必有一个伟大的女人。"姑母的善良、坚强、忍耐、宽厚影响了姑父的一生，而正直、单纯、执着的姑父也同样感染着姑母，就像两株不同品种的向日葵，彼此影响不断进化，取长补短优化组合。托尔斯泰说过："爱情的意义就是帮助对方提高的同时也提高了自己。"

几十年来，姑父对姑母从最初懵懂的情愫，到接纳到认可，最后水乳交融。六十年一甲子，六十三年的婚姻呀！漫漫长路。就像一块玉，当一个人贴身佩带的玉的体内沁透了自己体温、血汗的时候，人和玉已温润如一，分不出彼此。2003年，当高大的姑父站在北师大百年校庆舞台上的那一刻，身边站着的是矮他许多的姑母，他们的脸上散发出来的光是柔和的、宁静的、云淡风轻的，那是历经风雨后的淡定，是携手并肩后的彩虹。

一次，一位亲戚带着羡慕的口气对姑母说："你现在是校长夫人了。"姑母淡然地答道："我若嫁了农民，同吃同住同劳动，也会过得很好呀！"宠辱不惊、淡泊名利的婚姻，就是携手经历了生活中的逆境与顺境之后的平静。他们的婚姻和寿命一样，长而丰润，"仁者寿"，这是姑父的学生为他八十大寿题写的生日祝词。

八十三岁的姑母，生命静止在2012年的那个隆冬，她好像预知了生命的极限，安排好了一切，坦然地不疾不徐地走了，在儿女无限的留恋中走了，在姑父不肯相信的眼神中走了。她留给家人的财富是成才的子女、良好的家风、节俭的习惯和助人的美德，留给后人的是一部生活中处处含着深刻哲理的，不自怨自艾的人生大戏。

六十三载的相守相伴，弹指一挥间。少见他们牵手散步、逛街，更难看到他们吵架生气的场面。见到的是：姑母对姑父的牵挂，姑父对姑母的温顺随和。在姑父静思、写作的时候，姑母却在静静地干着琐碎的家务活儿；姑父看喜欢的体育节目，姑母在一旁陪着看球赛。一个眼神，一个动作，他们都能读懂对方。相伴厮守，家里，常听到姑父为姑母幽默却很贴切的乡间土话而大笑不止，没有争执，没有对错，有的是随行、理解、默契。

银婚、金婚……钻石婚。半个多世纪的共同生活，平凡铸就了像钻石一样的婚姻，历久弥坚，他们就是我已故去的姑父李天柱和姑妈王玉梅。

钻石：恒久与唯一，一证一钻，不可复制。

秋叶无言

秋天是收获的季节，是万物为过冬储备食物的时候，树叶却纷纷扬扬地抖落它的衣衫，准备一身轻松地越冬。

秋天的树叶有着别样的美。

树叶在生命走向衰落的时候，展示了最璀璨的美。你看，那围墙上攀援的爬山虎，深红的叶子就像是高原女子搽了胭脂的脸庞，红得耀眼，一叶一叶紧紧相挨面朝阳光，秋风拂过，似枫的叶片像无数面招手的小红旗在海洋里来回逸动，在这个萧瑟的秋天里暖着路人的心。墙角边的椿树就不似这般抢眼，可能是它的叶子有些大的缘故，比其他树叶落得要早一些，就像一个迟暮的老人掉光了牙齿，只剩下嶙峋褐色的树干不肯离去，但早已干枯的花束，兴许是荚苞里的树籽未到投入大地怀抱的那一刻，又或依依不舍树的养育之恩，总之，光秃秃的椿树不禁让人想起了它春天墨绿的叶、嫩黄的花。此刻，椿树上的“马棒条”悠闲地、不管不顾地从树丫上头重脚轻地俯冲到大地，发出嘭嘭嘭的轻响，马蹄形状的枝条仿佛是一个不定时的摆钟，向大地敲响秋天的钟声。时光如梭，岁月蹉跎，花开花落春华秋实，植物无言，它们在上演着生死轮回亘古不变的剧目。

松树常年青绿，它的树尖就像一个领跑的先锋，永远笔直地向上、向上……傲然迎接酷暑严寒。松针是披在松树上的美丽绿衣，为四季添色，默默生长，不经意间就长成了一棵大树。这像生活中的一些人，终其一生保持做人的本色和傲骨，禁得起风霜雨雪的考验。

秋 叶

杏树的叶子在秋日残阳的照射下，害羞地卷曲着叶边，铁锈红的树叶里映出清晰的脉络，仿佛诉说着岁月的沧桑，夕阳西下，似乎还在回味夏天的累累果实，顽童们偷杏儿的稚趣。

“红花还需绿叶配”。杏子成熟的时候，一树树挂满红脸蛋的杏子在绿叶的衬托下格外引人注目，杏叶既是衬托又是给它输送营养的最亲密伙伴。

落叶最繁忙的莫过于槐树。春天的槐树枝叶繁多，密织得像一把巨大的绿伞，白色清香的槐花掩映其中，叶子翠绿欲滴翩若扇叶，它的蓬勃或许就是为了秋天华美的落幕。槐树落叶的过程相当长，好像参加着一场马拉松比赛，从初秋至深秋一直在你追我赶噗啦啦地飘落，猛不丁就落到了行人的身上，藏入了发梢间。金灿灿的槐树叶铺黄了大地，洒落了一地金色，映黄了天高云淡的蓝天，它是大自然赐给秋天的一幅壮美画卷。此情此景不禁让人想起了美国电影《金色池塘》中的场景：一对步入暮年的夫妇在经历了极不寻常的一生后故地重游，来到昔日的池塘边，夕阳西斜的余晖下，在铺满金色树叶的乡间小路上，相依走向人生的黄昏。

“春来花自青，秋至叶飘零”。叶落归根，人生如秋叶。但，它何尝不是人生另一次美丽的绽放和回归呢？

秋叶无言，爱无痕迹。小时候的乡下，每每到了秋天树叶满目飘零的时候，院子里整个晚上都听得到簌簌的落叶声，树叶多得好像总也落不尽，飘飘洒洒像秋天的羽翼在舞动、舞动……直到潜入少年的梦境，天蒙蒙亮，被母亲唤醒去扫树叶时，竟疑在睡梦中。

树叶曾经是乡村人家。冬天烧炕的燃料和喂羊的饲料。干枯的树叶在火炕里噼里啪啦，极易燃烧。落叶被我们扫到柴房里，囤放起来，等着寒冷的冬天烧炕，化为灰烬的黑色灰末又是农作物最好的有机肥料。没有青草的冬天，树叶还是羊最易得最丰富的草料。至今，每到秋天树叶凋零时，我仍喜欢在漫天飞舞的树叶中穿行；喜欢在落满树叶的小径漫步；喜欢闻树叶混合在一起散发的腐殖味道；喜欢树叶在脚下的绵软厚实；更喜欢在清冷寂静的凌晨听扫落叶时发出的唰啦唰啦的声音。那是一种抚触人心的音乐，平和、舒坦，仿佛此刻正有一个神奇的木梳在梳去身心的负担。

“落红不是无情物，化作春泥更护花”。树叶经过春天的萌芽、夏天的生姿、秋天的潇潇细雨后谱就了一部五颜六色的图书，装扮点缀着这萧瑟的秋天，它无怨无悔地奔向大地母亲的怀抱，成为一个知恩必报甘为泥土肥沃的使者，一个为春天迸发，无言的奉献者。

秋天的菜地

秋收后的田野空旷、辽阔，田里的野草和枯叶怕冷似的蜷缩匍匐在大地上，田野上一片枯黄，唯有胡萝卜缨子、白菜仍碧绿如初，任由秋风秋雨秋霜侵袭。

许多年前，胡萝卜是乡下人家过冬的主要蔬菜之一，它产量高，种植期恰好在田间空闲的时候，易于储存，因此颇受人们的喜爱。胡萝卜既能当菜也能充饥当饭，还是乡村孩子们每天的水果。放学回家，推开门的第一眼看到的是筐里母亲为我们洗干净的胡萝卜，揭开锅盖是黄灿灿的萝卜菜。每天如此，吃得连味觉都好像消失了，少不更事的我们在心底里常常埋怨饭菜的单一。那时候粮食匮乏，家里的母亲再精打细算，可还有揭不开锅的时候。

胡萝卜在粮食紧缺时真是人们的救命粮，包饺子、煮米饭、炒菜，生吃熟吃既解渴又解饿。医书上说，胡萝卜含有丰富的维生素，具抗氧化抗衰老的作用，还能治疗夜盲症，具有健脾消食、补肝明目、清热解毒、降气止咳的功效。

小时候，家里分的粮食有限，母亲就把胡萝卜切成小碎丁与大米一同蒸煮，焖好的米饭既有米饭的香，又有胡萝卜的甜。白里透黄、黄里掺白的米饭看上去就很诱人，入嘴甜甜、香香、糯糯的，每遇母亲煮胡萝卜干饭，我们总是早早地拿碗等候在炉台边，生怕锅里的饭舀完了，吃饭时你追我赶像在比赛。

胡萝卜好种也皮实。夏天麦子割完后，田野一片空旷，此时种胡萝卜最是合适，把地犁了，耙去麦茬，撒入萝卜籽用耙子反复梳理几次即可。半月左右，胡萝卜便盈盈地长到一寸多高，到间苗的时候，农人便忙了起来。胡萝卜间苗非常关键，间距切不可过密，否则萝卜不但长不大还影响产量，所以间苗的人既要有耐性还要细心，胡萝卜田不亚于妇女的一块绣花布，要三番五次地间苗、打理。

秋后，田里的庄稼都归仓了，人们才想起来地里的萝卜，慢悠悠地蹲在田埂上，捏紧萝卜缨子摇一摇拔出，查看萝卜的个头和大小。

挖胡萝卜的日子一旦确定，家里的大人娃娃们都兴高采烈，这天，田里的胡萝卜可以随意挑好的敞开了肚皮吃，连生产队的牲口这天都放开了缰绳来啃萝卜缨子。大人挖，娃娃跟在后面拾，瓷实的田里胡萝卜密匝匝的挖起来很是费劲费工夫。还是集体的力量大，生产队集中挖胡萝卜，那真是风卷残云，几天时间，满田的胡萝卜已不见了踪迹。

社员们挖累了，便坐在铁锹把上休息，挑一个模样俊的萝卜把缨子裹在衣服角上，360度转圈一拧，一个干干净净、黄灿灿的萝卜就呈现在眼前，脆生生，甜丝丝的胡萝卜吃在嘴里，甜在心里。

乡下的农民每家都有菜窖，用于储藏过冬的萝卜、芋头、白菜。冬天的窖里潮湿温暖，隔几天家里的孩子们便到菜窖里取菜，拿出够一家人吃几天的萝卜、白菜。有一次，邻居婶婶家的猪大概是闻到了萝卜的香味，竟循着掉进了菜窖中，待几天之后找到猪，胡萝卜也被它连拱带吃糟蹋得所剩无几。

胡萝卜在窖里放得久了全身会长出白色的须，毛茸茸的像老爷爷的胡须，孩子们总要拿在手里玩耍一番。每家窖里囤积储存的胡萝卜往往可以吃到来年的春天。

与萝卜相比，白菜起回家的要早一些。白菜和萝卜耕种的节气方法大

胡萝卜地

同小异。起菜之前，家里先把腌酸菜的缸洗净晾干，起菜的家什准备停当，带上午饭，因为一旦起菜就得把整块田里的菜都要收完，如若等到第二天再起，有可能就遭到牲口的糟蹋，因此，起菜像打仗一样也需要一鼓作气。

起菜别看简单，实则是个巧活，或蹲或坐在小凳上把菜根与菜帮用锋利的铲子或菜刀切开，就像接生婆断脐带，利落快速，菜根不能连得太多也不能少，带的多了腌菜不好，少了菜帮子就散了，菜根就像是束菜的发卡一样。

白菜运到家后，大人忙着烧水焯菜腌菜。酸菜是农家人一个冬天顿顿都离不开的主菜，平时吃酸菜炒山芋，酸菜炒羊肉则是那些年过年才能吃到的美味佳肴。

田里的白菜起完了，孩子们则去挖还长在田里的菜根。菜根的形状酷似馒头，村里的人戏称为“馒茎”。“馒茎”生吃辣中带甜，切丝生拌了就黏饭，是绝好的凉菜，煮熟了有绵甜的味道。挖回去的“馒茎”人畜都能吃。秋天的田野里到处散落着拿铲子、挎背篼在田里挖“馒茎”的儿童，长在田间的“馒茎”好像大地的眼睛。

山芋也是冬天里主要的蔬菜，它春天下种，比白菜、萝卜都要早挖将近一个月，山芋比萝卜产量低，占用土地的周期最长，从春至秋它生长的速度像老牛的步伐，四平八稳。将山芋比喻为国菜一点也不为过，一顿饭倘若缺了山芋，这顿饭像是差些什么似的。多年前，生产队为了节约土地多种粮食，只留出很少的田种山芋，因此，山芋之于人们既稀罕又珍贵。在山芋还没有长大之前，不时有谁家的自留地里有山芋丢失的现象发生，顺手摸些山芋做午饭的菜，这对于农村的妇女一点也不奇怪。

山芋挖掉后，翻抄山芋的娃娃大军们便登场了，满田见手提篮子、肩扛铁锹的少年们不厌其烦地在大人们挖过的山芋田里兴奋地翻找遗漏的山芋，如若翻抄到一个完整的山芋，便相互炫耀。一块山芋田里常常有几拨儿童在反复挖抄，那真是掘地三尺，生产队长见了，高兴地说：“正好省了牛犁田的劲。”

山芋在田间烧熟了吃别有滋味。田野里挖一个土坑，放入山芋，上面铺上一层土，找些树枝枯草点火烧，顷刻，只听得一堆火星子下面焖烧的山芋嗞嗞作响，一两个时辰后刨出，一个浑身黑衣、冒着热气、散发着烟熏味、皮焦内沙、烫手烫嘴的山芋就烤好了，那是童年最美味的野餐烧烤。山芋百吃不厌，或炒或煮或烧或蒸，各有各味，是餐桌上不可或缺的菜肴，至今被人们视为家常菜肴，招待八方来客。

秋天的菜地供给了人们过冬的食材，牵走了少年儿童无尽的好奇心和探寻欲，人和自然共同绘就了一幅果实累累的秋日图画。

谁言寸草心

一位哲人说过："妈妈是人生道路上的第一个老师，老师是人生道路上的第二个妈妈。"古代有私塾先生教授四书五经，开启童蒙养正的教育，就连历代皇帝也必须有老师传授修身、齐家、治国、平天下之方略。师者，所以传道授业解惑也。

人生成长的每个阶段，都浸透着老师辛勤耕耘的汗水，承载着老师殷殷的希冀，是老师交给了我们开启心智的第一把钥匙。

上小学一年级时，已经九岁的我，因为在家照看妹妹所以迟入学了一年，入学要经过老师的初考，考试的内容是数数，从 1 数到 10，对于现在上了幼儿园的小朋友都是再简单不过的问题，可在我们当初入学的时候，却考住了不少迫切想念书的乡村孩子。一年级的数学老师姓李，他既是校长又是我们的班主任。有一次上数学课，李老师教我们写阿拉伯数字，写到数字 8 时我怎么也写不顺手，看到我不停地拿橡皮擦作业本，老师似乎看到了我的窘相，弯下腰边讲边手把手地教我写会了这个"8"字。至今，写这个数时我总是一气呵成，不论是用铅笔还是钢笔、圆珠笔乃至毛笔，我都能信心满满地写好俊秀、飘逸的"8"字，在数字里，我认为这个数字是我写得最漂亮的一个字了，这都归功于我的数学老师李才有，他虽已于多年前故去,但每写到这个字,我的眼前总会浮现出老师亲切和蔼的笑脸。

三年级时开始写作文，语文老师给同学们布置了作文题目，要求全班写好后第二天上交，那一年正开展学雷锋的活动，所以老师布置的作文题

树的形象

目是“雷锋的故事”。刚开始学写作文，同学们面面相觑，谁也不知道该怎么写，虽然老师在那之前讲了很多，可一到实际却真真是“老虎吃天，无从下手”。语文老师好像早就知道我们的难处，在黑板上生动地演绎了一篇作文，他采取了启发填空式的写作方法，给了我们想象的空间但又不跑题。多年后，我为语文老师的那种教写作文的方式拍案叫绝。在老师循循诱导下，我们逐渐学会了在作文中借用和引用课文里的优美词语，学会了比喻、拟人、夸张的书写技巧。在作文本上老师频频鼓励的红杠杠下，我写作文的激情空前高涨，作文常常作为范文被在班里朗读。再后来我喜欢上了文学，喜欢用我的笔捕捉美好的一切，成了一名文学爱好者，这都归功于我的小学语文老师马老师。

初中遇到的语文和数学老师对我一生至关重要，可以毫不夸张地说，是他们改变了我的命运。村里的小学附设初中年级，数学老师是一位本村的回乡青年，叫张国才，他长得高高瘦瘦，说话急促时就会咳嗽。张老师既教我们数学，又教我们化学，他虽然身体不甚强壮，但上课声音洪亮，教学不厌其烦，举一反三直到融会贯通。他温和善良，同学们都不怕他，上课有问必答，下课后他的办公室也常常挤满了问习题的学生。也正是在初二学年里，张老师考取了吴忠师范。“榜样的力量是无穷的”，他的一切，照亮了我们人生的方向，拨动了乡村孩子鲤鱼跳龙门的决心。

初中教语文的乔老师写的一手好字，他板书工整，字迹干净娟秀，字体软中带硬，他的字非常地“养眼”。老师的板书影响了我们班里的一大批学生，同学们在抄习题的时候，等于潜移默化地学写了书法，不知不觉，同学们的字体竟然是非常的相似，以致我们一同考上中专的同学，到了外面别人都会一致地说，这个字体好像是一个人写的。乔老师有一个弟弟，就是陕西响当当的画家乔文先，乔老师不仅教我们课本上的知识，还教会了我们社会实践的能力，他带领我们到河滩打沙枣、割蒲子、植树脚、挖萝卜，教我们如何在小河中行走不发晕的窍门，带我们到家看他画家弟弟的油画。有一次，他弟弟回家探亲，他和画家弟弟组织同学们一起春游、照相，欣赏大自然的美景，在河滩的沙枣花下，我们抢着留影，争着嗅花的香味，在大自然的怀抱中留下了许多美好的记忆，校外的树林、对面的河滩上处处留下了老师寓教于乐的难忘时刻。老师，是你们润物细无声的培育，塑造了少年的爱好和审美的情趣，如今，我们正把你传输给我们的爱无限延伸。

“谁言寸草心，报得三春晖。”

乡间匠人

乡间的匠人土生土长，他们或独自一人或父子联合，或兄弟组成一个活计班子，游走于各个村庄之间，在闲暇时节为村民解决一些生活的必需，极大地方便了村民，同时也是匠人们求得温饱的一种生存方式。他们是木匠、油漆匠、皮匠、擀毡匠、补锅匠……

木　匠

但凡是木匠出身的，大抵是祖上传下的手艺或是父辈身为木匠。木工活是个既有分工又要合力的活计，一个人难成气候，做小件比如修凳子、做门槛等诸如此类的活计例外。无论是盖房子还是做家具，必得有二至三人分工、配合、协助才能整体完工。因此，木匠班子其实就是一个小集体，多是父子或是兄弟搭伙，绝少有外姓人参与其中。

家族式的这种组合有它的优势，配合默契，少有纷争。在做活的过程中，年长、手艺精湛的那个人非父即兄，他们有着绝对的指挥权，一旦分工，甚少有纠纷发生。这样极大地节约了内耗，也给事主家添了和睦喜庆的气氛。

乡下盖房子开始打地基时，首请木匠，事主家请来的木匠，基本上是村里或是邻村都熟悉的口碑好的木匠，木匠的工钱按间数计算，在这一点上木匠和事主都心知肚明，房子盖好了，工钱再慢慢给，这就是乡村里的木匠，憨厚、质朴。木匠盖房子，先要按屋的间数计算檩条、椽子、大梁、土柱所用的数量，以及木枝的长短、粗细等，这相当于现在的造楼预算工程。在土工开始砌墙时，木料的框架已搭成，此时的木匠才正式拉起了做木活的大锯。

木匠的精细行头大多装在一个大而敞口的帆布袋内，内有手摇墨盒、刨子、凿子、尺子、胶锅、推刃、铅笔……大的物件则装在随行的拉车内。少了这些工具，木匠就如同缺了手和眼。

做活时，木匠习惯性地在耳朵上架一根铅笔，脚踩住木凳，一只眼时而瞄时而标，就像士兵瞄准靶心一样，专注而自信。不同的木料经他手选出了担当重任的檩条、椽子、大梁等木材，刨子把木头刨得光亮平展，锯子将木头截得长短合适，凿子凿得榫是榫、卯是卯，衔接起来严丝合缝。

盖房子的木活对于木匠来讲，算是小菜一碟。年长的木匠成了大工，工钱自然就比小工多，干的活也有很高的技术含量。新学手的木工年龄小，机灵，识眼色，要想学好木匠手艺，必得形影不离师傅左右，递家什，放木料，眼疾手快心领意会，好比手术台上递器械的护士，只可意会，少有言传。一些简单的活，比如拉锯、削椽子、标线的活儿都离不了徒弟。俗话说："行里出身，不会三分。"几年之后，没准小学徒就学成了大师傅。

农村造土屋，四周的墙角要立土柱，土柱是房屋相互牵拉的重要部分，土柱埋立在土墙的中间，与檩条相连，以达到稳固房屋构架的作用，所以木匠用吊线锤加上他丰富的瞄线经验，能把房屋的框架立得端正无误，木头与木头之间的榫卯扣得天衣无缝。以至于狂风、暴雨、地震来袭，房屋自是"岿然不动"。

盖房上中梁是尤为关键的一步，它关系到房屋能否负重、抗压、稳定，是能否顺利完工的重要一环。这是考验木匠师傅功底的时刻，上大梁一般在早晨九十点钟光景，只见大工师傅站在高高的土墙上，像一个指挥官，表情凝重沉稳地指挥着学徒及七八个帮工的小伙子，随着口令升梁、降梁、架梁，随着木匠师傅的调令，一刻钟时间，大梁稳稳地坐到了堂屋的正中央。一声“妥了、妥了”，尘埃落定，木匠和在场的人都皆大欢喜，旋即，事主从木梁上撒下五谷，表示五谷丰登，放一挂鞭炮，在震耳欲聋的鞭炮声中，宴席开始了，宴席上座的位置必定是留给木匠大师傅的。

剪窗户是木匠的拿手绝活。他们就像剪窗花的巧手妇女，总能随心所欲、行云流水地剪出不同风格的窗棂，有“忠”字形、“心”形的，还有菱形、方格形的，不一而论，一切，全凭时下的流行式样和事主家的喜好来定。

早些年，乡下家里置的连三柜既能盛米、盛面，当家具摆设很是体面，连三柜底座的四个角有木撑与地面相隔，因此，柜内的粮食既防潮又能防止老鼠来偷吃和糟蹋，柜上面的折叠门还可上锁，盛粮食既美观又安全。长方形的柜面因长期的擦拭油光可鉴，一定程度上反映了主人家的殷实与洁净。柜的两头各摆一个红木箱子，有着对称的美感，柜的下沿是木匠精心雕刻，像朵朵浪花似的柜边，就像女孩的裙裾。那年头，倘若谁家里没有个连三柜，是件很伤面子的事，窘迫的家境几乎可以让人一望便知。

旧时乡下稍富足的人家，都会把木匠请到家里来做活，好吃好喝地招待，几个月乃至半年住在家里做木活，小到炕桌、窗扇（相当于今天的防盗窗）、碗橱（气死猫）、刀架；大到穿衣镜、衣橱、壁扇橱（屋子中间的一组木质隔墙）不等。壁扇橱的制作工艺相当精细，既耗时又费料，是考验木匠的刀工、眼工和美工的时候，所以木匠有细工和粗工、大工和小工、师傅和徒弟之分。大框内套小框，每个尺寸都得计算精确，木框不平，线条稍有差池，便入不得内，框内扇边的花、鸟、枝、叶都如同一个模子刻出来的一般，一扇扇大小如一。扇叶上荷花的花苞凸凹有致，仿佛正在徐徐开放；鸟的眼睛传神，如活了一般，振翅欲飞，栩栩如生；扇面上雕刻的文房四宝，毛笔饱蘸墨汁，透出墨宝的翰墨香味，好像随时可以被它的主人取来研磨、书写。一面壁扇橱就是一段历史、一段真实的生活，是家里墙壁上一幅活的画、流动的景。

古代木匠的手艺了得，许多木匠的水平到了炉火纯青、登峰造极的地步，做出的木活样貌周正、流传百世。活计样式名目繁多，版面考究，轴柱“户枢不蠹”，经久耐用。难怪人们对木匠尊敬有加，三顿四晌地伺候也毫无怨言，今天的木匠恐是难望其项背了。

二十世纪七八十年代，乡下的木匠红极一时，炙手可热，每家似乎都在更新换代打家具，更有出嫁的姑娘需要陪嫁，娶媳妇必须要的五斗橱、梳妆台、衣柜、写字台、高低柜，非五大件不嫁的姑娘比比皆是。这期间，浙江的木匠纷纷涌入本地制作家具，他们不入住事主家，而是在一个点集中制作，有定做的，有做好现成卖的。他们制作的家具沙发轻巧、美观，易于搬动，价格还低于本地木匠的工钱。一度，浙江木匠在本地大受欢迎，而本地的木匠竟闲了下来。

一件家具，一个物件，一间房屋，都是乡下人的摆设、门面，是殷实富足的象征，木匠就像一个魔术师，他能把一块木头、一个木板千变万化，锯割、推凿、胶粘、铆合成一件件久远、耐用的家具、物件，一件流芳百世的艺术品，而木匠则把自己的灵魂融入了其中，多年后，人们看到这些家具、摆设，就如同看到了他，那个给乡村农家带来了灵动生活和无限期望的——木匠。

油漆匠

上帝给人们派来木匠，又衍生出了油漆匠。做好的家具如果没有油漆匠的描眉画眼，等同于一个摆设，少了活生生的灵气。油漆匠，就像是给一具没有生机的、有瑕疵的躯体穿上花衣、点上神韵，赋予美感和生命。

油漆匠不像木匠那样能分工合作。他们通常是单兵作战，也有带个小徒儿的，那通常是他自己的儿子。徒儿充其量是跟班，提油漆的家什，给油漆匠倒开水、递毛巾，有时也在油漆匠放手不放眼的指点下调漆临摹，打打下手。

画匠虽与画家听起来近似，有师出同门的味道，但他们营生的目的却大不相同，一个是民间自学、自悟，随心所欲，生活所需的油漆匠。一个则是科班出身，训练有素的专业画家，以艺术为最高追求。前者的画，是生活中随处可见的色彩、实物，像菜里的调味品，人们不可或缺。而后者则高高在上，像水中月、镜中花，带着不食人间烟火的仙味。

乡下的油漆匠，背一个大的厚布袋，行色匆匆，布袋的颜色已无从辨认，上面涂满了各种颜色的漆，像一个万花筒，光看装束，人们便已断定，他便是油漆匠无疑。

做好的白木箱子是要油漆的，连三柜是要油漆的，五斗橱是要油漆的，就是一个饭桌也得油漆。是大红还是枣红？一大半取决于油漆匠的主观臆断。村庄里的人绝对地相信见多识广的油漆匠定能给家具漆出最好看的颜色来。有时，油漆匠也随着当下的风尚，有投其所好，如木箱正面的“忠”字图案、领袖头像都是油漆匠按样本喷绘上去的，还有画中的人物和景，惟妙惟肖。这些都是油漆匠掌握的巧活、独活，如果有领袖头像或是“忠”字图案时，油漆匠必得小心翼翼，恭恭敬敬，不敢有一丝一毫的瑕疵。

连三柜在所有家具中数个头最大，有多个方块，是油漆匠展示自己手艺最佳的画布，灵感一来，寥寥数笔，就是一个人、一帧景、一幅画。就像妇女的自留菜地，可以随意种上任何蔬菜、瓜果。油漆匠在每一个方块中都画有不同的景物、人物，漆不一样的色彩。在众人的赞许声中，油漆匠也喜欢炫耀自己的画功，万里山河一片红，红彤彤的太阳是必不可少的主色调。飞鸟、兰花、小草、凉亭以及劳动的人们，大海里的航船在波涛滚滚、湛蓝的海水里乘风破浪，都是油漆匠最青睐的。它们在画笔下或伸手可触，或令人如身临其境，每幅都散发着大红大绿大蓝的喜庆气息，又不乏浓浓的时代气息和政治色彩。大海的蓝、海鸥的白、太阳的红、“忠”字的黄和小草的绿，构绘了一幅色彩明快鲜艳、显露忠心、乡土气味浓烈的动人画卷。

自古以来，寿者棺木上鲜艳的牡丹、莲花，飘逸的“寿”字，莫不是出自乡间油漆匠的笔下，他们妙笔生花，能把一具白森森的棺木画成了花鸟的乐园，让逝者驻留在花香的世界，让生者少了悲伤的冥思，多了喜庆的念想。

游走在乡村的油漆匠，沉默如金、心细如发，作画聚精会神，一气呵成。他仿佛是花草丛中的一个精灵，寻寻觅觅，忘了时间，忘了烦恼，外面的世界似乎与他无关，那一刻，他的灵魂被画中的一草一木、一鸟一虫、一颦一笑牵走了，聚积在心底的话也似乎只有画里的人、鸟虫、花草树木才能听得见吧！

皮　匠

乡村的皮匠稀缺，也不是每家都存有皮货要请皮匠做活。旧社会有钱的人家，到了秋天都会请皮匠到家里做皮件，从皮手套，皮帽子，皮坎肩，皮袄，长的、短的皮大衣乃至皮褥子，不一而论。皮匠都是清一色的男人，他们心灵手巧，既能裁剪衣样，又能以密密的针脚把零散的皮子缝合得天衣无缝。这点上一点也不逊色于女人，并且胜过女人。但凡是身体需要保暖的地方，皮匠都能做得出来，如护关节的护膝、耳套、手套、皮领、皮帽子等小物件。

皮匠秉传着行规，到事主家里做皮活，遵循的一个原则就是手脚干净（意指人的品行），活做得漂亮，最大限度地利用皮子、不浪费。有真本事的匠人，大多沉默寡言，“真人不露相”，皮匠就是如此。

做皮货，皮匠用的工具很少，特制的针线、尺子，牛肚刀是必不可少的。在一张平整宽大的方桌上，皮匠仔细地查看每一张皮子生熟程度和属性，滩羊皮、二毛皮、狗皮等各色皮毛适合做什么，不能做什么，皮匠自是了然于胸——能做坎肩的不能做皮袄，能做褥子的不能做大衣。皮子在皮匠的眼中一过、手下一摸，就能估摸出它们的脾性。做衣服和做人一样，不能拗着来。皮毛之间也要讲究纹路相接，毛路相顺，这样做出来的皮衣穿在身上也顺畅舒泰。

如果说皮子是羊儿，那么皮匠就是驯服羊的把式。皮毛虽然不言，但在懂它的人的眼里却是有生命的。做皮衣，先得熟皮。就像一个愣头小子，硬、僵、犟，无法成衣。熟皮是皮匠的绝活，颇费周折。硝，是熟皮的主要原料，其次是黄米。皮匠在秋天就要到盐碱湖里去铲硝，把硝和皮子一同放置到大缸中浸泡，这是有时限的，时间久了就会把皮子泡坏，就像熟肉烂到了锅里，泡的时间短，火候不到，皮子夹生。一张皮子要经过几次这样的泡、晒，再泡、再晒的过程才能把一张二毛皮或是山羊皮初步熟好。彻底整容还得最后一道程序——刮，把泡软晒干的皮子挂在一个架起的木棒上，围上大围裙，手执月牙刀，剜、刮、抖。刮去磷角和污垢，一张柔顺、绵软、干净、散发着膻腥味的皮子就熟好了。摇身一变，如白雪流苏，顿时身价倍增了起来。

熟好的皮子在皮匠的刀下服服帖帖地任由裁和接。弧线、直线的剪接下，细密“N”字形行走的针线，在皮匠的手指间飞舞，约莫两个时辰，两块皮子便天衣无缝合在了一起，就像农夫侍弄土地，果农修剪嫁接果树一样，皮匠总能把一张皮子中最好的、最差的，整块的、零碎拼接到了它们最该发挥热量的地方，一张皮子，一件皮衣，就是皮匠绘制的最得意的版图。

皮子可精做、粗做。家境殷实的，皮袄、大衣的外面要罩上时兴挺括的黑蓝色咔叽布，领口绱栽绒领子，扣子是光滑细腻的有机玻璃扣，里子挂的是手感垂滑的软缎面料，活络络绕着环的羊毛卷儿在里子下面跳动，就像田野里的麦浪在随风摇晃，见了它，你立刻有一种冲动，想拥抱它，抚摸它。做好的羊皮大衣穿在身上，暖和、蓬松酥软的触感立马传遍全身，仿佛被洁白的羊群所环绕所簇拥。粗做的皮衣可不用挂里子和面子，白色的羊皮就是衣服的面子，绱了袖子，剪了领口，腰里带子一束，就算是扣子。放羊的把式穿在身上既耐脏又暖和。

野外搞副业、放牧、长途做买卖的生意人，寒冬外出行囊里必备的铺盖就是皮褥子、皮袄。这两样御寒的物件，在数九寒天里无疑就是身下的床、胸前的被，冰天雪地里的火炉和热炕。

擀毡匠

多年前，乡下人家的土炕上有两样“铺盖”，一样是竹篾编织的席子，另一样是羊毛毡。毡铺到炕上既能防潮，又能防硌，春秋防凉、冬日防火炕的烫。毛毡冬暖夏凉，如果谁家的炕上只铺着光溜溜的席子而没铺毡，那么这家里的光景看起来显得寒碜了许多。娶新媳妇进门，亲家咬定要的铺盖之一便是羊毛毡。毡之于乡下人家既光鲜、暖和，又是门面、殷实的象征。

擀毡又叫洗毡，因洗毡的动作极像擀面的动作而得名。洗毡必须得有原料——羊毛。农村绝大部分人家都养羊，羊的繁殖能力强，几年时间，一两只羊就变成了一群羊。田野遍地是草，羊可放牧可圈养，好养活得很。家里七八岁的孩子都是放羊的把式。羊全身是宝，尤其是羊毛。羊毛长得慢也长不长，如果一个人老是旧样子，便形象地比喻为“羊头上的毛，长不了”。羊毛每年的秋季和春季各剪一次，所以再怎么长也长不了，剪下的羊毛抖净里面掺杂的土和沙子，晒干，拧成一个个麻花样棒棒，储藏于屋里高高的木架上防潮以免虫蛀，以备日后洗毡用。

洗一个双人毡需要十几斤的羊毛，单人毡也得七八斤。等攒够足够的羊毛，冬闲的时候，游走的毡匠便隆重登场了——在某个深秋的早晨，一个健壮、沉稳的中年男人，手提一卷竹帘，肩背绷子来到村东的那一家。

洗毡匠带的行头少，全凭手艺吃饭，擀出了据说连日本人都不得不佩服和颇感震惊的羊毛毡。

洗毡前的准备工作非常重要。先要拣净羊毛里掺杂的草屑及其他杂物，擀毡的一个关键环节是弹羊毛。弹羊毛和弹棉花的方式异曲同工，用弓箭形的绷子借助外力把羊毛弹开弹化，弹出的羊毛纷纷落到竹帘上，至一定厚度时即用锅盖形状的木楦旋转压实，让蓬松的羊毛之间缠绕实落，之后再把竹帘连同羊毛一并卷紧，中间抽过一根羊毛带子，一切准备就绪，就等洗毡了。

炕沿立一块木板，这就是擀毡的方寸之地，毡有多大，木板则有多大。炕边坐着毡匠，就像一个纺布的妇女，自如、淡定，摆在他面前的仿佛就是他要擀的一张面，只见他两手提着羊毛绳，随着脚一蹬一松，手一拉一放，浇渗在羊毛里的水分随着竹帘收放，挤压滚动，流出了羊毛里洗出的脏水，水顺着木板流到了地下。如此反复浇水、滚动、碾压，待吃晌饭的时候，一张雪白的长方或正方形的单人、双人毡就洗好了。

洗好的毡要曝晒干燥，以防虫蛀。一条毡可以延续三至六辈子人的铺用，子孙们或许早已不记得祖爷爷、祖奶奶的音容笑貌了，但洗毡的匠人却在洗好毡后，在一角上永久地印刻上了先人的梅花形印记。

补锅匠

火热的夏天，在村路口或是村子的中心地带，更多的时候是在没有院墙的庄户大院里，一个炉匠摊前，有一大群孩子，围着补锅匠炉匠摊的旁边一溜放置着手推车、风箱、黑炭，手拉风箱的补锅匠此刻忙着布局家什物件，一并放置的还有一长串排队的锅锅盆盆。它们就像一队有病、伤残的士兵，等待医生的诊断治疗。

锅和盆是烟火饮食人家必不可缺的家什器具。铁锅、搪瓷盆子使得久了，就像穿在身上的衣服磨破了洞，衣服破了可以用布和针线缝补，而锅和盆破了补的方式令人惊奇——熔铝补洞。这不得不让后人佩服老祖先们，在漫长生活中的发明和创造，它让人类节约了资源，又极大地推动了历史的进步。

补锅匠重要的四件宝铝、火炉、风箱、干炭，其中必不可缺的是补锅用的原料——铝锭。火炉、风箱、干炭它们相互关联，缺一不可。火炉在风箱的催促下，火苗跑窜得呼呼响，火炉周围热浪扑人，熔铝的小勺锅内铝液已慢慢由青转红，一个液态的火球在勺锅里不断地变大、沸腾，这时的补锅匠凭着眼看、掂量，估摸着铝液熔化的火候。十几分钟过去后，勺锅内的铝液已成了一个软晃晃、红彤彤的火球，这时，只见补锅匠飞快地将早已准备好的锅放在旁边备好的沙凹里，一只手旋即掌起勺锅，把铝浆倾入锅或盆的破洞中，另一只手里攥着的沙色往上一压一按，补好的疤稍事冷却后浇冷水淬一下，刺啦一声，一股白烟升起，锅或盆的窟窿就让铝浆牢牢地、瓷瓷地焊好了，倒水验查，滴水不漏。

乡村人家伙房里的锅、盆，或多或少都留有补锅匠的杰作，它们就像一个人安装了假眼球，虽然丑陋，但总比缺了的强，还省钱实用。那时候，补一个锅疤，只需二三分钱，这些钱是孩子们平时把家中积攒的废品，背到镇上的供销社卖掉后所得的。

补锅匠摊子是村庄里的一个沸点，一个呈现匠人传统手艺的展示台，孩子们劳动成果的消费点，它带给人们的是节约、惜物、不舍，使人们的生活连绵有续，不再千疮百孔。

我们的人生和婚姻不也需要这样吗？破了、散了都要用心去修去补，而不是随意地丢弃和浪费。在修补和淬火的过程中方能锤炼和升华一个人的品格。

匠人的风范就如同他们手下的家具、皮袄、锅盆一样，虽然少言寡语，却修补着人生的哲理和智慧，朴实无华，耐用、久远，历经祖祖辈辈流传而让后人睹物思人。

行走在乡村之间的匠人，步履匆匆，少言寡语，品行端正，童叟无欺，手艺精湛，他们是乡村的色彩、家的灵魂，是人们对美好生活的盼头。

那年高考

1978年，恢复高考制度的第二年，十五岁的我正在村里一所小学兼初中的“戴帽子”中学上初二。一如既往，我们过着边上课，边劳动，边玩耍的散漫日子。闭塞的乡村，人们并不关心是否已恢复了高考制度，在那之前，村子里没有一个人参加过高考，当然也没有考上的喜报，直到暑假结束。

那是一个值得村里人纪念的日子，我们的班主任，身兼数学、化学、物理课教学的张老师，一个土生土长的回乡青年被吴忠师范录取了。这个消息炸了锅似的在村子里迅速地传开了，村里人见了张老师，连连跷起大拇指称赞、祝贺，同学们更是敬佩得五体投地。要知道，我们的张老师性格腼腆，讲课时遇到学生提问还会脸红，更有甚者还有调皮的学生提出刁钻的问题难住老师的。所以比我们大几岁的张老师能考上师范学校，我们从最初的惊讶到高兴，最后是无声的激励。

从张老师身上我们看到了农家孩子跃出龙门的希望，看到了高考制度的透明性。

从此，上课时同学们的学习积极性空前高涨，一改往日得过且过、稀稀拉拉的学风，上课没有了交头接耳，放学后仍在教室自学的学生多了起来，许多同学还自愿参加了晚自习学习小组。班里每个人都在暗暗憋着一股劲：一定要考上中专，像张老师一样，跳出农村，当一名吃公粮的国家干部。

转眼，升入了初三，镇中学的初三汇集了全年级的尖子生，经过一年紧张的学习、复习，转眼，高考临近，同学们发起了最后的攻坚战。家里没有闹钟，无法定起床的时间，每天睡觉前我都叮嘱母亲早些叫醒我，好早起复习。母亲也有睡过头的时候，每每遇此，懊恼不已的我便抱怨母亲为什么不早早叫醒我？

考试前的复习阶段，我们的数学老师马燕生给我们班模拟了考题，其中一道十二分的大题，二元二次分式方程，老师作了重点的讲解，结果那道题型出现在了高考的数学试卷中，在考场上的我们看到熟悉的题型，内心一阵狂喜。后来的情况可想而知，班里绝大多数同学都答对了那道题，为考取增加了不轻的砝码。那一年，全班共有四十二名学生，过了录取分数线的就达到了三十六人，创造了前无古人后无来者的奇迹，马老师也因此名扬中卫。

高考的过程充满了巧合、等待、幸福的憧憬，它改变了我人生的轨迹。考试的当天，因不熟悉考场地点，致使我在寻找的过程中丢失了准考证，更糟糕的是，在我跨进考场的那一刻才发现。恰巧，同队的一位哥哥因为送弟弟考试，意外地拾到了我的准考证，从准考证上知晓了我所在的考场，在他匆匆赶向考场的时候，我也急急地向外去寻找，是天意，还是巧合？不得而知，当我们在校门口相遇的那一刻，我知道，我得救了，这时，离开考只剩下两分钟。

如今，三十二年过去了，我仍然清晰地记得高考前后的点点滴滴，高考前的兴奋和高考后的期许，这一切，历历在目，仿佛就发生在昨天。高考制度的恢复改变了农家孩子的一生，它让我变成了一个戴着校徽自豪上课的莘莘学子，一个城里人、一个吃商品粮的人、一个每月拿工资的人、也把我塑造成了一个白衣使者。

花穗青纱帐

村子前方，曾是滚滚黄河水的流经地，日积月累淤积，如今这里已成了一望无际的良田，种植着大面积玉米。晨幕下，绿幔的玉米地里飘忽着一层层白色的雾气。风吹过，玉米和着风的脚步摇摆，叶子发出窸窸窣窣的声音，像与田间的农人问好、与土地私语。农人劳作的身影淹没在漫漫青纱帐里，隐约听得见一两句空远的说话声。

青绿的玉米如竹子节节生长，头顶的花穗黄中泛红，像青涩少女头上的凤冠霞帔。风姐姐在花穗上穿梭，流连授粉，初具雏形的玉米棒紧紧地依偎在玉米秆挺直的腰际间。

翘首的玉米穗抽出了柔柔的红缨，渐渐显现出丰满结实的体态，它预告着丰收的喜讯。十月，必定又是一个玉米丰收的季节。

十几年前，也是在这片河滩上，种着大片的庄稼，每档麦田里插播着一行玉米一行青豆，谓之“三种三收”。麦子是三种农作物里最早成熟的，割麦子的时候正是玉米拔节抽穗的季节，高出麦子一头的玉米秆像两堵墙，把火辣辣的太阳堵在了麦行间，收麦子的人既闷热异常又刺痒难耐，真是一粒麦，一滴汗啊！

那些年，每年回家收麦子便成了我们姊妹俩发愁的一件事。为抢“黄田”、抢晴天，从开始割麦到“打麦子”，每天早晨四五点钟就开始了一天的劳作。时间紧迫自不必说，单是捆麦子弯腰、拧草绳的动作就有无数次的循环往复。捆好的麦子需要人穿过玉米行背到路上，才能运到麦场上。

脊背上的四五捆麦子能把人的腰压成弓，回回从玉米行间穿梭时，玉米叶子刷得人眼睛睁不开，脸颊生疼，加上蚊虫的叮咬，人消耗掉大量的体力。三伏天的热合着扎人的麦芒，混着汗水粘到皮肤上、流入眼睛，蜇得人眼睛睁不开、皮肤刺痒。

上了场的麦子再等着“打场”，然后扬麦子、晒、收，最后颗粒归仓。夏收，能让人脱层皮、掉层肉。没有干过农活、收过麦子的人很难感受农民的艰辛和粮食的来之不易。

六七亩麦子要紧忙着干上一周，才能结束。随后，农人们又忙着给仍在生长的玉米施肥、锄草、淌水。

收玉米的活计是力气活，既费人又费时。初掰玉米棒子时你可能会觉得好玩、痛快，但几天下来，手肿、手疼，腰酸腿困，尤其是脖子时时上仰，搜寻玉米，脖颈僵直到要挑战人的极限。之后的捡拾、归拢、背、拉，如果不经常干活的人，很难受下这些苦，所谓“千日苦好受，一日苦难受”。

玉米棒子运回家还不算完，更长、更有耐力的活儿还在后面。剥玉米皮，半个月里给里三层外三层的玉米剥去外衣、内衣。一个姿势，一种动作，单调、机械，不断重复。时间在农人的手下渐渐囤积出金黄色的果实，一粒粒饱噜噜的玉米浸透着农夫的温度、欢喜和希望。

一次劳动中，师范毕业的妹妹说，她如果没有亲自吃过农村的苦，受过农活的累，或许就没有拼命学习、跃出龙门的决心。如今，已在各自岗位上工作了三十年的我们，仍然留恋土地，亲近庄稼，每到种、收粮食的季节，我们还是积极参与其中，感受播种的希望、收获的喜悦，接受大地母亲的无偿馈赠。也许，恰恰是农村生活的历练，农村的劳动体验磨砺了那个年代和我们一样的乡下孩子，造就了他们坚忍不拔、敢于担当、珍惜节俭、不轻言放弃的品质。

传统式的收割方式终结于 2006 年。

玉米地

那年夏天，从陕西远道而来的收割机开进了村前的麦田里，麦子被收割机咔嚓咔嚓地吞进肚中，集收割、脱粒于一体，在收割机的腹部被同步消化，干净的麦粒被高高地抛洒至麦箱中，人们只需拿袋装、扎袋口就可把麦子运回家。

这中间的劳作何其漫长，之于农业机械却是一步之遥。

如果说麦子收割已实现机械化，前有所闻，也有所见。玉米收割机的发明却是令人惊讶的一件事。2008 年，玉米收割机也开进了玉米地，轰鸣声中，在收割机巨大、灵巧的收割剪前，密织的玉米秆旋即乖乖地被缴了械。更加令人惊喜的是玉米棒子像是被神奇的手掰下又脱去了外衣，不到一个小时，十亩玉米地已被收割机推光了头，随机粉碎的秸秆返田造肥，金黄的玉米顷刻之间装入了袋中。

而今，村里的农人在惠民政策的扶持下已购买了收割机、旋耕机、插秧机……就连精细的点播、壅化肥等农活也实现了半机械化。

机械化农耕生产的逐步实现，把农民从繁重的劳动中解放了出来，曾经的梦想已变成了现实。农民告别了过去一年四季都在田间忙碌的劳作方式，再也不用为种、收而愁肠百转。

你听，漫漫青纱帐里荡漾着农人轻松、愉快的笑声和对未来无限的希望。

农夫父亲

父亲是一个真正热爱土地的农夫。

到了知天命年龄的父亲，才开始了真正意义上的种田生涯。在土地实现包产到户之前，父亲有过许多角色：放过马，跟随家里的帮工进山打过柴，到盐湖里驮过盐，进煤矿拉过煤。当过八年的志愿兵，差一点渡过了鸭绿江。当过教员、工人、泥瓦匠，大集体时期领着队里的劳力搞过副业，当过包工头，在沙坡头扎过麦草方格，治了近十年的沙漠，改革开放后贩过辣椒。

父亲的前半生有过许多荣誉光环。后半生则回归了大自然，当了一个地地道道的农夫。

初学种田的父亲心里很是忐忑，第一次独立完成种田的任务，对他来说那可是“大姑娘上轿——头一次”。原来在他手下当过学徒的小伙子，现在侍弄起庄稼来个个得心应手，而他竟像个门外汉，像个站在田埂上瞧热闹的人。干什么都不服输的父亲，这回也拿出了在部队识字的精神、写文章的劲头，拿出了当老师、当泥瓦工的钻劲，不耻下问，学习请教。

出嫁的大姐就是他的老师之一，播种的时候到了，父亲不知道下什么品种的麦子，便跑去几里之外的大姐家问。那些年，父亲的种田技术就是在大姐的不断指点、帮衬，自己摸索模仿中渐渐提高起来的。

父亲一生最大的特点就是干一行爱一行。庄稼种到田里后，他每天早晨都要下地看一看，看苗出得齐不齐，长得壮不壮，若缺苗，补种禾苗便

父　亲

成了他心头记挂的一件事。父亲说，田里缺了苗，让土地闲闲地晒着，那是浪费土地，对不起土地，是懒汉所为，是很丢人的一件事。父亲取苗补苗简直到了废寝忘食的地步，常常天不亮就出门，带些干粮和水直到下午精疲力竭才回家。

有一年，稻田严重缺苗，为了补齐秧苗，父亲拉着车到五里之外的亲戚家间取田里稠密的稻苗，密密的稻苗在父亲的手指间不断疏离、拔出，七八个小时顶着火辣辣的太阳，父亲却浑然不觉劳累和饥饿，洋溢在他心中的竟是另一番幸福的甘甜：终于能把差缺的禾苗补齐了，这一年的庄稼有盼头了。

父亲对庄稼的呵护，就像一个父亲对儿女一般。夏天，天气像娃娃的脸，说变就变。冷不丁的狂风冰雹袭来，长得还不甚强壮的玉米便成了风姑娘青睐的对象，田里的玉米一夜之间好像是从战场上败下阵的伤残士兵，折了的，伤了的，东倒西歪，父亲看到这般模样，心疼得不得了，使出了在部队上当卫生员的本领，给折了的玉米秆上“夹板”“包扎”，给站立不稳的玉米培土，给玉米叶疗伤，庄稼也似乎懂得父亲的心，一两天之后，它们又活了过来。

无论是薅草或是间苗，父亲总是小心翼翼，生怕伤到一棵苗，错铲一株秧。倘若不小心铲掉了一棵苗，父亲都会懊恼、责怪自己。长时间泡在水田里拔稗子草，小腿在水中浸泡得发胀，还要遭受蚂蟥叮咬的危险，别的农人下稻田都要穿雨鞋防护，而父亲却嫌雨鞋穿在脚上占的面积大，会把稻苗踏得东倒西歪，怕根踩实了影响稻子的生长发育，因此，宁可被虫子叮咬也绝不穿雨鞋下田，这就是农夫——我的父亲。

三十多年的耕种生涯中，我从未见父亲穿雨鞋下过稻田，见到的是父亲对土地的精心耕耘，对庄稼的倍加爱护。目睹父亲大半生对土地的热爱和付出，我们渐渐悟出了一个道理，凡事认真去做，用心耕耘，无论结果如何，人生必有丰收的时候。

父亲种庄稼用心用情之极，令村里的年轻人都自愧弗如。每天早晨，村庄的人都还在熟睡中，年近八十岁的父亲就骑着他唯一的交通工具——一辆全身都响的自行车下地了，他和庄稼只是分别了一夜，十个小时而已，可对于他仿佛是分别了好久，甚至是有些迫不及待地想相见。田里的每一株庄稼与他好像都是老友、故人。抽一支烟，蹲在田埂上相看两不厌，锄草、侍弄，说着只有他们才能听得懂的话，如若那株禾苗长得不欢实，或是蔫头耷脑，他就会给它们开“小灶”——撒化肥。下地的时候，父亲的荷兜里永远都不忘装上几捧化肥。

父亲和土地的关系，就像鱼儿离不开水，羊儿离不开草一样。他常说：种田能净化人的灵魂，犹如做人，要用心、专心，有爱心、恒心和一颗不怕吃苦无私的心方能驯服土地，收获的时候才能得到丰厚的回报。

父亲种田也惜田。包产到户那阵，家里分的田地旁连着一块无人耕种的草滩，父亲不愿看到土地荒芜着，带领我们拉土压沙，经过深耕改良，后来成了一块良田，耕种几年后，父亲把这块地无偿地给了队里一户田地少的人家。他说，宁可让人忙着，也别让土地闲着，闲下的土地和人一样，容易长荒草，那就废了。

庄稼种得好不好，要看田里的草少不少。父亲是一个勤劳的农夫，他的地里很少见到灰条、刺甲盖、稗子等野草，锄草从来不用杀草剂，就用传统的薅草方式，铲、拔、刨，并把薅掉的草返埋到田里再发酵造肥。他懂得人工造肥的秘诀，也知道爱护土地就是爱护我们自己。在父亲的意识里，杀草剂是毒药，能杀草自然也会毒庄稼，更会毒害赖以生存的大地母亲。

“种瓜得瓜，种豆得豆”。父亲所种的田间地头、埂边、渠畔的草都被他薅得干干净净，见空插针地种上了蚕豆、青豆、花豆或其他农作物。凡是路过父亲田头的人，无不驻足观看规划整齐、长势茂盛的庄稼，并由衷地发出赞叹。

父亲种田付出了辛劳和智慧，收获了沉甸的稻谷和村里人咂咂的称赞，作为一个新疆建设兵团的老兵，这些，已足够让他自豪的了。

在部队服役时，父亲写了《豆芽菜的旅行》和《蚂蚁的纪律》等生动的文章；当教师育出了品学兼优的学生；大集体搞副业时培养出了一个个机灵的泥瓦匠师傅；贩辣椒时他又兼备商人的精明。晚年他最欢喜最满意的还是现在的他，一个让人去掉浮华、去掉杂念、心存感激，回归大地的角色——农夫。

近几年，父母亲享受着当兵的补贴和养老保险的待遇，不为衣食住行发愁，我们数次劝说他放弃耕种，可他舍不下土地、丢不开庄稼。去年听说土地要实行流转，父亲竟幽幽地说：“唉，土地一流转，我就像工人一样，要下岗失业了。”言语中流露出了对土地无限的依依不舍之情。

稻田里，一位年近八旬的农夫在田间劳作，累了直一下驮了的背，渴了喝一口自带的水，头顶上红色的遮阳帽在绿毯似的稻苗里格外耀眼，这样的高龄、这样的专注、这样的热爱，在如今的村子里已是绝无仅有了。

他就是我的父亲，一个把自己献给土地的、真正的农夫。

善小而为之

在医院上班，每天都会遇到就医者这样或那样的咨询、疑问，小到厕所的位置，大到就诊科室及疾病的详情等等，名目繁多不一而论，有时你正巧很忙，可是患者却有一连串的问题等待你的解答，有时，不胜其烦，个中滋生了逃脱的念头，时间久了，竟有了麻木和敷衍，直到她——一位危重患者的出现，从而改变了我对患者问询的看法。

那是一个流火的夏天，傍晚时分，刚接完班的我正在病房走廊逐个巡视病房，突然，一阵急促的脚步声混合着车轮的滚动声向这边传来。凭以往的经验，我断定，一定是急救中心又送来了危重患者。果然，还没有待我走到门口，急救车已推到了眼前，这是一位女性患者，面部皮肤发紫，呼吸急促，双眼露出惊恐的神色。我的第一个反应就是立刻查看患者的伤情并呼叫了值班医生，刚要准备给患者测血压，双手就被她紧紧地攥住了，那一刻，我感觉到了一个鲜活生命对生的渴望和对死亡的恐惧。她的声音绝望而颤抖，问我："医生，我能活吗？"一句话，触动了作为医护人员心中那块最柔软的地方。我知道，此刻病人最需要的是精神上的鼓励，我用掷地有声的肯定语气告诉她："能！你一定会好起来的。"顿时，女病人苍白的脸上掠过了一丝不易觉察的红晕。我知道，她相信、依赖作为医者的我，她对我的信任就像婴儿对母亲的信任，又像溺水的人抓住的一根救命稻草。

后来得知，他们夫妇是从陕西开收割机来这里夏收的麦客，妻子指挥丈夫收割时不慎被收割机从身上碾过，酿成了灾祸。患者急诊拍片后诊断是肋骨骨折、血气胸。经过及时的手术治疗，终于转危为安。出院时她告诉我说，在送往医院的途中她有濒临死亡的恐惧感，是我肯定的语气，急切关爱如亲人般的眼神，还有双手传递的力量让她战胜了恐惧，战胜了死亡，增强了信心，赶走了与她擦肩而过的死神。

这番话深深地触动了我，与其说是她需要我，毋庸说是她改变了一个医务人员的从业生涯。从那一刻起，我知道精神上给予人的力量是多么强大，一句推己及彼的安慰、至诚的问候、温暖充满爱意的目光和友善的肢体语言对一个人是多么的重要，尤其是处于病痛中的人。由此，我学会了站在他人的立场考虑问题，像医德规范中所表述的那样，为他人着想，急人所急。孕妇生孩子，像亲人鼓励安慰；如遇咨询，耐心细致地解答；如需帮助，舍财、尽心为之，哪怕只一句安慰鼓励的话语。

其实，善行就在我们身边，就在生活的点点滴滴中，就在我们为他人的服务中，只要我们每个人都乐意去做，举手之劳的小善行就会汇积成涓涓之大善，惠及他人，福佑自己，所谓“赠人玫瑰，手留余香”。

佛教里讲，人可以施三种布施，即财布施、法布施和无畏布施。就是说当别人在危难的时候，你可以用你的钱财、智慧、博爱和鼓励来帮助他人，少到几角几元，多到无数，救人于危厄、困顿；用你的智慧、正直、勤奋去努力工作，去帮助感染你身边的人；用爱的语言鼓励关爱那些消沉弱势的人和群体。小至过马路扶老携幼，拾金不昧；大到公共场所遵守公德；暗处坚守“慎独”；一言一行一举一动不伤害别人、危害集体和国家；不制假贩假，不坑蒙拐骗，不杀人越货等等。

当善的行动、善的心念和语言成为一种全民习惯时，我们的民族、我们的国家必定是平和稳定、没有欺诈仇恨的，也必定能汇聚成一个爱人、爱家、爱国，没有浮躁、繁荣昌盛的民族。

三国时蜀汉开国皇帝刘备临终前给其子刘禅的遗诏中说：“勿以恶小而为之，勿以善小而不为。”劝勉将要继承皇位的儿子刘禅进德修业，有所作为。善事从小做起，积小成大，最终成大事；坏事也要从小事开始防范，否则积少成多，也会坏大事。所以，不要因为好事小而不做，更不能因为不好的事小而去做。小善积多了就成为利天下的大善，而小恶积多了则“足以乱国家”。

帝王尚如此，况乎民也？

老理发师和她的店

古老的庙宇后面有一个叫春玲的理发店，理发店的名字一看就知是以店主的名字命名的。店面不大，只有半间，靠墙的一面摆放着低矮的长条形枣红色的木制椅，长条椅上紧挨可坐四五人，因为矮的缘故，小孩子们常在大人理发的时候上下翻滚玩耍，等待理发的人坐在椅子上脚可着地，有接地气的实落感。长条椅对面的墙上挂了两块穿衣镜，镜子的前方分别置一座椅，其中一椅老土、笨重、庞大，上了岁数的人都知道是二十世纪六七十年代理发店里专用的座椅。铁制椅框上乳白色的油漆已掉的斑驳不堪，黑色的皮革面料坐垫也已裂出细细的口子，露出了白色的内里，就像冬天里被寒风吹皴了的皮肤。椅子虽旧但功能尚全，可升可降，有倚头的小枕、驮放胳膊的椅架，还有镂空的蹬放自如的脚托。坐在这个有些年岁的理发椅上打理头发，既舒适又有一种久远的回归感，若是再有从那个年代里走过来的理发师和你有一搭没一搭地拉呱，熟练灵巧地为你造型、理发、侍弄头发，此刻你就像坐在七八十年代的国营理发店里，闻着熟悉的洗发水气味，等待着穿白色围裙、戴白色圆边帽的理发师为你理发、做头发。旁边火炉散放着暖暖融融的气息，炉上坐着的水壶发出噗噗噗水开的响声，理发店里安静温暖，恍惚就在自己的家中，无需担忧店欺人的陷阱与价格的虚实，踏实，心安。

二十世纪八十年代初，有一部电影叫《街上流行红裙子》，我们这个小县城却流行烫发头，无论男女都时兴烫发，并以卷发为美，我们这群刚从卫校毕业的姑娘们更是不甘落伍。那时的县城是“一条马路两边望，一个鼓楼中间串”。县城的两条街上各有一个理发店，全属国营性质，理发店门面大招牌醒目，有十几个理发师傅，每个理发师傅都有一个固定的服务座椅，来理发的顾客如果看上哪个师傅的理烫手艺，就坐在师傅固定的座椅上等待其理发，这是一种无言的交流和会意。若是理发的师傅休息了，那他的座椅即便空着也没有人去坐。

两条街上理发师傅们的风格各不相同，西街理发店里的师傅多是男性，年龄偏大，客人基本上以男性、老年人及剃小儿百日头的居多。北街理发店内的师傅多数是年轻漂亮的姑娘，她们穿着新潮、发型时尚，本身就是一个活的广告，所以青年男女，尤其是姑娘们最喜欢到北街理发店吹剪、烫发。理发店内有一个理发的姑娘是知青返城后安排到店里的，她不但人长得漂亮，手艺也数一流，我想她的手艺大概是无师自通的吧。给人剪发、烫发时，她都先和顾客聊天，了解了顾客的工作、性格、爱好，之后再打理发型，经她剪烫出的头发新颖富有个性，既符合顾客的工作性质也和本人的性格相吻合。久了，慕名找她吹剪烫发的青年男女排起了队，二十世纪八十年代初期，理发店还属于国营单位，职工端的是铁饭碗，所以不论她理多少发，烫多少头，工资都和别人拿的一样多。即便如此，她理发神情专注，很少走神，动作轻柔美观，握发剪的手指灵巧舞动，拿梳子的手随剪刀上下飞舞，在剪刀咔嚓、咔嚓的声响中，发丝应声飘落，一会工夫。童花头、蘑菇头、含羞头、大波浪就呈现在人们的面前，看她打理头发简直是一种视觉的享受，让她理发、烫发就是一种放松身心的享受。

当时，电影画报中的一位女主角梳着波浪的卷发很美，我们纷纷效仿，也想烫出一样的发型，结果如愿以偿。理发店理发烫发剃头的价格都是明码标价，上墙挂牌，理发的人到了理发店就心里有数，知道什么样的发型付什么价格的钱，不像今天的理发店，没有漫天要价，没有讨价还价，更没有边洗头边推销产品的聒噪。人们对理发师傅的信赖是如今的人们所不能比拟的。在所有消费的地方，比如商店、饭店、理发馆，你只要看中一件衣服、一件物品，尽可放心地买卖，安心地把自己的喜好交与对方，没有欺骗，没有陷阱，没有推销，有的是人与人之间的信任和不设防，有的是相互的关爱和理解。理发师傅在理发的时候，把职业看作一项事业、一项塑造美丽人生的工作而非一切向钱看、一切让顾客多掏钱来消费的手艺。

如今各种商铺林立，理发店更是三步一个、五步一铺，理发店内小师傅多得如雨后春笋，发型稀奇古怪，理发手艺更像是在作秀、卖萌，剪烫发型的价格随时飙升。光怪陆离的色彩，五花八门的发式，云里雾里的价格让人心生疑虑，把头发交到那些心不在焉、推销不断的所谓“理发师”手里，心里真的是忐忑不安啊！

百年老店比比皆是，他们传承精湛的手艺和美好的理念，不曲意逢迎，不急功近利。在当下这个物欲横流、烦躁轻浮的时代里，还有一些人在独守着内心的那份纯真、那份美好、那份道德底线，比如清净一隅的老理发店，发式让人欢心，价格让人放心，手艺缓慢精细、一丝不苟，让人舒心，他们虽人微言轻，却如一盏油灯，温暖着这座城市和这座城市里仍保持初心的一类人。

树的形象

树就像一个个站着的人，顽强、坚韧，经历风霜雪雨依然傲然挺拔。它装点了村庄的色彩和梦想。树的枝枝叶叶就像一把大伞，人们得以乘凉，鸟儿得以栖息，村庄得以水灵。树为村庄遮风挡雨、阻止沙漠的脚步，用来建造房屋，制造家具和农具。树方便和丰富人们的生活，它以各自不同的形态姿势伫立、守护在村庄的身边，长在房前屋后，它是人类和鸟儿相依相从的植物、栖息地、果腹的食物、人们的影子和最不可缺的颜色。

杏　树

三月，是花树们换春装的时候了。桃花、李子花、连翘以及不知名的花树都竞相展示自己的花衣，杏树更是不甘落后，它不像桃树那样有绿叶的陪衬才开出娇艳的花朵，也不像李子花那样羞答答地次第开放，更不像连翘——花即是叶，叶即是花。

杏花就像一个率真的乡村丫头，不需要浓妆重彩，更不扭捏作态，在所有的果树里它总率先开花，自顾自地在初春里展示她的第一抹粉白。在其他果树还跃跃欲试的时候，她颇有些敢为人先的精神。你看，那枝枝丫丫的杏枝缀满了密密的花蕾，走近了看，褐色的枝干不见一个绿芽，杏树好像把全部的劲都憋足了用来开花、坐果。在众香园中，杏花其貌不扬，但又是最惹人注目的。或许，它早就悄悄地在等待，等待一树的花朵展翅欲飞的那一刻，也许是白天，也许是夜晚，整树的杏花仿佛在一夜之间，相约怒放，朵朵粉白的花朵包裹了枝头，一骨朵、一骨朵开得竟是那么彻底、豪放，毫无顾忌，瓣叶中黄色的花蕊倾其所有释放出淡淡的清香，若有若无，淡雅、素洁，散发着只有蜜蜂才能闻得着的花香。

杏花，像一个质朴的农家女孩，自然随性，不惧风霜。

以前，祖父的车院里有一棵枝繁叶茂的杏树，这棵杏树是奶奶薅草时从麦田里移植来的，杏树栽到家里十几年了，树冠长的似一把大大的绿伞，遮蔽了院落的一角和邻近的井台，给大院里的人家增加了诸多生活的乐趣，在井台边洗菜、唠家长里短、饭后歇息乘凉，人人都喜欢坐到杏树的树荫下，以树坐围成一圈。晚上，大人们在杏树下闲谝，孩子们则三五成群地在树上或树下侧耳听哥哥姐姐们讲一些稀奇古怪的故事，在云层里游走的月亮的光辉，不时从杏树叶间泻下，给童年的我们骤增了无限的联想。

每年杏花开的时候，院子里的少年就已翘首以盼，盼望着杏子快点长大。小小的青杏，在童年的眼睛里是搽着两瓣红脸蛋、黄澄澄、软沙香甜的杏子。我们守候杏子的同时，杏树也成了儿时的玩伴，我们上树摘杏，树下踢毽子、过家家、荡秋千，在杏树下对垒打仗。杏树见证了童年的顽劣，见证了少年如青杏一样酸涩的时光。

杏花落尽，花蒂便是杏子的雏形。五月，青绿的杏子已渐渐长至指头蛋大小时，我们的耐心也消失殆尽了，瞅大人不在，猴也似的蹿上树，三下五除二连敲带摘，很快，地上密匝匝的杏子和拾杏子的小脑袋挤作一团，树上摘杏的人吃得酸倒牙，口袋装得鼓鼓胀胀。反复偷袭几次，树上的青杏已损兵折将一大半，倘若再遇上村里害喜口的媳妇，等在树下索要，更得理当奉送。因此，待六月份杏子熟的时候，树上的杏子早已没了踪影，只有杏叶瑟瑟地发出无奈的声声叹息。

记忆中，院里的杏子从来没有等到黄熟的时候，只有一次，我有幸亲眼目睹了这棵树上，杏子成熟的模样。

那是一个炎热的午后，母亲要去上工，无奈两岁的小妹哭闹不止，母亲为了哄乖小妹，抱着啼哭的女儿到杏树下说摘杏，顿时，小妹停止哭泣，只见六只聚精会神、向树上寻找杏子的眼睛，说来也巧了，那天真的就在杏叶间看到了几个红脸蛋、黄澄澄的杏子挂在树梢，母亲小心翼翼地用竹竿抖下了杏子。那一枚杏子犹如人参果，香甜至极，我好比猪八戒吃人参果，还没有品尝到杏子的味道，就一下子进了肚里。多年后，在外上学的乡间小路上，每见到路边的村民卖杏子，第一个条件反射就是咽唾液。我想，那大概是第一次吃杏意犹未尽而留下的遗憾吧。看到杏子、闻到杏子的味道，就像一个远离家的孩子见到了亲人、嗅到了家乡的味道一般。

许多年过去了，老屋拆迁后地基上建起了学校，大院已无迹可寻，唯有那棵杏树仍茂盛地长在学校的操场上，放暑假了，不时有学生翻过院墙，爬到杏树上偷杏吃，一如童年的我们。

新盖的房屋院落里，没有了杏树，仿佛缺了什么，生活中少了绿色就少了希望，少了杏树就少了生活的气息。后来，母亲又从田里移来了两棵杏树，几年后，这两棵杏树长得如老宅子的杏树一样的高大，只是再也没有了在树下乘凉的人们，和成群的儿童在杏树下荡秋千的场景，再也见不到儿童偷袭青杏的情景了。如今，一树的杏子黄澄澄地挂在枝头，望着路人，每到杏子熟了的时候，母亲总是早早叫我们回家去摘吃杏子，把杏子大盆小筐地送给左邻右舍，母亲说，杏子熟了要不及时采摘，遇有风吹，熟透了的杏子就会啪啪落到地上，摔成了杏泥。这多像杏子的性格：直率。

杏肉不但止渴生津，杏仁也有多种用途。苦杏仁是一种药材，可以入药，它有抗炎镇痛、平喘等功效，还有抗癌、降血糖、降血脂及美容等作用。杏木做面板经久耐用，不裂不朽，制作擀面杖光滑不变形。

杏树的身影遍布田野，随意丢弃的一粒杏核，遇水和土壤就会扎根一个个角落，开花结果，生生不息。杏树，是农家院落里的一员，它给劳碌了一天的人们带来了歇脚的绿荫；给孩童们增添了攀爬的乐趣；给鸟儿找到了栖息的驿站；你是孩子们睡梦中嘴边的馋虫，是游子对家的丝丝念想。

椿　树

椿树在春天里与其他的树相比，看上去发芽迟缓了许多。在杏叶已缀满枝丫、桃树叶子舒展开来的时候，椿树的叶芽还在枝头静默，只露出饱鼓鼓的叶蕾和褐色的枝条，展示与众不同的筋骨。

椿树的树叶虽然姗姗来迟，但一旦萌发便势如破竹，深绿的椿树叶很快就密不透风地长绿了枝蔓，覆盖了树冠。这时，连乌鸦都难以寻到它的鸟巢了。

椿树的枝丫上长满了数不清的枝条，这些枝条的左右两边又连缀了一片片树叶，风掠过，像天上放飞的蜻蜓风筝，翩翩欲飞，又像江面赛龙舟上坐着的一排整齐如一的划桨人。

椿树的树叶大而密，像一层层绿色的墙遮蔽阳光，接住雨水。它的树身下遮天蔽日，下雨的时候，你若是正巧走到了它的附近，那么大可放心，在树下躲雨你不会遭受被雨淋的懊恼，因为层层叠叠的椿树叶就是最好的雨伞，它可以在一两个小时之内让你淋不到一滴雨。

椿树分香椿、臭椿，雌椿树和雄椿树。香椿又名香椿芽、香桩头、大红椿树、椿天等。椿芽可食用，被称为“树上蔬菜”。香椿发的嫩芽可做成各种菜肴。每年春季谷雨前后，菜市或是路边就有卖香椿的小贩了，一束束扎成捆、绿叶红边的香椿摆放在菜篮中，泛着油汪汪的紫红光泽，识得好香椿的主妇们总是欢喜地要买回一两束尝尝鲜。

香椿不仅营养丰富，且具有较高的药用价值。嫩叶富含大量蛋白质、糖类、维生素及胡萝卜素和大量挥发油、磷、铁等物质，营养全面、均衡，并具有食疗作用。香椿叶厚芽嫩，有多种做法吃法，凉拌、热炒香味浓郁，尤其是和鸡蛋一起摊饼一直是北方人最爱吃的一道美味，入口清香馥郁、滑爽，为宴宾之名贵佳肴。

凡是事物总会有相对应的另一面，有香椿便也有臭椿，臭椿在春天开花结籽的时候散发出一种涩涩的气味，不同于花的香，却浓于花香。它的气味对常人而言是难闻的、令人嫌恶的，它的苦涩味是人们所不喜欢的。平常众生总是喜欢芳香的气味，殊不知，最烈的毒药的香味也可能是最诱人、最香浓的。

椿树特有的香味，浓浓地充斥各种花香的春天里，不自卑、不气馁、旁若无人地与其他花树一同，点缀美丽的春天。它不辜负季节，也不辜负蓝天和大地，更不辜负自己，哪怕只是与花香相去甚远，也要争春。

雌椿树在春天长出树叶的时候就开始孕育树籽，它开的树花不同凡响，一束一束的繁茂，浅绿中带黄的、有着豆荚样花束的花朵，既是树籽也是树花，它就像挂在椿树上的发辫，风吹过，叶先动，而花束也在风中轻盈地摆动，多像足球场上少女手中舞动的花束呀！

一棵椿树结的种子难以计数，每一束花穗上都有数不清的树籽。它的芽胚在薄薄的、有点透亮的、浅黄的豆荚胞衣中安静生长着，恰似在真空环境里，不受外界干扰、不知气温的变化、极有耐心地孕育着，从春到秋。椿树从深绿到枯黄，它的种子也和它一样，嫩绿变成金黄仍不离不弃地与树相伴在一起，直到秋天、冬天、春天的狂风把他们带到任何一个地方，然后安家、落户，生根发芽，来年又会是随处可长的椿树，遍地可见的绿荫。

椿树顽强的生命力令人惊叹，它不择地势，不择水源，不攀高，不抢眼，随处可见它的身影。人们并不刻意地去栽种，它平凡得就像一个默默无闻的人，皮实、灵动，随遇而安。在墙角边，石缝、砖缝井台或是水泥的缝隙中，只要有土和水，哪怕只有一捧土、一口水，也能生根发芽，长成一棵树，一棵三四十米高的大树，供人们择木使用。

“百年树人，十年树木”。几年乃至十几年光阴，春树就能长成一棵大树。它大受农人的喜欢，用它做车轱辘、锹把、镰刀把使用非常顺手，因随处可取材，生长速度又快，虽不能担当大梁，但人们常用它打家具、做农具。

有一种树，它不喜欢独立展示自己的风姿，总是结伴而生，结伴而长，它们共同织就硕大、壮美的花篮装扮蓝天，覆盖着大地，它朴素得如同随处可见的小草，自己结果，随风播种。你如果在野外、在断壁残垣处、田埂边、在无人涉足的草丛深处，看到有棵随意生长的椿树，那么，你看到的肯定不是单独的一棵，它的身旁必定会有一到两棵或是三四棵的椿树伴生，有时甚至是一排，它们似夫妻相互交绕，又似兄妹各成风景。

椿树的树皮因生长发育的需要而慢慢撑开了细细的纹路，像水中的波纹，又像皱了的灰布，它的树皮有很强的自我修复能力，如若被人们揎去侧枝，那么它就会自己疗伤，不留疤痕，与完好的树皮并无二致，竭力展示自己美丽的一面。椿树就像我们身边的一些人，经历无数次的跌倒、摔打，虽伤痕累累，但他（她）们总是默默舔伤，反思，整装待发，不气馁，永远把阳光灿烂的一面展示给亲人、朋友以及身边的人。

椿树不是名贵的树种，不能登大雅之堂，但它是平凡的，平凡到我们随处可见、随地可取、随手可用。

世间的许多人和物，皆因为平凡，所以才真实。

合作杨

至今，家乡的田间、渠畔、房前院后都生长着一种俗称“合作杨”的树，杨树也叫合作杨，可能是合作化时代种植的树种吧，就像人的别名一样，树在那个年代也被打上了时代的烙印。

合作杨喜水也耐旱，种在有水的地方活，种在少水的地带也照样活，适者生存。合作杨就像那个年代的人一样，皮实耐活，顺境逆境随遇而安。

合作杨又叫小叶杨，它最大的特点是易长成笔直的参天大树，木质细腻，能成材，一般 8~10 年即可采伐。早些年乡下人家盖房子，大多用合作杨的木材作梁、椽子和檩条使用，合作杨长得有些像白杨树，挺拔、高大，树皮呈灰褐色，可能是因为生长快或是为了更快生长的缘故吧，它的树皮被撑裂开了一道道口子，纹路粗粝有形，像被沧桑岁月摔打过的一张脸，冷峻、峥嵘。合作杨和其他树一样，长到一定高度时就要适时把侧枝揎掉，这样才能够保证它长成挺拔的栋梁之材，担当大梁重任。生出侧枝的地方被揎后会留下一个个树眼，或圆或细长，像流泪不眠的人的眼睛。人和树一样，从小就要修剪去多余的枝枝蔓蔓，凝聚主要的精力往主干上输送。树长大了自然壮、挺拔，人长大了自然也能成材。

树要每年揎枝，只保留一个主干，边长边揎，倘若任其生长，在不知不觉中，它的养料就被旁枝侧桠吸收了去，最后本可长成可做栋梁的木材，结果成了一棵满身是枝丫却无抗衡担当的毛树枝，最后沦为了灶火膛里的干柴。人也是如此，从小若不教育，也会长成一棵不成材的歪脖树。

长成参天大树的合作杨，高大健壮，直插天空，它枝头的树叶密疏有致。在沙漠边缘，一排排防沙的合作杨就是一堵堵绿色长城，把风沙挡在了城市之外；黄河岸边的一片片合作杨是固土防洪的最好士兵；房前的合作杨又是盖房屋的栋梁之才，它总是在人们最需要的地方生长。狂风吹过，树叶相互碰触而发出飒飒的声响，如万千细碎的足音在树梢涌动。若在一个月黑风高的夜晚，走在一条栽满合作杨树的乡间小路上，像有无数双小手在风中啪啪鼓掌，仿佛为你壮行。

合作杨的树叶呈心形，叶子有锯齿样的花边，儿时过家家学做衣服，我们爱选它的树叶当做衣服的面料，因为叶厚，且有一定的韧度，又是天然的深绿色，正、背两面的质感不一样，朝阳的一面光滑，就像绸布的缎面，背面稍粗，颜色稍浅，树叶纹路清晰可见，一片完好的树叶对折，再对折，有一个尖角，尖角用指甲掐去就是衣服的核心——领口，依次裁袖口和对襟，展开了活脱脱就是一件绿色小衣服，小孩子的游戏给童年增加了无穷的意趣。

一直以来，农村盖房子做家具，最少不了的是杨树的木材，它既可以当大梁，当椽子，做顶房子的柱子使用，也可做家具。伐下的合作杨揎去树皮，沉到水渠里泡上两三个月，待浸泡的木头喝足了水，再捞出来晒干，这样的木材不裂口、不虫蛀，结实耐用，烟熏火燎能承载房屋几十年不坍塌。因此，家家的院子里、自留地的埂畔边总被主人见空插针地植上合作杨，它成活率高，只要把头年长成的树苗挖出来分截成一尺长的一节节树脚，插栽到适宜的土壤就可生根发芽，与家中的孩子们一起蹿长。蓦然回首，当年摇摇晃晃担水、浇树的男娃长成了壮实的小伙子的时候，也到了该给他造房娶媳妇的时候了。

合作杨和人一样，也遭受过病虫害的侵袭。20世纪八十年代初，一种专吃树心的害虫“天牛”一度啃噬了许多树，合作杨也未能幸免。为了灭绝“天牛”，乡村里的树几乎都被伐光了，没有树的村庄顿时失却了生机和灵性，变得火辣辣、焦灼了起来。幸好这几十年又不断地栽种，许多品种的小树渐渐长大，合作杨的品种也在进化，它的叶片比之前大了许多，在茂密的树林中高大挺拔的合作杨总是鹤立鸡群、不同凡响，每看到它，总让人联想到那个年代的人和事，他们的负重和责任让人无法忘怀。如今以景观植物为主流树种，合作杨似乎已渐渐退化了，现在的合作杨已不再是盖房子所必备的大梁了，它有了新的用途——造纸用的木浆。现在，它长得和时下的人一样，不揎不修随意生长，已少了当年挺拔、傲骨的风范了。

村庄印记

上帝创造了人类，人类又繁衍了村庄。村庄是人的念想、游子的根，村庄里的一切都在牵绊着人们远游的脚步，牵扯着游子的心。村庄里盛了太多的亲情和记忆，就像一棵盘根错节的大树，任凭岁月吹打揉搓，无以撼动。它是村前的那座碾坊、院里的那口石井，门前流过的那条水渠……

多年以后，它们已凝结成了村庄的景物，牢牢地生成了村庄人心底里那棵拔不断的根。

水磨坊

离村二里远的地方有一个水磨坊，磨坊不知建于何年，一直以来，村子里百十号人家，就在水磨坊里碾米、磨面。

磨坊傍河而依，坐北向南，全部以木质材料建造，有窗有门，开设的天窗，主要用来通风换气，更重要的功能是可以使磨面或是碾米产生的尘土直接冲到天窗外。磨坊既不攀上，也不靠下，悬在半空中，远看像是傣族人家的吊脚楼，和村子里烟熏火燎的土屋相比，泛着黄色水纹木楼的水磨坊很是有些气派，给村子里平添了一层“贵气”。

水磨坊的建造充分运用了水流的动力学原理，利用水的冲击和高处水流的落差，来达到推动机器启动的效果。磨坊离河面有 2 米的距离，距地面有三至四米的高度，在地面上建的两条水泥渠，呈 80 度的斜面直达磨面机下的齿轮，水速因着落差而迅猛向下。靠近磨坊的地方，有一架水车，把黄河水不间断地舀入齿轮之上，上、下两股水的力量合围，推动机器的转动。

老子云："上善若水，水善利万物而不争。"这便是水的力量。水渠日夜盈满，虽窄而深，流速极快。年幼的我曾数次随母亲去磨坊等待磨面，一次，在玩耍的过程中，一不留神，把父亲给我买的塑料凉鞋掉入了水渠中，眨眼工夫，绿色的凉鞋就被水流冲没了踪影。

进入磨坊要沿河边石砌的台阶才能到达。磨坊的地面用车成的水渠柳铺就，下面立了十几根结实的木梁，栽在河水里以支撑整个木楼的重负。磨坊里木头之间均以榫卯结合，鲜见使用铁钉，榫和卯严丝合缝，呈一整体。过去的匠人真是能工巧匠，既精木工又懂建筑，建造的磨坊美观、牢固、经久耐用。

磨坊内散发着面粉的味道，亲切、温暖。四壁、顶棚皆呈白色，像冬天里被白雪覆盖的原野。有的地方挂满了白色、蜘蛛似的絮，那是日积月累面粉、米尘的杰作。从地面木板之间的缝隙中，可看到下面打着漩的黄河水，经水磨的齿轮翻滚撞击，而发出巨大的哗哗水声。那一刻，你恍若坐在一个漂流的摇篮里，无须掌舵、无须担忧，随其漂流，任由水流把你带到一个梦想的桃源之地。

磨坊的命脉关系村里人的生活、生存，它在人们心目中的神圣地位不亚于村里的寺庙。长久以来，村里的人到磨坊排队磨面、碾米秩序井然，从无前后顺序的争抢或是打斗发生。村里的老祖宗曾立有一个口口相传、不成文的规矩，只有磨面、碾米的人才能进得磨坊，闲杂人员不得入内，且不许在磨坊里打闹戏耍。究其原因，可能是因为怕磨坊驮载过重、缩短寿命，另外一个因素，也是最重要的原因，就是对赖以生存的黄河、磨坊的敬畏和爱惜之心。

水磨坊因受水的流速等外部条件的影响，磨面、碾米的速度慢，但是“慢工出细活”。它磨面出面率高，麸皮少，这在低标准时期无疑是极让人欢喜的。

磨面要事先排队，就像现代人的预约。家里的粮食快吃完时，就得拉上麦子去排队，排队的过程中，磨面的人也不闲着，姑娘们麻利地用毛巾蘸水给麦子擦去浮尘，这样磨出的面粉干净、雪白。若不提早排队，就会有锅见底，米断顿的情况发生。通常磨一次面要耗费昼夜不分的一至两天时间，磨坊因此被人戏称为“小脚老牛车”。若是磨的麦子多，所费时间会更长。因此，一个夏天等待磨面、碾米的人一直处于“你方唱罢我登台”的热闹景象中。

磨坊是村里人共有的财产。村民们到磨坊里碾米、磨面无须交一分一厘钱，水磨坊这个“老牛车”既不吃草，也不吃粮，它只需要喝足水即可开工。它是村里最廉价的劳动力和最慷慨的施舍者，村民最忠实的伙伴、良知的见证者和人们精神的栖息地。

磨坊的门好像从未上过锁，也从未锁住过什么人。那些年，每有小媳妇与丈夫或是婆婆拌了嘴，总要躲到磨坊去，好故意让家里人找一找，喊一喊，似乎只有这样才算是消了气。此刻，磨坊就是她的娘家、庇护所，无言地任她哭诉、捶打。

磨坊虽小，却盛着人间的温暖、良心。磨完面的人已习惯于把磨坊的地面收拾干净利索，磨面机保证运转顺畅，撮面的小簸箕、小笤帚等家什物件归置整齐，好让下一个磨面的人使得顺手，吹糠皮的风车小槽里永远都留有一层薄薄的碎糠米，那是上一个碾米的人有意留下垫底的。

多少年来，磨坊里从来没有发生过丢失粮食的现象，更无抢劫伤人的事件发生。有的是相互照顾、体恤、帮助。米碾完了，等着的下一家人就会一齐帮着摇风车、打米、装米、倒糠。倘若下家还没有来，而又赶上夜间，碾完米的人也会毫无怨言地赶去家里唤一声。

收成年月，磨坊更显得格外忙碌。磨坊前的小路上，拉麦子的手拉车排起了长龙。人们有一个共同的心愿，丰收的年份里，人人都能饱饱地吃上一顿干拌面、一屉软腾腾的白面馍馍。磨面机的齿轮也像读懂了人们的心愿，卖力地、不知疲倦地轰隆作响，与水车互相咬合，汇成一股巨大的力量，推动着水磨房里的欢喜人生。

大人在磨面机前忙前忙后，撮、装、扎，孩子们也不闲着，不停用手刨着磨面机吐出的新一轮粗面，盛入簸箕，待大人再次倾入磨面机里。一茬面需反复磨合近十几个回合，方能最大限度地磨出面粉来。面粉分几个等次——头茬、二茬、三茬，依次为白面、合面、黑面。白面少，攒下等过年过节的时候招待客人，敬天敬土地爷。三茬的面虽然黑，但足以撒米子黏饭、蒸窝窝馒头，填饱肚子。

夜里的磨坊，在水车哗啦、哗啦的响声中，仿佛为困顿了一天的大人、孩子奏着一支安眠曲。此时的孩子，已耐不住睡意，不管不顾地蜷缩在一旁，闻着磨坊里特有的面味进入了梦乡。

古老的水磨坊，关乎人们的生计，是村里人精神的丰碑、粮食丰收的见证者、淳朴民风的延续者。

水磨坊，让人们熬过了冬天，迎来了春天，等到了丰收的夏天。

青石井

从前，百十号人家居住的村庄，必定是有几口水井的，“水是生命之源”。井，是水的聚集地，一个生生循环的宝池。

血缘把人们连接在了一起，水井又把人固定在了一个地方，一个祖祖辈辈都恋恋不舍、不愿离开的地方。

祖父偌大的车院里就有着这样一口水井。水井有六七米深，青石摞砌的井呈圆形，周壁凸凹不平，从井中打水时常碰得铁桶哐啷作响，久之，浑身是伤的桶就要修补。井壁凸凹，便于人们上下攀抓淘井，井壁间隙的泥土因常年潮湿浸润，生了浅浅一层绿茸茸的青苔，像织在泥土上的绿色丝绒，引得人直想伸手去摸。井口直径有一米多，地面上又砌了半米高的井台，提防大人和小孩不小心跌落井内，井口还做了木头井盖，像一口大锅上的锅盖，用来防脏东西落入井中，污了井水。

也许是离河近的缘故吧，院里的那口井里的水常年丰盈、清冽、甘甜，不枯不竭，少了又生，满了不溢。水位线永远都处在人们能舀得着、够得上的地方。这口水井多年来一直供四周几十户乡邻淘米、洗菜、煮饭，人畜饮用……

夏天的井台最是热闹非凡。早晨凉凉的光影里，淘米、洗衣、挑水的人就已在井口边络绎不绝，来来往往。调皮的少年提了汲水的铁桶放在井里左摆右摆、慢悠悠地舀水。井台边是等待挑水的姐姐，路上是肩上挑着扁担、扭着婀娜腰身的小媳妇在来来往往，两条油黑的长辫子一甩一甩，随着桶绳摇摆，左右跳动，桶里的水也随着晃动溅到了外面，在姑娘媳妇们的身后蹦跳出了一路欢快的水花。

井台边上，一年四季都有顽皮的孩子不顾大人的吓唬警告，头俯到井口向下高喊，清幽的井水倒映出模糊的头像，“噢，噢，噢”沉闷的回声传到水面，震得井水泛起细细的涟漪，像在回应孩子们的好奇心。井台边的石缝，椿树的种子不知何时也在这里生了根发了芽，渐渐长成了 棵繁茂的绿荫大伞，给汲水的村人提供了纳凉、拉家常的荫凉地。鸟儿争相在枝头安家，叽叽喳喳前来凑热闹。

冬天的青石井冷清了许多，汲水的麻绳因湿了水，冻得僵硬，捏在手里仿佛抓着一把冰碴，手心冰凉到直钻心底。挑水的人缩着脖子急匆匆地往家赶，井台边少了夏天热闹的声响。井台四周围洒下的水结了厚厚的冰面，白晃晃地耀眼，似一面冰做的镜子，这个时候到井边打水得格外地小心，稍不留神就被冰面戏弄个四仰八叉，摔个鼻青脸肿。

冬天的水井也像人一样，怕冷似的蜷缩在臃肿的冰袄里，只露出黑洞洞的井口。井水却浑然不知四季的寒暑变化，仍悠然自得地沉静在自己的一方天地中。

不论多么寒冷，水井却不曾冰封过。井水的恒温犹如一类人，纯净自然，“不以物喜，不以己悲”，固守一方，看似井底之蛙，实则胸怀大志，韬光养晦。

春天的青石井和植物一样，是重生的季节，更是焕发旺盛生命力的开始。

淘井，就如同是给水井洗澡、除垢、换装。每年开春，村里的小伙子便组织下井淘井，他们腰间系绳、带着清淤的工具利落地下至井底，清出淤泥污垢，守候在井台上的人及时放下箩筐提出淤泥，如此反复，一个晌午，淘井的工程就结束了。

淘井时，井台上会围着一大群老老少少来凑热闹，贫乏的乡村生活让农人总是要找出些乐子来。淘井便是其中之一，只见一双双眼睛齐刷刷地盯着井下，听着动静，一旦盛淤泥的箩筐上来，便期盼着有令人惊喜的发现。无独有偶，井里除淘出淤泥外，还真的有不知是何许人也掉到井里的钢笔、铜钱，至今我还记得一次淘出了一支钢笔，颜色是黑色，不记得是什么牌子了，我喜欢得不得了，后来参与淘井的堂哥见我喜欢，便给了我，好长时间爱不释手，只可惜，那只钢笔生了锈拧不开，最后被当成了一个纪念品。

淘井所得的意外之财，都归淘井的人所得，这也是村庄里一个不成文的规矩。

淘过之后的井，水质愈发甘醇、清洌，就像老树换新颜，新媳妇穿了新衣，年轻而喜气。

井，根植于每一个有生命的部落，它就像流浪者的驿站，无论是一碗泉、一眼水，它都是人们活着的希望所在，哪怕在杳无人迹的沙漠、深山。

刚毕业那年，我随同学来到了她的家乡——深山腹地的一个小村落。那里几乎与世隔绝，没有绿树，没有水井，种的庄稼全靠老天爷雨水的恩赐，二十几家仅靠几里之外的一个泉眼吃饭喝水生存，小而浅的泉眼渗出的水，积在一个卵石砌就的水井中，泉水少得一眼可望见底，村子里每天只有一户人家能取到水，所以家家必须严格按照排好的时间去取水。这眼特别的水泉既有得天独厚的泉水，也有下雨天积存的雨水，风吹日晒，水上漂浮着一片片绿苔，像青蛙的皮，看了叫人难以下咽。挑水时必先拿搪瓷缸子浮捞掉脏物，再一下下舀满水桶，或挑或驮运回家。

山里的水贵于油，挑回去的水入口有苦、涩的味道，远没有川区井水的甘甜、清冽，洗脸洗衣服省了又省，即便这样也没有多余的水浇旱了的西瓜和庄稼。

不同的山伴生着不同的水源。有一年，到牛首山，二百多米高的山上有一个寺庙，取了一个好听的名字——滴水寺，大概是因为有水的缘故而得名的吧。山上寺庙林林总总，没有看见大片的树，山也枯着。在药师佛的像座下，竟意外地发现一口蓄满水的井，听寺庙的主持讲，这是当初修庙宇时掘凿的，传说井里的水是观音菩萨赐予芸芸众生的甘露，有治病的功效。每过庙会，善男信女到此纷纷舀井里的水喝，期望能治好痼疾。不论有多少信众舀水，井里的水很快又会盈满，真是山有多高，水就有多深。水仿佛是山的伴侣，山，有仙则名，有水则秀呀！

水井就这样年年岁岁滋养着人们，影印着日月星辰的变幻。

青石井，岁月印。

跃进渠

1958年，整个国家都处在如火如荼的社会主义大跃进式的建设中，为了方便下游几个县、乡良田的灌溉，村前的黄河分流出了一条宽阔的大渠，取名跃进渠。

开挖跃进渠的时候正值隆冬，截流后河床里的泥沙和河水冻结在一起，挖渠十分困难，每开进一米都十分困难。用镐刨、铁锹挖，用筐抬、背篼背、小推车运。这条晕染着时代色彩的渠从开工到结束仅仅用了两年的时间，途经几个县乡、无数村庄，集结了邻近公社、生产队所有的青壮年男劳力近万余人，日夜兼程风餐露宿，奋战在这条跨时代的跃进渠中，他们中有父子、兄弟、邻里、亲友……

那年的冬天，村子里一下子来了许多人，家家户户都住满了从邻县来修渠的民工，他们穿着清一色蓝或黑的棉衣棉袄，戴着家里人用心缝制的绵手套，人手一把铁锹，四人一组，每组的人都自带着刨土运土的工具。

清晨，民工向工地进发的时候，很像电影《南征北战》中往战场上送弹药的百姓，浩浩荡荡，精神抖擞，充满了斗志。淤满鹅卵石的渠底，挤满了干活的民工，人头攒动，铁锹、铁镐飞舞，车来车往，劳动号子震天响，一派热火朝天的景象。当时，国家正处于低标准时期，粮食、布匹都有限制凭票供应，可他们干活的精神劲头高涨，不计得失，万众一心，很难想象吃的是供应的粗粮饭，就的是酸菜芋头和咸菜的一群社员，一群勒紧腰带的农民，他们干出了现在人们不可思议的事，干出了兴水利民，苦在当下、利在子孙的百年大事。

跃进渠宽十米多，深也达六七米。两边的渠坡上铺满了混有鹅卵石的沙土，在水的滋养下长出了许多野菜和小草，有败酱草、猪耳朵菜、胖胖草、酸柳柳、蚂蟥草、稗子草等，都是羊儿、牛、马爱吃的，男孩子们放学后常骑了马或牛来渠坂放牧，女孩也牵了家里的羊一边放羊一边挑野菜。久而久之，渠畔两边的野草已被牲畜啃得只剩了草根，可一场大雨的沐浴，几天之后，这又是一个丰茂的草场了。

跃进渠的源头上建了一座四孔桥，桥的下面有十几米高的五个桥墩，每个桥孔上分别设有桥闸，它既有泄洪，又有保证灌溉下游的庄稼及防止淹没涝灾的作用。桥面的一侧设有人工操作提闸的机器，为防长期的日晒雨淋，一排机器被装进了专门制作的一格格小木屋中，恰似一节节的火车厢，从小窗口望去，提闸机器的齿轮在忙着咬合转动。闸口的门有时开着一孔，有时是两孔或是全开。提、放闸口的人要根据黄河水的涨落，接听上游的指令或是目测来定夺。

跃进桥孔高大壮观，河水流经桥孔的时候，水流强劲湍急，经闸门时发出巨大的轰鸣声，震耳欲聋，加上机器卷闸的滚动声，这时，如有人在桥上说话，一米之外是很难听得清的。

二十世纪八十年代初，这座桥终结了村里人以羊皮筏子和木船渡河的历史。

跃进渠的水关乎上游及下游人畜良田的命脉，看闸口的人责任堪比天大。就像建成的南京长江大桥需要持枪荷弹的士兵守卫一样，肩负政治任务，又具有生命意义。从县水利局也派下来一位守跃进渠桥的职工，四十岁左右，高个，精瘦，不拘言笑，他总是穿一身整洁的中山装，戴蓝色帽子，走路习惯低着头，似乎只能看得见自己脚前的路，他很少出门，极少见他回城。他就像村里一个神秘的外星人，人们纷纷猜测，却不得而知，因而他在人们的眼里越发神秘。又因他兼村里电影放映员的角色，所以，只有在放电影的时候才能完全看到他的真面貌。

守桥人住在桥头边一个有二三亩地的院子里，院里除了三间土屋，全种上了各种树和蔬菜。三月份开花的杏树、四月份的桃树、五月份的槐树，椿树、枣树、沙枣树应有尽有，相继展示出红、白或黄的花衣来，引得蜜蜂嗡嗡叫、蝴蝶翩翩飞，过桥去劳动的人们路过时禁不住探头张望，孩子更是钻头觅缝地想进去看个究竟。

守桥人的院门向东，紧挨桥头，屋后是一条通向村子的小路，与他的小屋相隔一条渠的就是村里的小学，守桥人的院门似乎永远是从里面紧闭着的，村里的大人孩子们曾产生了无数的猜测和联想。至今，每经过这个院门，我总是禁不住浮想联翩，脑海里浮现出了鲁迅笔下的《从百草园到三味书屋》里面描写的情景：碧绿的菜畦，光滑的石井栏，高大的皂荚树，紫红的桑葚……蜈蚣，还有斑蝥、何首乌和木莲藤。那是何等美妙的地方啊！可我从没有机会进入园子，更不明了里面的模样，我猜想，有许多和我一样的孩子，包括村里的人都曾无数次的遐想、描绘着园子里的一切，好奇心时时诱惑着我们。每每下课或是放学后，同学们总爱跑出教室，跃过小渠，蹑手蹑脚地走到守桥伯伯的院门口，脸贴在门上，眼睛从门的缝隙中窥探令我们想象了无数次的“百草园”。

守桥的屋里安装着一部手摇的电话机，这是我们听到从屋里传出来清脆的电话铃声所判断的，它是守桥人与上游水位站联系的主要工具，听上游水管所的指令放闸、开闸。电话一来，急骤的铃声就像十万火急的军情，一声接一声，传到了小学里，学生们像是听到了下课铃声似的激动。那些年里，那台电话机是村里人一直想亲眼见的一件稀罕物。

守桥的人既护桥也护人。村里的夫妻一生气，小媳妇想不开就要去跳黄河，丈夫就赌气说“黄河又没有盖”，用这句话相互气对方。一次，村里刚结婚不久的一个小媳妇，因与丈夫发生口角，一气之下真的跳到了跃

保存完好的跃进渠桥

进渠，下去之后呛了几口河水便后悔了，在水中呼喊着随水流漂到了闸门的石墩上，求生的欲望使她抱着石墩大哭不止，幸亏巡桥的伯伯及时发现，召来了村里的人，划着羊皮筏子救上了岸。那个下午人人都忙着夏收，若不是守桥人发现，谁又能在汹涌的河水中听到她的呼救呢？

历经半个多世纪的风风雨雨，跃进渠的闸门因黄河水流量的减少，悠闲了许多，但桥的石柱、石墩一直纹丝不动地屹立着，分流的河水仍一如既往地从跃进渠的源头流过，浇灌着下游的土地。

和跃进渠相伴的土屋，又换了新的守桥人，是一个本村的人在管理着闸口。村里许多地方都已改造得面目全非了，先进的设备比比皆是，只有跃进渠和与它相伴的屋子、树木花草以及院落里的一切，仍然和几十年前一样，花开花落，鸟去燕飞，手摇开闸、放闸，保持着原有的模样。

所不同的是院门时时开着，花草树木荒芜疯长着，已没有了曾经的神秘，桃树上的果子繁茂得压弯了枝丫，它的主人也懒得去摘，路过的人也没有了偷吃的兴趣。草丛中的几只鸡在觅食，探头望去，院里的一切一览无遗，只是再也没有顽皮的儿童去窥探偷摘果实了。如今的跃进渠桥，桥面修了又修，补了又补。一排小木屋在机器的震动下瑟瑟发抖，风蚀去了它本来的颜色。

岁月就像跃进渠底的鹅卵石，不断沉淀、打磨，最终沉积下了那个年代里奉献者们精神上的丰碑。

如今，面貌虽旧但活力如初的跃进渠，还有它怀里不停流淌的黄河水，仿佛未曾老过，似一江欢快的春水，向东不舍昼夜地流去、流去……

祖父与外公

曾祖父凭着勤劳节俭的品德，挣得了一份家业，有几十亩良田和十几间房屋，育有六个儿子，祖父排行老二。自幼，他就与家里雇的活计们吃在一起、玩在一起、下地干活在一起。祖父苦性好，不善言辞，人又善良，从不传闲话弄是非，深受活计们的喜爱，他们亲切地称祖父为“二顺子”。

转眼，祖父长成了一个农活样样能干的结实小伙子，和他一起长大的活计们相继成了家，他也在曾祖父的安排下，与临县的一个姑娘完了婚。成家后的祖父，虽搬出了与家中活计们一起住的车院，但仍生活在一个大院里。几年后，曾祖父给六个儿子都分置了房产。祖父的房屋和大车院紧挨在一起。全家上上下下包括伙计在内，共有几十口人，都在一口大锅里吃饭，逢开饭时，值日做饭的媳妇们就站在大车院里高声喊着：“吃饭喽，吃饭喽。”只一二声，院里院外的人便聚到了伙房前。

吃饭的时候好不热闹，大家盛好饭，都不在屋里吃，而是端了碗坐在门槛或是车院里的任何地方，井台、车辕、树身都是他们或坐或靠着吃饭的地方，说着、笑着。这是大家每天最开心的时光了，院里院外的人仿佛是一个很久很久形成的大家庭，弥漫着融融的亲情。

煮饭由家中的媳妇婶娘们轮流坐庄，家里每半月吃一次犒劳（吃肉的意思），犒劳的时候，如遇上祖母掌勺，必定给外来的伙计们每人多舀一勺，背地里人们都称赞祖母的慈悲善良。后来皈依了佛门的祖母起了法名，叫慈善。

祖 父

大家庭里，曾祖父是家里唯一做主的掌柜。父亲回忆当时的情景说，虽然家中有屋有地雇伙计，但全家人仍与伙计们一样，一锅吃饭，一起劳动，并无二致。

当时，有一个长年在家的伙计，是从别处逃荒而来，被曾祖父收留，几年间，他成了家里不可或缺的一个成员，和祖父特别要好，成了两小无猜的玩伴，放牛、下河摸鱼、上树偷杏，两人总是结伴而行。他比祖父小几岁，后来，祖父成家有了孩子，他又是孩子的保护神，再后来又成了我的外公。

在曾祖父家当伙计的那些年里，他与祖父在漫长岁月里，建立了不是兄弟胜似兄弟的感情。外公为人厚道、豪爽、讲义气，颇有些江湖侠气。他把平时积攒的铜板多花在了帮穷济困上，一年又一年过去了，外公已年近而立。但娶媳妇的钱总也攒不够。

祖父虽然成了家，并不掌管家里的支配权。随着曾祖父家业不断扩大，人们背地里给曾祖父起了一个外号“八缸”。腌有八缸酸菜的家里被演绎成了藏有八缸银子，便有外来歹人起了觊觎之心。一个月黑风高的晚上，一伙土匪手拿匕首拨开门闩，窜进了祖父住的厢房，逼其交出了少得可怜的银两。他们当然不相信村里有名的“八缸”家，竟然搜刮不到金银财宝，穷凶极恶的土匪，把吓得瑟瑟发抖的祖父吊起来毒打。被打得奄奄一息的祖父，实在交不出钱财。关键时刻，多亏车院里住的伙计——我后来的外公听到了异动，顾不得穿好衣服就飞奔而来，他上前护住祖父，毫无惧色地对土匪说："他不是家里掌柜的，和我们一样都是受苦的，家里根本没有银子，我可以作证。"外公苦苦哀求，土匪仍不肯放人。情急之下，外公拿出了多年攒下娶媳妇的一点辛苦钱，全部交到了土匪手中。或许看到毫无油水可刮，或许是被外公的义气所感动，土匪悻悻离去。

祖父得救了，外公的钱没了，娶媳妇的梦想成了泡影，所幸，曾祖父知道了这件事，出钱张罗给外公娶了本村姑娘为妻，又帮着盖了房屋，置了田地，立了门户。

儒家提倡做人要守"五常"，即"仁义礼智信"。仁，意在别人有难时出手出头；能舍，帮人，即为义。大到对君臣忠诚，小至乡邻互助。三国时关羽跟随刘备，忠心不贰，曾千里单骑救嫂，曹操这样评价关羽："云长真义士也。"

外公虽然目不识丁，却懂得一个"义"字的分量。

世上的许多事，是巧合也是必然。

多年后，外公被抓去当壮丁，后来病逝，留下了年幼的女儿和一个遗腹子。外婆在叔伯婶娘的帮衬下，含辛茹苦地拉扯大了一双儿女，日子可想而知。艰难岁月里，连系着两家的那根线一直未断，祖父一家一直在暗地尽其所能帮助照顾。

十几年后，外公的女儿已出落成一个大姑娘，祖父的儿子也长得一表人才，也许是天意是人愿吧，经媒人撮合，他们做了亲家。

解放后土地改革，祖父被划了地主成分，土地和房屋一部分分给了村里无田少屋的农民。一夜之间，祖父人格和精神上遭受到了双重的打击。二十世纪五六十年代的成分论很可怕，人人自危，都不愿和地主成分的人有沾亲带故之嫌。外婆的成分是贫农，根红苗正，她非但没有疏离亲家，更没有低看或是嫌弃，反而经常走动安慰祖父一家。

合作化时期，低标准的生活使祖父患上了营养不良性水肿病，医生称之为“低蛋白血症”。祖父腹部积水，危在旦夕，多亏外婆从家里的藏粮里匀出了一些口粮，再次救了祖父一命。

二十世纪五十年代到八十年代初，遇青黄不接或口粮断顿，母亲只能到娘家借贷，外婆哪怕是扫柜底抖面袋，都会赶紧给母亲盛上一盆面或是一碗米，生怕饿了女儿家里嗷嗷待哺的一张张小嘴。母亲常说，要不是外婆多年来的接济，我们恐怕有人会活不到今天。

感人的一幕一直在上演，1979 年，我考入了中专，按规定，迁户口转粮食关系，需要上交粮站 24 斤水稻。当时，母亲生了小弟还在月子里，家里的米缸也快见底了。那个晚上，屋里的煤油灯忽闪着，仿佛随时都会熄灭，锅台上也冷锅冷灶，母亲和姐姐一筹莫展。外婆得知后，赶紧派舅舅送来了粮食，解了燃眉之急。一股暖流顿时涌满了油灯摇曳的冷屋。

岁月，它沉淀的是人心，沉淀的是厚德的家风。

半个多世纪过去了，祖辈、父辈们传承下来的善良、正直、互助的品德，在后辈的儿孙身上得以传承延续。

种善因，方能结善果。

赤脚医生

村庄中心有一座寺庙叫圣帝庙，寺庙高大宏伟，飞檐翘角，门前的两座石狮雄踞两边，连着院门的是一排砖木结构的平房，供僧人日常居住饮食。后来破“四旧”时，遣散了僧人，平房则改成了大队医疗站和合作社。医疗站里只有一个人，看病打针取药全凭一人。医生姓黄，名如金，听说是卫校毕业分到公社卫生院，又从公社卫生院分到了我们大队医疗站来的。

黄医生三十岁左右，中等个儿，留齐耳短发，鹅蛋形的脸庞上镶嵌着一对乌黑发亮的杏儿眼，一身蓝色的衣裤干净整洁合身，上衣和列宁服近似，只不过是单排扣儿，脚上的一双黑色布带鞋配上白色的袜子，尤显得清新和洋气。

每天早晨学校的早操铃一响，医疗站的门也准时打开了，我猜想，黄医生大概是和城里的职工一样，有准确的上下班时间的。门开了，黄医生便洒扫庭除，要内外整洁了起来。从医疗站门前的路上经过时，老远就能闻到从里面飘出来的消毒水和药片的混合气味，每天这个时候，医疗站的门窗都是全部敞开着的，后来上了卫校才明白，原来通风换气跟日光暴晒一样，是一种物理消毒灭菌的方法。

医疗站内一律是白色的，白色的窗帘，白色的门帘，黄医生穿的白大褂以及诊室内墙壁的颜色和床单都是白色的。白色总让人感觉到一种静肃之气，加上来苏水的味道，让庄户人对医疗站有一种敬而远之的心理，尤其是孩子们，生了病，非生拉硬拽撕心裂肺地大哭才能抱进去，那情景像是要赴刑场似的。

医疗站和邻近的小卖部相比，要冷清得多。平常人们害个头疼脑热拉肚子，多信奉传统的治疗方法，调制一碗面疙瘩酸汤，熬一碗辣舌头的生姜水，或生蒜水，喝了后睡热炕发一身大汗，感冒和拉肚子通常就会好，实在大发了，人们才到医疗站去看病。医疗站内的药品种类单一，但都是常用药，至今还记得黄医生最常开的药便是阿司匹林、去痛片，感冒严重的病人，黄医生就在患者的屁股上打一针柴胡和安痛定就算是最好的治疗了。

医疗站门前最热闹的时候就数预防接种了。那几天，从早到晚打预防针的娃娃在医疗站门前排起了长队，大一点的孩子早早就把袖子挽到了腋窝处，小一点的孩子则由母亲或姐姐抱着。医疗站门前有两种景象，排队等待接种的孩子们不时打闹逗玩，听到哭声便露出害怕的神色，打过针的孩子们有大哭不止的，有露出胜利微笑的。

身穿白大褂的黄医生穿梭其中，黑而亮的刘海在圆帽下若隐若现，她脚步轻盈，面带只有做了母亲才有的疼惜的微笑。她在给孩子注射前，都会不厌其烦地说着不一样的话，比如好孩子不疼啦，乖孩子坚强之类的安慰鼓励孩子的话。等孩子放松了心理上绷紧的那根弦，她才用镊子夹起酒精棉球往胳膊上轻轻一擦，凉丝丝的感觉便朝全身扩散了去，分散了孩子们的注意力。此时的黄医生像孩子的妈妈一样，用手捏住孩子的小胳膊，小小的针头便像蚊子咬了人的皮肤一口一样，也许一秒，也许是几秒钟，在我们还闻着黄医生身上药水味的片刻，就听到黄医生笑吟吟地说，好了，好了。听到黄医生的话，我们也像得到了特赦一般，霎时就跑得无影无踪了。

黄医生不但病看得好，人也长得好，连说话声音都非常动听。

农忙时节，黄医生便背一个印有红色“十”字的药箱下到各个生产队，到社员们劳动的田间巡诊一番。夏天的日头毒得很，黄医生也和田间劳动的社员们一样，头戴草帽，身背水壶，要不是她背上的药箱差一点就被队长当成社员吆喝着下田割麦子去了。

在村子里，黄医生好像能看外科的病，也能看内科和妇科的病。有一次，拉麦子的胶车路过桥洞不慎翻了车，结果赶车的车把式摔坏了腰，疼得不能动弹。黄医生得知后，立即赶到了出事现场，叫人不要随便搬动伤者，而是指挥几个人合力将伤者平抬到一扇门板上，用绷带做了固定后才送往了医院。车把式后来好利索没有落下后遗症，据当时县城的医生说，都是因为病人受伤后第一时间处理得当，没有使受伤的神经进一步损伤，所以才愈后良好。

小孩子怕吃药，怕打针，我也不例外。但是有一次，却让我对黄医生和医疗站有了说不出的亲切感。

小时候，头发上老是爱生虱子和虮子，母亲用篦子篦得实在是不耐烦了，就用一种叫“乐果”的农药抹在我的头上毒虱子和虮子，结果虱子和虮子是闹死了，但我的头皮却也因农药而起了一个水泡，幸而人还好。母亲吓得把我赶紧领到医疗站让黄医生看，黄医生撩起我的头发看了又看，安慰母亲说，不要紧，回去赶紧用清水反复洗头，并嘱咐母亲让我多喝开水，以排毒。回家后母亲按黄医生嘱咐的，给我洗了又洗。只过了一个晚上，头上的水泡就消失了，母亲高兴地说：“黄医生的法子好呢，不吃一颗药，没打一针，病就好了，真神！”

当时，正好有一部反映赤脚医生的影片《春苗》在村里放映，影片中赤脚医生春苗为了救治被房屋砸伤的孩子，锲而不舍地与死神展开了搏斗，随着一支又一支药物的注入，一只只空药瓶的滚落，最终孩子得救了。春苗的脸上也露出了舒心的微笑，那是一种救死扶伤者崇高的微笑，是扎根在土地上和农民心系一体的微笑。影片最后有一句画外音：医生不但要有一颗为人民服务的红心，还必须要有过硬的医术。

我想，黄医生大概就是这样一个红心和医术皆备的赤脚医生吧！

炉火灯光

炉火红着，像一盏炉灯。它给家里人带来的是祥和、欢快、兴旺，红红火火，不畏严寒、不惧饥饿的生活信念。

小时候，每天早晨，母亲总是最早起床，她做的第一件事是捅火炉。

家里的孩子多，冬季里每人一套衣服根本容不得换洗，有时候是晚上脱了洗，早晨就要急着穿。晚上，母亲总是在我们脱下衣服睡到被窝里了，点了煤油灯才开始给我们洗衣服，之后再把洗好的衣服一件件用竹竿搭到火炉的四周晾烤，好让衣服干爽的快些。晚上全家人都睡在一个大通炕上，睡梦中，似乎老觉得母亲睡不踏实，数次下炕上炕，到火炉边用手摸、探、翻转衣服的衣袖、内里，生怕衣服干不透，更怕衣服被炉火烤煳了。有时天亮了，衣服还没有干透，母亲便用最快捷的方式，用手撑了衣服站在炉火旁翻烤，火炉里红彤彤的火苗一闪一闪，映照着母亲慈爱的脸庞，而比炉火更旺的，是一颗天下母亲滚烫的心。

冬天的夜很长也很温暖，我们已习惯于钻热热的被窝，穿着火炉温度的棉衣。年少的我们，不曾体会到母亲一夜数次下炕烘烤衣服的辛苦，心安理得地享受着母亲带给我们的温度。

长大之后，参加工作的我为了两个妹妹能进城念书，租了城里的平房，陈旧的平房有两个纸糊的窗户，又是西屋，冬天的冷风从门和窗户的缝中直往里灌，冻得人瑟瑟发抖。屋里唯一的取暖设施就是一个铁炉子，火炉生得旺的时候，屋里温暖如春，我们姊妹三人的心底和脸上都映着藏不住的笑容，如果哪天炉火灭了，便锅也凉了、水也冰了，屋子顿时像一具失去了生机的躯壳，我们也像失去了母爱窝巢的小鸟，无精打采，蔫头耷脑。

那段时间，每天下班后所做的第一件事，就和当初的母亲一样——捅火炉、生火做饭。晚上，两个妹妹在柔和的台灯灯光下做作业，温习功课。当饭菜快要熟的时候，屋里到处都弥漫着饭菜的香味，每每这个时候，我们都会不约而同的面面相视，发出会心一笑，仿佛听到了彼此肚子里的叽咕声，喉咙里咽唾液的咕噜声。

住租屋的那几年里，一年有时连一次肉也难以吃到，有时甚至连生炉火的干柴也无处可寻，自己买煤打煤饼，但虽苦却快乐着，因为有目标、有希望、有梦想，就像这冬天不可缺的彤红的炉火一样。

小妹曾说，她每天放学后最高兴的事，就是回到租住的屋里，凭感觉，屋里是暖的，那炉子也必定是红的，如果饭菜又是热的，那么这一天的心情就特别的好，学习的劲头也格外高，也是最最开心的一天。

火炉不但给我们驱寒，也给我们带来了无限的乐趣。晚上，妹妹们写作业到很晚的时候，肚子饿了，我们便用闲下来的炉火烤山芋。为了省电，屋里熄了灯，炉膛像一个燃烧的火球，橘红色的光从炉口射出来，投到屋顶，一圈一圈地荡漾开来，整个屋子红红的，暖暖的，宛若一盏“炉灯”，映照得屋里火热亮堂。我们姊妹三个围坐在火炉旁烤着手，翻转着山芋，闻着山芋烤熟后散发的香味。静静的屋里，只有炉火烤山芋发出的嗞嗞响声。就着炉火的光，吃着沙香四溢的山芋，成了每天晚上我们最期盼的一件事。皮焦内沙烫手烫嘴的山芋，对于没有零食的我们，犹如山珍海味一般的香甜，而炉火带给我们的，远不只是温暖，还有跨越龙门的决心和对美好生活的向往。

火炉是年少时光，心中不灭的那团希望之火。几年后，两个妹妹在那个有火炉、破旧的小屋里，先后考取了中专、大学。

如今，三十年过去了，我曾攒了两个月工资买的、伴我们驱散了无数寒夜的炉子，被母亲一直使用至今，虽然样式已破旧不堪，但母亲一直舍不得扔，说：“散热好，省煤，做饭利索，好使。”

我想，母亲和我一样，不肯丢弃的一定是那段难忘的岁月，和那个岁月里照亮了我们前行的炉火灯光。

繁华落尽看秋荷

秋天的荷塘，满目凋零，放眼望去，一片黑褐色枝影七零八落，在荷塘里散淡着。近了看，一枝枝干枯的荷枝仍清冷地长在水塘里，荷叶已脱离了枝干，失了生机，软绵绵地贴在水面，莲蓬身首异处，莲子不知去向，只露出了黑洞洞的小眼窝，像风干了的马蜂的巢。秋天的荷塘，远看一片枯槁，残枝败叶，近了看，又站成一枝枝独特的风景，它们或直立，或弯颈，一半水下，一半水面，一幅生命将尽的景色，虽没了活力但仍不肯倒下。

秋天的荷塘平静如一面镜子，倒映出残荷枯瘦的身影来，它站立的姿势，就像一个年迈的人，风烛残年却又蕴含智慧，仿佛大彻大悟，大通大明，向人们昭示：莲花的枯荣是重生的开始，淤泥深处的莲藕才是她收获的果实，荷茎从未放弃重生，它在等待来年的蓄势待发。

偶然一次，读季羡林老先生写荷花的感悟，很惊讶，从那时起，我才知道荷花生根发芽是一个漫长的过程。他说，一位友人给了几枚洪湖荷花的根茎，黑黑的根似洋葱一样，毫不起眼，随意地丢在了院中的池塘里，两年过去了，一片荷叶也没见长出，第三年的春天，就在快要忘记的时候，不承想，孤寂的池塘里不知何时，竟然飘出了一片巴掌大、绿莹莹的荷叶来，接着出现了第二片，第三片……一个夏天过去后，池塘的一小半已被荷叶所覆盖。

由此断定，荷花好看，它的根必定经历了艰难的扎根、适应乃至孕育，才有了嫩嫩的荷叶，迸出了尖尖的小荷。它们不知在黑暗中摸索探求了多久？挣扎了多久？等待了多久？才等到荷花含苞欲放的那一刻，为了这一刻美丽的绽放，它们耐得住寂寞，学会了等待。

荷花，在每一个季节里都展示出她最美丽的一面。她是无憾的，春天尽情舒展，夏天盛装出浴，秋天义无反顾地凋敝。荷花的一年就是人的一生，只不过，它把四季浓缩成了一生。

春天的荷塘，春意涌动，荷叶像一个青涩少女，一颦一笑地浮出水面，向人们展示出纯净无邪的笑容。佛教里把莲花比作圣洁、清净、平等、正直的象征。周敦颐的《爱莲说》便提到："予独爱莲之出淤泥而不染……香远益清，亭亭净植，可远观而不可亵玩焉。"

夏天的荷花池里，绿波荡漾，蒲扇似的荷叶上，水珠晶莹剔透，如珠滚盘，青蛙在荷叶上跳动、嬉戏，莲花开得正欢，花座在孕育莲子，待放的荷花丰满圆润，像亭亭玉立的少女，最是招人喜爱，她的身边除了蜜蜂的采蜜声，更缭绕着许多人的赞美声。

盛夏，碧绿的莲蓬日渐饱满。如果把初夏的莲比作一个青涩少女，那么盛夏的荷花就像一个待嫁的姑娘。她的花心处孕育着花房，花房又孕育出了莲蓬和莲子，花尖由浅渐深鼓出了粉红花苞，像在抿嘴吮吸清晨的露水，蜻蜓立在枝头，一动不动，和驻足的游人一样，分明醉在了荷花的清香里。

莲子好吃，莲子心却极苦，它有清热去火、安神强心之功效，还可降血压、治疗口舌生疮，并有助于睡眠、增强记忆力、提高工作效率。可见，凡是苦的，不论是苦难，或是苦味食物或药物，对人而言，总是有着积极的一面。古人云："苦尽甘来""受得苦中苦，方为人上人""苦口良药利于病，忠言逆耳利于行"等至理名言，充分肯定了苦的食物和药物可治疗人的疾病，肯吃苦还可以磨炼人的意志、锻造人的精神。从古至今的许多名人，他们在成功之前都经历了别人难以想象的苦难，克服了一个又一个的困难，最终成就了一番大业。

我们的身边就不乏这样的人，他们像荷花一样，悄悄生长、夺目盛开、竭尽施出，出污泥而纤尘不染，之后，又静静地归隐于泥土。

秋天的荷，繁华落尽，独自享受无人喝彩的人生，孤寂的池塘里，仿佛已听到了涌动的春潮。

荷 花

又是一年蒲黄时

六月，又到了一年中蒲黄成熟的时节。适逢节假日，到位于宁夏中卫的沙坡头游玩。到了沙坡头的入口处，远远地看到南边河堤对岸，有一大片的蒲草在风中飘摇，绿得耀眼，一波一波的绿浪，随风轻舞，摇过去，又摆过来，似乎在和北面的沙海遥相呼应。一半黄，一半绿，沙漠绿洲名不虚传。

蒲草和芦苇有着几分相似的。为了要看个究竟，我急急地上了通往河对面的铁索桥，站在几十米高的索桥上向下俯瞰，南河岸边的蒲草密织如沙海里的游人一般，相依相偎。目及之处皆是浩浩荡荡的蒲草，甚是壮观。

下了索桥，走近了蒲草甸，立刻便有一股暖烘烘的热浪向人袭来，这气味带着水腥味、裹挟着蒲草霉殖的味道，空气被密密的蒲草阻隔了。满眼蒲草的河滩中间，开辟了一条长长的甬道，走在木板铺成的甬道上，一人多高的蒲草从两边扑来，人顿时被淹没在了绿海之中，有一种恓惶的感觉。幸好，草甸子深处传来嗡嗡的说话声，循声望去，浅灰色的身影若隐若现在蒲草间，隐约看见有人手提布袋在采着什么，他们操外地口音，似乎在相互传达着什么信息。一会，他们便到了甬道旁，询问中得知，他们是来这儿采蒲黄的陕西人。

蒲黄是治疗妇科疾病的一种良药，每年的五月下旬到六月初，蒲黄的花穗刚刚坐成，此刻，正是采蒲黄的最佳时机，太老就长成了蒲毛，太嫩了还没有开花。

蒲草生长在浅水湾中，采蒲黄的人要下水在蒲草丛中寻找成熟的蒲黄，他们头戴草帽，手提布袋，穿着防水的乳胶衣服，穿梭在密密的蒲叶间，眼睛专注地寻找蒲黄，全然不顾游人探询的目光，一旦发现蒲黄，娴熟地捏住蒲棒，从一端使劲将蒲黄捋下。旋即，蓬软、细如绒毛的蒲黄就纷纷地落进了口袋中。嫩嫩柔柔的蒲黄花粉飘飘扬扬，像一朵朵黄色的花针，粘在采黄人的头上、身上，黄绿相间，人也仿佛成了自然界的一株植物。

岸边的一片空地上，放着一堆采好的蒲黄，像一块松软的蛋糕。听采蒲黄的人说，每年的这个时候，他们都追逐有蒲草的地方，采收蒲棒上部的黄色雄花，晒干后辗轧，筛取花粉，卖给收药材的人。采花的人是追花的人、识花的人，也是赏花和惜花的人。

散落在蒲草之间的花粉漂浮在水面，盈盈如细碎的花针在蒲叶间游走，不知它们要到哪里去。明年的这个时候，蒲黄如期开放，来采蒲黄的人还是他们吗？

他们让我想到了天山脚下的采花人。藏红花在太阳最火红的时候，开得最尽情，那个时辰，是采藏红花最好的时刻，若是花怒放的时候正巧碰上下雨，淋了雨的花就会发热、霉变，藏红花也就失去了它的药用价值。

小时候，家乡的河滩、渠畔、湖边，到处生长着一人多高的蒲草，蒲草的中心抽出一根根直立的蒲秆，蒲秆坚硬，不易折断，六月初，它的上部开始生长出柱状的穗棒，就是蒲黄。蒲黄上的花粉像是粘在花穗上的糖粒，伙伴们到田间挖野菜时，总爱寻找有蒲草的地方，心里念念不忘好吃的蒲黄。初夏的蒲黄，生吃入口嫩、软、绵、沙，有淡淡的甜味。至今，在儿时的记忆中，夏季水田里的荸荠、蒲黄，秋天的藕根、沙枣，都是孩子们最爱吃的野果。

蒲黄是大自然赐予人们的药材和食物。它的根、叶、果对人们皆有利用价值。蒲草的嫩芽可食用，味道鲜美，是水中的蔬菜。《神农本草经》

上记载，蒲黄具有活血化瘀，止血镇痛、通淋的功效。现代研究表明，蒲黄对许多疾病都有预防和治疗作用，被广泛应用于心血管疾病和妇科疾病的治疗。细长柔软的蒲叶韧性好，散发着草叶的自然清香，端午节可用它来捆扎粽子，结实又便利。

蒲黄长到八九月的时候，外衣的颜色由黄绿逐渐变成了褐色，状如蜡烛，绒毛绵厚、细软。那些年，家乡的人把蒲棒割下，晒干之后用木棒捶打，脱下的蒲毛雪白、膨松。白灰掺了蒲毛和灰泥，用于抹房屋的墙面，细腻、光滑、不裂缝，是极好的黏合原料。

蒲草是蓄根植物，它无需人工栽植，自我繁殖，择地而生。村前的河滩上，茂密的蒲草随处疯长，一年又一年繁茂如织，连成一片绿色的海洋。读小学的时候，语文书里有一篇课文叫《小英雄雨来》，有一段描写雨来被鬼子追到了河边，最后从芦苇荡中藏身脱险的文字。上了这一课后，我们也跑到一人多高的蒲草周围玩“藏猫猫”的“脱险”游戏。

草黄雁归的秋天，蒲草也和庄稼一样，到了收割的季节。那个年代，学校一周有几天的时间都上劳动课，每当这时，老师便安排学生们过河去割蒲草。大人们忙着收割庄稼，孩子们则做着后方的准备工作——割蒲草，搓草绳。秋天的蒲草枯黄，灰尘特别大，拿镰刀割比自己高出许多的蒲草，弯腰、揽草，一天下来，累得东倒西歪，还被蒲叶上的灰尘糊得灰头土脸，两个鼻孔也像被烟熏过的烟囱，同学们互相取笑着对方，一天的劳累就此烟消云散。

蒲草因柔韧性强，长得高，是编织蒲团、草绳最好的材料。据说当年红军长征时候穿的草鞋，就是用蒲草打的。在农村，每年的夏收和秋收，都需要大量的草绳捆麦子、稻子。秋天割下的蒲草晒干、储存，冬天闲下来的时候，家家户户开始了搓草绳的漫长劳作，干燥的蒲草脆性大，容易折断，可是一旦渗透了水，不用刀割是很难切断的，更别说两股蒲草搓成的草绳了，所以一个草绳可使用几年。

搓草绳时，先要把蒲草浸湿，一刻钟左右，渗了水的蒲草就变得柔韧异常。这样再搓蒲草绳时，柔软不糙手。搓草绳时，取一束蒲草，从底部捋齐，蒲草叶从中劈作两半，离根部三寸的地方，像扎辫子一样扎紧，搓草绳的人两手也要浸湿，一束分成两股，之后，相互对搓。经常搓草绳的人，不出一分钟就可搓好一根一米长的蒲草绳，蒲草搓成的草绳，褐白相间，像姑娘的麻花辫子，既耐用又好看。

一个冬天下来，一家人可搓几千甚至上万根蒲草绳，放在当时，一根蒲草绳拿到集市上去卖，可值三厘钱呢！

蒲草搓就的绳子，既可以用来捆扎粮食，也可以当腰带使用。冬天干活，村里年龄大些的男人，总习惯拿一根草绳从腰间一扎，既能防衣服灌风，起到保暖作用，也使衣服束得紧些，干起活来格外利索。

如今，蒲草已从乡间不起眼的植物，摇身一变，成了都市里湖畔、渠边的景观植物，现在的孩子已不知蒲黄为何物，大概也没有亲口尝过蒲黄的滋味，虽近在咫尺，却与大自然是如此生疏，这不能不说是远离自然之后的悲哀！人们只知追逐名利，追逐结果，追求成绩，而忽略的恰恰是我们身边最廉价、最实用、最美好，也最原始的东西——就如这蒲黄一样。

“年年岁岁花相似，岁岁年年人不同”。我们也能如蒲黄一样，年年能保持原有的清香吗？

重温乡俗

媒　婆

二十世纪六七十年代的乡村，包办的婚姻占多数，不像赵本山导演的《乡村爱情故事》里演的那样，两情相悦，自由恋爱，无需媒妁之言。那个年代的婚姻既传统保守也纯洁自然，掺杂着社会因素和生存需要，虽同处乡村，也得门当户对，比如，贫下中农一般就不和地主做亲家，无论他们的子女多么优秀，多么喜欢对方，这中间都是有障碍、有鸿沟的。当然，也有一些有情人终成眷属。

农村的青年男女，在共同的劳动中暗暗地喜欢上了彼此，他们在平时的吃苦耐劳中，对脾气品行可谓知根知底，可是家庭成分像一把利剑，悬隔在他们中间，胆子小的，纵使喜欢对方，也只限于想象，不敢越雷池一步。胆子大的后生，就不管那么多了，他们知道，父母最终会屈服于自己的选择。

儿子多的家庭，家境大多寒酸，许多姑娘望而却步，这类家庭必须通过换亲才能娶得上媳妇。无论是自己相中还是通过换亲娶到媳妇，都得通过媒婆的嘴传话，似乎只有媒婆上门提亲，才算是结亲，才称得上是正儿八经的婚姻。所以，乡村的媒人是必需的也是必要的。她们走村串户，对四邻八乡家户的情况了如指掌，谁家有几个姑娘、有几个毛头小子，她都烂熟于心，熟知每个家庭的房屋间数及新旧状况、粮食存储及家里的摆设、小伙子的苦行、祖上的人品德行等，都是媒婆所掌握的“情报”。她们也知道哪家的姑娘俊俏，哪家小伙子能干，打眼一瞭，就能估摸一对人是否相配，初次相亲，能识破对上眼的一对人儿，和他们心里的“小九九”。媒婆嘴快、腿勤、心肠热，是月亮婆婆派到人间穿针引线的使者，是捅破相爱男女那层遮羞纸的巧嘴，是斡旋两亲家之间的意见和男女传信带话的信使。

媒婆的嘴赛喜鹊。她们会察言观色，能说会道，天生就是吃“说媒”这碗饭的。凭三寸之舌可以说成一桩婚姻，也能说悔一桩婚事，她能给家境差、娶不上媳妇的光棍换亲，也能把模样俊的姑娘说给矮个的小伙子，能把操家过日子、会主事的姑娘说给不会管家的懒散小伙子。总之，她能把丑些的说得俊些，矮些的比划得高些，家境差的描绘得富裕些。她能把邻村的姑娘娶到本村，本村的小伙子说到镇上的人家当上门女婿，能给娶不上媳妇的光棍说来一房好媳妇，也能给有残疾的姑娘相一个对应的后生。总之，她们能最大限度地让村里的男青年都娶得上称心的媳妇，姑娘嫁给中意的郎君。

所以，媒婆是村庄里不可或缺的人物，儿子多的家庭更是把她们视为座上宾，有好吃的总也忘不了她们一份。村里的儿童们编了个顺口溜：“媒婆婆，嘴上吃个油坨坨。”

乐于助人，和蔼可亲，能说会道。她们穿梭在乡间的每个家庭，不忍看到一对相爱般配的男女被活生生地拆散，也不愿看到光棍娶不上媳妇而愁眉不展。让每一个姑娘小伙子都有归宿，这就是乡村的——媒婆。

有着极强亲和力和慈悲心肠的人才能胜任这个角色，她们生就一张巧嘴、一副热心肠。俗话说：“天上有雷不下雨，地上无媒不成亲”，还别说，乡村里少了她们，真不知道有多少小伙子要打光棍呢。

乡村男女的婚姻，有一半掌握在媒婆的手中，她们仿佛就是通往婚姻道路上的铺路工。

无意间，谁都可能当一回媒人。我的姐姐就是远房叔伯牵线说成的，叔伯平时古道热肠，在他和人闲聊的时候，无意间促成了一桩婚事。我的三妹也经堂姐和表姐夫的撮合，完成了终身大事。

专司说媒的人，很有些心理分析的本领，有时也要个小聪明、小心眼。小时候，记得村上有一户人家，生了四个儿子，没有女儿，转眼到了成家的年龄，给儿子们娶媳妇成了父母的一大愁肠事，没有女儿意味着没有换亲的资本。幸亏大儿子体格健壮，相貌英俊，还有文化，在生产队里当会记，很轻易地就说上了媳妇。二儿子瘦、矮、黑，媒婆的嘴磨破腿跑细了，都没有姑娘相中他，无奈，媒婆使了一计——偷梁换柱、暗度陈仓。相亲的时候把哥俩都带上，姑娘误以为是健壮的哥哥，高兴地答应了这门婚事，结果直到结婚典礼的当口，方知上当受骗，可悔之已晚，只好将错就错，听天由命。也许，婚姻就是一场天定的缘分，结婚几十年来，他们夫妇勤劳、恩爱，演绎了一段“李双双”式的婚姻，先结婚后恋爱的佳话。

一朝保媒，终生负责。媒人一旦说媒成功，就与一对对新人的小家连在了一起，一手托两家，身前唱红脸转身唱白脸。从订婚过彩礼，打衣裳，陪嫁妆，结婚生孩子，坐月子过满月，都少不了媒人的参与见证，那场面上的媒婆，就像一个战场上指挥若定的将军，眼观四方，耳听八方。喜宴桌上，媒婆受之无愧地被安排在受人尊敬的首席，听着双方家长真诚感谢的话，接受一对新人真诚的鞠躬谢意，敞开了吃肉，喜滋滋喝着新人敬的一盅盅喜酒。那一刻，媒婆的自豪与成就感溢于言表，在酒精的作用下，媒婆婆脸上的两坨红晕仿佛是新婚夫妇门上贴的红双喜。

再鲜艳的颜色也有褪色的时候。俗话说得好，“人无百日好，花无百日红”。再好的夫妻也免不了有碟碰碗，牙咬舌的时候，遇上两口子吵得不可开交的时候，他们就拉来媒婆评理，这时的媒婆是“猪八戒照镜子里外不是人”，结婚坐头席的风光一扫而光。左一句劝媳妇，右一手拉丈夫，直说得口干舌燥，两眼发晕。遇上在气头上或是蛮不讲理的人家，媒婆就成了被埋怨发泄的靶子、出气的筒子，一个萝卜两头切的受气包。劝架说和，既耽误了自家的营生，又憋了一肚子的气，捶胸顿足发誓再也不干这档子表面看似风光，实则好吃难消化的营生。发狠归发狠，第二天，见到小两口和好如初地一块下地干活，她的气便又消散得无影无踪，见到上门请说亲的来者，看到有情的一对人儿时，她的嘴是按捺不住的，吃过早饭，穿戴光亮的她又迈开腿、颠着脚喜滋滋重操起老本行——说媒。

定亲

经过媒婆多日的周旋说合，两家终于像两个糖葫芦串到了一根竹签上。结婚的前奏是必不可少的，那就是订婚。

订婚意味着这桩婚事是十拿九稳，板上钉钉的了。订婚虽不等同于结婚，但也不能轻视。订婚的讲究很多，正所谓五里一个讲究，八里一个规矩，又比如，彩礼的多寡、衣服的费用、待客的席面，以及男方的家境等等，这些，女方必须经过实地考察，方能吃一个定心丸。因此，订婚是通往婚姻的第一道门槛，隆重程度仅次于结婚。

订婚的日子是媒婆和亲家双方共同协商好的，通常要选在农闲的时候，以便于两家能有足够的时间准备，尤其是姑娘家，需要有充裕的时间准备给婆家的见面礼。离订婚还有一个月的时间，未来的新媳妇就开始忙活了。先要弄清楚男方家叔伯婶娘、七大姑八大姨的人数以及每个人脚的尺寸大小，之后便紧锣密鼓地开始了艰巨的做鞋工程。首先一层一层褙褙子，待干透后叠摞到一起，按脚的大小尺码铰好底样，鞋底的面先用白布包好，糨糊粘严密，之后，再用搓好的麻绳、锥子，一针一针地纳鞋底。鞋底的针脚稀疏有致，讲究白净整齐，还要瓷实绵厚。纳鞋底时先用锥子打通针路，后再由带麻绳的针穿过，所以一个针脚两孔穿过，费人又耗时，它是验证一个姑娘女红的佐证，也检验姑娘对未来婆家人的爱有多重。

倘若婆家的人多，就要做几十双鞋，实在做不过来，这时，和姑娘一起耍大的姐妹、嫂嫂们便都加入这分工合作的队伍里来，有剪鞋样的、沿鞋口的，纳鞋底的，绱鞋帮的，楦鞋心的，她们和出嫁的姑娘一起，欢喜地比拼着自己的针线活。

在丝丝密织的针眼里，在昼夜不停的扑哧扑哧纳鞋声中，女儿家已经把对未来公婆、丈夫及亲戚的爱全部纳入其中，也把自己对未来日子的向往纳入一针一线里。订婚的当天，当未过门的媳妇把熬夜做出来的新鞋，用托盘双手恭恭敬敬递给婆家每个成员的时候，谁都相信，递过去的不只是一双布鞋，递过去的是信任、是接纳、是传统，是一种勤劳朴实的美德，是一种即将为人媳、为人妇、为人母的宽厚和孝道。

订婚的日子喜庆热闹，五更天，婆家大大小小的人就热切得睡不着了。姑子小叔被父母唤了起来，擦灰的，扫院子的，家里的猪和鸡，都被打发得妥妥当当，别让它们来了客人再乱叫唤。中午招呼娘家一行的饭菜必须得丰盛，这是表现婆家家境殷实的时刻，哪怕是打肿脸充胖子，也得体面风光地办置好几桌酒席。猪肉是必不可少的，还有家里养的鸡、鹅，以及老早就存下的鸡蛋，平时舍不得吃，今天全部要端出来了，当然要有一盘油炸的稀罕物花生米，就更好了。

就在婆家伙房里噼里啪啦炒菜的当口，娘家的一行人已准备出发了。订婚的主角——姑娘是必须到场的，其次是娘家舅舅、舅妈，姨妈，哥哥嫂嫂，还有哥哥姐姐、弟弟妹妹一大帮人，穿戴整齐在准女婿的带领下，坐着套马的胶车或骑自行车浩浩荡荡地向婆家驶去，一路上，含羞的姑娘坐在未来丈夫的车架上，虽一言不发，却是此处无声胜有声，内心如小鹿撞击，充满憧憬与欢喜。

订婚宴席的座位排序颇有讲究，上座是留给双方长辈的，但主位必得留给娘家的舅舅和姑姑，所谓“上姑舅”，其他位置按辈分的高低依席而坐。老家有一个习俗，订婚时，姑娘的父母不能去未来的亲家家，姑舅实则就是娘家的代言人，他有权决定当天订婚的一切，包括彩礼钱、衣服钱、结婚时去多少桌客人等等。舅舅的身份有些像国务院新闻发言人，传递娘家人的信息，维护娘家人的利益。这个人既要能言善辩，也要风趣幽默，活跃气氛，遇到分歧，言辞婉转客气，见风使舵，两面都不得罪。姑舅既是客也是主，他防着日后做了亲戚而让其留下话柄，倒成了猪八戒照镜子里外不是人。

姑娘与嫂嫂、弟弟、妹妹和小伙子坐在一桌，年龄小的弟妹在吃饭的间隙爱观察他们的姐夫。小伙子懂得礼数，知道深浅，筷子夹菜频频送到了弟弟、妹妹的碗里，姑娘偷眼望去，正巧与小伙子的目光相遇，不禁耳红心跳。她知道，能对弟弟、妹妹好的男人，日后也一定会疼她的。

饭吃至六七成时，两家人已熟络了起来。此时，订婚最重要的仪式——“看盅”开始了。“看盅”时姑娘要给婆家的长辈挨个敬酒，敬酒的一班人中，女方的嫂嫂端着给长辈们的见面礼，小伙子执酒瓶斟酒，姑娘含羞带笑端起酒杯，随着小伙子的介绍向长辈们一一敬酒，每敬一杯酒先要响亮地称呼婆家的人，爹、妈、伯伯、婶婶等，随后恭恭敬敬递上的是她用心昼夜赶着做好的一双双鞋，长辈们含笑喝完了杯中酒后，放下酒杯，随酒杯放下的还有金额不等的见面礼，名曰“看盅钱”。

通过“看盅”，姑娘认识了婆家的各路亲戚长辈，一来一往中拉近了彼此之间的距离，婆家的人看媳妇，那是越看越欢喜，他们知道，不久的将来，她就是自家的一个成员了，“看盅”更像一个为入户而举行的仪式。

“看盅”是订婚的前奏，也是暖场的一个重头戏，最后的核心内容就是下聘礼定婚期。聘礼有给娘家的养育费，有给姑娘穿衣服的开面钱，条件好的家庭还会给姑娘买梅花表和飞鸽牌自行车，家当里的缝纫机也是必不可少的。当然，婆家一定得预备了给亲家的点心或油炸的馃子，那可是乡村人顶重要的回礼。

那些年的钱真是值钱啊！一年到头卖猪、卖蛋、挣工分所得的总收入，全家也不过三四百元，点灯的煤油和一般的日用品都是拿鸡蛋到小卖部去换的，舍不得花的钱就攒着给儿女们办亲事。碎毛擀毡，紧巴两年的光阴日子就能娶回一房媳妇。虽然婆家勒紧腰带出了钱，可是他们觉得划算得很，添人进口了呀！何况还是谙熟农活，传宗接代的巧媳妇呢。

订婚仪式之后，用城里时髦的话讲，他们彼此就是未婚妻、未婚夫了。小伙子可以名正言顺、隔三差五地来姑娘家，名义上是给未来的岳父帮干农活，实则是想多看未过门的媳妇哩。给岳父家干活是小伙子对姑娘爱慕直接的表现方式，在姑娘有意无意目光的注视下，小伙子干得越发欢实，越发心花怒放。也许，在自己家里都没有那样卖力地干过活。订婚到结婚的这一段时间内，小伙子和未婚妻联系见面的唯一方式，就是频频到岳父家，拼命干活。通过干活，未来的岳父也更能清楚地了解未来女婿的人品、悟性、苦性、德行，也更放心地把女儿交给他。

娶 亲

从订婚到结婚，小伙子像一个马拉松运动员，终于要跑到终点了。这一个过程有长有短，长则一年，短则半年几个月不等，这一阶段对男女双方既是了解，也是考验。他们保持着老祖宗留下的规矩，结婚前男女授受不亲，相互吸引又保持距离，把最美好的时刻留给新婚之时，现在的年轻人知道了或许会笑掉大牙，可在那个年代却视为传统美德而被推崇。

早在订婚的时候，男方家就预备着结婚的一切。养一头猪，做席的时候就有现成的食材，不犯愁了，家里有得是散养的鸡，其余都可以现办置。那些年，条件普遍差，结婚时图的是个喜庆、吉祥，铺铺盖盖都要新的，农村人讲究得是结趟婚，翻个身，仿佛只要按套路走了，就能从苦日子掉到金窝窝里一样。多数家庭经济拮据，连新郎的衣服、新人屋里铺的床单枕巾都要借，缝纫机、收音机更是缺货，反正左邻右舍相处得就像是一家人，谁家刚娶了媳妇置办了新的铺盖、衣服等，都可以贡献出来。有时，这套行头会被好多家借用，大家心照不宣，也不存在谁笑话谁。

结婚这天借铺盖、衣服，在当时的农村，已不是新鲜事，还闹出过许多笑话。小时候听大人讲，庄子里有一户人家娶媳妇，家里的积蓄都花光了，实在拿不出多余的钱再置办床上用品，更别提收音机和缝纫机了，男方家为了撑面子，从东家借的床单，西家借的收音机，北家借的缝纫机，用新的时兴的物品把婚房装饰一新，这就是“装新”后的婚房。结婚的那天，布置的新房令新娘子家里来的亲戚和好姐妹羡慕不已，新娘子也满脸的荣光。按乡俗，新媳妇结婚三天后要回娘家，新媳妇三天回娘家不能过夜，上午回去，下午返回家的新媳妇大吃一惊，以为家里来了小偷，崭新的被褥不见了，代之的是旧的被子，床单。过后才知道都是借来的，新媳妇顿时号啕大哭了起来。哭过之后，木已成舟，只好哑巴吃黄连，接受现实，跟着丈夫过起了苦扒苦俭的日子。

娶媳妇和嫁闺女不同，娶媳妇的家里喜气洋洋，嫁女儿的家里虽喜庆，喜庆下却隐隐透着忧伤。多年养大的女儿要离开家，成了别人家的媳妇，这对母亲来说，就如同从自己身上割肉，少了一个贴心的小棉袄，少了一个好劳力、好帮手，怎能不令母亲肝肠寸断呢？母亲哭是真的舍不得，而出嫁姑娘的苦则多少有假哭的成分。在农村，接亲的车一到，新娘子若不掉眼泪，是会被旁人笑话的。哭嫁，在农村好像也成了一个不成文的习俗。

姑娘出嫁的头天晚上，男方家要送一个红色的箱子过来。这个箱子里装着男方家的礼钱，多则几十元，少则几元，到了女方家，出嫁的姑娘家也要在箱子里放钱，曰“回礼钱”。钱的数目要合成一个整数，或一元，或十元、百元不等。送来的箱子是空的，出嫁的时候，姑娘把箱子装得满满当当，有姑娘的私房钱、穿穿戴戴，有洗漱用品，小到炕笤帚、针头线脑的一应俱全，仿佛一夜之间，姑娘就真的成了别人家扒家的媳妇。

这边等着娶亲的人和车，那边做席灶台上的大锅热气腾腾，人们穿梭忙碌，正堂屋的门前早就挂上了红绸被面，被面用别针别着红纸黑字写的结婚议程。议程一般有六七条之多，有一拜天地、二拜爹娘、夫妻对拜、交换结婚礼物、新人讲述恋爱经过及宣读结婚证书等必不可少的程序，重要的是要有一个主持婚礼的证婚人，证婚人要选仪表端庄、有学问、在村子里受人尊重，还必须有幽默感的人担任。大多数证婚人都留着几手怪招，若不在结婚典礼现场出个新娘新郎的洋相，搞个怪，就达不到热闹的高潮，这个婚礼也平淡了许多。这不，他早早就穿戴整齐在结婚的现场等候着，放鞭炮的人也已经准备就绪，只等新人的到来。

女儿出嫁的这天早晨，娘家要准备羊肉臊子长面。姑娘出嫁，吃嫁面是乡村由来已久的习俗，据说连皇帝的女儿出嫁，都要摆上几天的流水面让所有的皇亲国戚吃个遍。长面，意喻嫁出去的姑娘要记挂着娘家人，长回家走走。长长的面丝拴着姑娘的腿、拉住姑娘的心，常来常往，不能到了婆家忘了娘家。

寻常人家的姑娘出嫁，场面虽然比不上公主，但也凑合不得。家里七大姑八大姨，在头一天就从十里八乡纷纷赶来，家里的灶台上可是人影穿梭，忙得不得空闲，帮厨的乡亲近邻每个人脸上都洋溢着笑，擀长面、切菜、剥葱剥蒜、炒臊子，尤其是吃长面的那一道家常凉菜，必不可少，不吃就感觉像少了菜引子一样。

拌凉菜的食材除早几天就生好的绿豆芽外，有一种必不可少的佐料——芥末。芥末有种呛味，拌入焯好的凉菜里香味浓郁，有通窍治感冒的功效。芥末是油菜花结的籽，晒干的油菜花籽用石臼捣成粉末，绿色，味香，调制凉菜时芥末先要搅成糊状。呛味是芥末的特别之处，芥末的味浓不浓、呛不呛，搅芥末是关键。芥末放入碗里，倒上滚烫的开水，用一双筷子顺着一个方向搅，小时候搅芥末，母亲总是说要站在风口处搅，说只有这样搅好的芥末才够辣、够呛，拌好的凉菜才吃得人通体活络。

结婚前一天，姑娘还要经过“开脸”这一关。开脸也称绞脸，这是由来已久的风俗习惯。出嫁的头一天，家里就请了村里娴熟的绞脸媳妇，开脸无需带任何工具，家家有的是针头线脑。只见开脸的人盘坐在炕上，对面坐着姑娘，周围则围了一圈看热闹的亲戚邻居，绞脸的人在姑娘的脸上扑上粉，随后，麻利地取一截白线，折成两股，一头用嘴咬住，另外两个线头分别用两手的十指控制，就像是耍皮影戏的把式，只听噌噌噌的响声中，两条线的绞合力把姑娘脸上的汗毛通通地绞了下来，绒绒细细的汗毛纷纷从脸上洒落了下来。开过脸后的皮肤像红彤彤的苹果，之后再用煮熟剥了皮的鸡蛋在脸蛋上翻来覆去地滚，凝脂般的蛋清带着娘家的体温，从姑娘绞开了的脸上一寸寸地滚过，这是不舍，还是相忘？

开脸的仪式是姑娘变成媳妇的开始。那一刻，新娘子肯定是忍着疼痛，忍住满眼的泪花，忍住的还有即将离开养育了自己二十多年的父母。

开过脸后的姑娘，从此是别人家的媳妇了。嫁出去的姑娘泼出去的水，从此覆水难收。从姑娘到婆姨，一夜之间，今后的生活将是新的开始，也是独自承担的起点，是离开父母羽翼的呵护，脸皮从此会经受风吹雨打、人情世故，人间冷暖自知，不再细薄、娇嫩。

新娘出娘家的门也很有讲究，送亲的人告诉新娘，出门时从门槛先迈出左脚可兴旺夫家，婚姻长久稳定。所以新娘在心里牢牢地记着这一点，为的是有个好兆头。新娘上婚车前还要上轿钱，不论娶亲的车是牛车、轿车、驴车还是自行车，来娶亲的人必须要给新娘上轿子的钱，也是压轿钱，给了压轿钱，娘家的人才可让新娘上轿出家门。

迎亲娶亲的人说服能力要十分了得，否则有可能受到娘家人的刁难，耽误了上轿的时辰，误了典礼的时间不说，还要多花上轿的钱。上轿的新娘，就像克里木唱的《达坂城里的姑娘》那样，带着嫁妆和日常用品，这包括娘家陪的穿衣镜、衣柜、箱子、被子、褥子等。嫁妆是娘家早就准备好的，新娘子的妹妹一人端一个脸盆，脸盆盛得满满当当，姑娘的洗漱、针线、床刷等用品可谓一应俱全。

结婚典礼自古是人生的一大事，娶新娘的车刚到，这边早已准备好的鞭炮就震耳欲聋地响了起来，鞭炮声中，羞涩的新娘子被新郎的堂哥堂弟们连拥带搡地推到了结婚典礼的现场。结婚典礼的仪程自古繁缛，到了现在简化了许多，你看，娇羞的新娘子和憨厚的小伙子只进行了几项结婚仪程，旁边陪新娘的嫂嫂就想带着新娘逃入洞房了，证婚人当然明察秋毫，这不，在宣读结婚证书的时候，搞笑的一幕开始了，为了延缓时间，也为了闹出点笑话，证婚人故意把男方的名字念成女方，女方的名字念成男方，每当这个时候，围观看热闹的人水泄不通，众人被惹得哄堂大笑。自然、传统的喜庆场面，与时下婚庆的作秀相比，乡村的婚礼更亲切、更自然、更喜庆。

乡下婚礼有一个习俗，结婚典礼的时候，新娘子绝不能等待证婚人念完全部的仪程，就要赶紧跑入严紧把守的新房，若是等念完了仪程再入洞房，就会被看热闹的笑话。所以结婚典礼刚开始，证婚人的仪程才念出二三条的时候，新媳妇的娘家嫂嫂就已查看好了新房的位置，悄悄地给新娘以暗示，裹挟着新娘伺机朝新房奔去，当然，这要冲过几道封锁线的，门口又有重兵把守，一般情况下一次是很难进入洞房的，在新娘执意的冲锋下，如此拉来冲去几次，把门的人待闹够了，有意放松了警戒，新娘子在新郎官的全力配合下，才“顺利”地入了洞房。

进了洞房，新娘第一件事就是要吃姐妹们从被子、枕头下翻出的枣子，核桃、花生等。吃了枣子寓意早生贵子，花生的寓意是一男一女花花地生育，核桃寓意和和美美、圆圆满满。

典礼过后，喜宴就开始了，还没有等新人吃饱，“糟新”的小伙子们就已迫不及待地涌入了洞房。“糟新”是早些年乡下一个由来已久的习俗，为的是让还不太熟悉的两个年轻人，在外人的作用下短时间内相互熟悉，减少彼此陌生的感觉，是奏响新婚夜的前奏。

“糟新”的方式有多种，糟新人也糟新媳妇的公公，“糟新”的方式花样百出，但不外乎点烟、吃水果。“糟新”时，新娘新郎给前来“糟新”的每个人都必须点着一根烟，如若不然，新郎就要遭到众人雨点般的捶打，用鞋底打头，用拳头捶背，其目的就是让新娘子心疼自己的男人，听任“糟新”人的摆布而乖乖地“点烟”、递烟。点烟的难度相当的大，女方用嘴把一根烟从中间衔住，男方划着火柴点着香烟的一头，赶快用嘴叼住另一头把香烟吸着，如果香烟不及时吸，就会灭，点不着香烟就会招来又一番鞋底的伺候，点香烟的时候，“糟新”的小伙子们你推我搡，好不疯狂。香烟当然很难一次点着，所以，入了洞房的新郎要想及早结束点烟这一关，无不忍受挨打和无理的取闹、求饶，及至深夜，“糟新”的人已困乏方可罢休，至此，一对新人已渐渐缩短了距离，熟络了起来，这不能不说是“糟新”的功劳。

娶媳妇的当天，客人宴请完后，如果公爹躲得不快，那么就会有同辈的嫂嫂们来糟公爹了，她们从烧菜的灶火锅底上，抠出一把黑灰，趁其不注意抹到新媳妇公爹的脸上，让你恼不得，笑不得。说是从今以后，你要是给儿媳妇填炕扒煤灰，是要被四方邻居笑话的。

夜深了，前来“糟新”的人闹够了、耍累了，都散了去，这时便有光棍和半愣小子假装走远，又悄悄返回躲在窗下，偷听新人房里的动静，偷听墙根，每当这时，常会有新郎的哥哥出来驱赶，一阵哄笑过后，复归于寂静。

结婚第二天，一对新人要吃从娘家送来的长面，就连煮面和洗漱的水，都必须是娘家人送来的。吃长面，意味着女儿和女婿的婚姻像长面一样，长长久久，恩恩爱爱不分离，也表示女儿、女婿不忘娘家，勤勤走动。

眨眼，回娘家的日子到了。回门是结婚第三天新郎要陪着新媳妇回娘家的。这天早晨，一对新人提了礼物，到丈人家已近中午，丰盛的午饭吃了后，稍事休息，就被岳母催促着赶回他们自己的家。有讲究，不能让出嫁的姑娘在娘家待得太久，更不能留宿，否则的话，以后姑娘回娘家了乐不思蜀，照顾不到自己的家，婆家就有了怨气。你得惦记自己的小家，自己的丈夫、孩子，公婆和姑子、小叔，得过自己的日子哩。

新媳妇十天站娘家，雷打不动，这个习俗连皇帝的女儿都遵循着。这是作为女儿回娘家看父母的第一站，这天，新媳妇可以在娘家住一宿，和姊妹、父母扯知心话，诉说思念之苦，讲述新环境中的人和事，及与婆家姑郎小叔的相处细节。这天不同于三天回门，新女婿把妻子送来后，吃了饭必须离开，不能在岳父家过夜，留下时间让妻子与家人好好叙旧。第二天一早，新郎就来接新媳妇回家了，此时，新媳妇的娘家已炸好了 15 对面馃，他们带着面馃，带着岳母一家的祝福回了自己的新家。十天回门是乡俗，面馃是“素必”（赠予），是女儿带到婆家的口粮，娘家母亲以此来教育女儿孝敬公婆。

新婚的一个月里，新人一般不许随意外出，更不能乘船渡河，也不能和结婚现场的新人碰面，这叫“装新”，如今称为蜜月。现在的许多新婚夫妇都外出旅行结婚，讲究已破除了大半。

坐月子

产妇生完孩子后，要在烧热的炕上、不出门地度过一个月，是为“坐月子”。这期间，亲戚路人都不能随便进入“月房”，月房的门上有一个醒目的标示——红布条。产妇住的门正中的钌铞上拴一个红布条，这是禁忌入内的标志，也寓意报喜。

早些年，村里的女人生娃娃，不去医院，都在家里生产。挺着大肚子的妇女在田里劳作的情形司空见惯，不像现在的孕妇，刚一怀孕就要安胎，七八个月就在家里等着生产。过去的孕妇可没有这样娇贵，她们大多都不记得生产的日子，只是感觉到下腹有了阵痛，才急匆匆地放下手里的活计，从田间赶来，烧热了炕，自己叫了接生婆，炉子上坐了水，这才自己解衣准备生产，她们皮实得就像是老牛要下牛犊子一样，像下地干活一样的随意，稀疏平常。

生孩子时，有顺产的、有倒胎难产的，之于母亲不亚于是过了一次“鬼门关”，有的孕妇还没有跑到家，就有在田间地头生了的，在锅台边生的、厕所里生下的都有。紧急情况下，产妇自己剪脐带，身边没有剪子则用牙咬断脐带的大有人在。如果在家就拿自家剪裁衣服的剪刀在火上烧了剪断脐带，火上烧剪刀等同于消毒，这会大大减少感染的几率，减少得破伤风的机会。当然，更多的时候，会请乡村的赤脚医生或是产婆来家里接生，婴儿生下后如果不大声啼哭，她们有的是土办法，把婴儿倒着提起，拍打婴儿的屁股，这个方法往往很奏效，立刻，婴儿的哭声嘹亮高亢，产妇和家里的人听到后，便如同听到了报喜的声音，顿时，悬着的一颗心放到了肚子里。产妇还可根据哭声的强弱判断出来生的是男孩或者是女孩，生了男孩的家庭，一片喜气洋洋，女孩就不同了，如果哪个家里光生女娃没有男娃，那么就会被庄子里的人瞧不起，骂架的时候常会被人揭短，一句“断了尾巴的”，顿时另一方便没了声气。生了女孩的产妇，也总有一种心虚差底气的感觉。自古以来，“母以子为贵”的古训压迫了妇女几千年。儿子要给家里传宗接代，光宗耀祖，又能给家里多挣工分，还能娶进一房媳妇，在农村，毕竟强壮的男劳力比女人能干的活多得多，可喜的是，如今时代变了，观念也变了，生男生女一个样了，解放了妇女，解放了思想，这是社会进步的结果。

月子里，奶孩子的母亲顿顿吃的是小米粥，很多时候见不到一点荤腥，有时候奶水不足，便有吃多家奶长大的孩子。在乡下，常常看到这温馨的一幕，这家的孩子缺奶水了，便抱着孩子挨家挨户去喂奶，有时候一个母亲会同时给两个不同姓的孩子喂奶，而自己的孩子会饿得大哭。这就是与土地一样宽厚的母亲，她们是自己孩子的母亲，也是许多孩子的母亲。二十世纪八十年代前出生的孩子，大多吃过别人母亲的奶水，苦难时期的人们，就这样相互搀扶着抚育了一代代人。

产妇坐月子期间，有许多禁忌，如避免生人探望；家人晚上出外十点以后不得进入“月房”；怀孕期的妇女忌进入“月房”，连隔窗户说话都忌讳，倘若哪个孕妇无意路过，和坐月子的产妇搭了几句话，那是要馋走哺乳妇女的奶水的，俗称“馋奶”。搭讪的妇女回家后得赶紧给产妇做一瓦罐米调和饭，送到产妇家让她趁热吃，这是下奶的饭。这一切，图的是母亲奶水广足，娃娃皮实好养活。

月子里，母亲忍受着难以想象的灼热，和种种繁缛习惯，如不能梳头、不能洗澡、不能外出、三伏天也要穿棉衣等，还要睡硌人的“沙窝”。产妇与她的几个孩子们虽同睡一炕，却又有着界限，犹如楚河汉界，不能逾越。产妇和新生的婴儿睡的一边是没有铺席子，只有黄沙的土炕，另一边则是丈夫和儿女们，睡着有席子铺毡的炕。可见，母亲为了孕育儿女所付出的艰辛和苦难。

婴儿从出生到第二十八天，在医学上称为新生儿期，一个月满了称为“满月”。“满月”是产妇要出月子，婴儿像小鸟要出“窝”了。“满月”一过，婴儿硬气了，母亲也能出门了。婴儿从出娘胎到断脐到出生后的这一个月里，母亲犹如被囚禁的人，风不能吹，门不能出，生人不能见，日夜精心哺育儿女。出月窝窝的日子，是一个不寻常的日子，是新生儿第一次身体和感官上接触外面的世界。满月这天，天刚蒙蒙发亮，婴儿的父亲，或是奶奶，也或者是姑姑婶娘，就开始准备往外抱孩子了，孩子的怀里揣着母亲给他（她）准备的路粮，是一个馍馍或是窝头，孩子抱到家门口的路上，第一个遇到人，不论是男是女，是贫穷还是富贵，抱孩子的人就会善意地告诉遇到的那个人，今天孩子满月，有缘遇上你，认你做干亲。偶遇的人会高兴地翻开襁褓的一角，看一眼小宝宝，然后掏出身上的钱，一毛不算少，一元不算多，塞到孩子的怀里，若是遇到的人身上正巧没有带钱，那么也不能空着，就会把自己的第二个纽扣揪下一粒给孩子，算作是给孩子的见面礼，当然，这只是初次的认亲礼，等到吃满月席的时候，拿了给孩子买的勺子、碗，赎回自己的纽扣，才算是真正认干爹、干妈的开始。

过满月

满月是新生儿出生满一个月，新生儿满月以后就是幼儿。在农村，称之为出“月窝”，之于大人则是挪“骚窝”。

满月这天，母亲要清洗全身，换上干净的衣裤，幼儿也是一样。满月酒席，家里无论多么清贫，吃长面的习俗是不可更改的。长面是掺了蒿子后擀的面，薄、劲道，细长的蒿子面下到锅里不糊、不烂，捞的时候不用笊篱，用两根筷子就能挑起扯也扯不断的长面来，这就是所谓的“长寿面”，寓意孩子长长久久，长命百岁。

请来参加满月席的人，通常是邻居，庄子上德高望重的长辈，孩子的舅舅、姨妈、大伯、姑婶等，当然，更少不了的还有干爹或干妈。乡下拜干亲的习俗由来已久，孩子爱哭要拜干亲，爱生病不皮实要拜干亲，久不生、生下头一胎也要拜干亲，满月遇上合适的人更要拜干亲。拜干亲的目的是为了孩子一生健康平安，多个人来疼爱关照他。干爹或干妈可不是任何人都能当上的，先决条件必须是人品德行均好，身体结实，喜欢孩子，重要的是家里的孩子要多，尤其是男孩子要多。

满月这天来家里吃长面的人，带着祝福，庆贺家里添了一个小宝贝，干爹干妈则给孩子准备见面礼，一个碗、一个勺，或是一件小衣服，礼物少了也不嫌，乡村人的朴素、实诚尽在不言中。在席中被认做干爹的人，自是最重要的客人，酒足饭饱之际，少不了夸下海口，如，要像亲爹一样的关照他长大成人，有好吃的也和自家的孩子一样待他，遇上困难找干爹等等。这些言语，在那时，当会给孩子的父母增加了生活的信心，不论遇到多难的事，都思谋着，还有干亲能帮上忙呢。

拜了干爹的孩子，长到几岁的时候，但凡是和谁打架了，总是放出话来，找我干爹来给我争气，报仇，干爹仿佛是孩子的腰身上的一条撑起的腰带。直到长大成人，干爹的目光也没忘寻捕他的干儿干女。乡下的每个孩子在小的时候，都在干娘的怀里撒过娇，吃过奶呢。

干娘怀里永远都留有干儿女的一席之地，干儿干女缺奶水了，但凡有自己儿女吃的，干儿干女是饿不着的。

满月酒一喝，长面一吃，母亲就要抱着孩子“站满月”。幼儿第一次出远门，怀里要揣干粮和书本、钢笔。老人讲，这是“素必”，意味着孩子在以后漫长的一生中不挨饿，读书、写字，做有学问的人。“站满月”

的日子可长可短，十天半个月不嫌短，一月两月不算长。母子“站满月”的日子里，孩子的父亲隔三差五地到岳父家来探望。一段时间后，母子二人在娘家养得白白胖胖，经姑爷请示，在父母依依不舍的目光中回到了自己的小家，从此，曾经的小夫妻便过起了生儿育女、为人父母的日子。

干爹干娘

干　爹

那些年的农村，每家每户都有少则三四个，多则十几个孩子。乡下有习俗，孩子满月的那天，是要抱出家门见生人的，出门碰上的那个人，不是乡邻就是邻近村子里的人，如果年龄相当，又是做了孩子父亲的人，偏巧属相相生又与孩子契合。请到不如碰到，他就是孩子的干爹无疑了。

也有另一种情况，比如孩子体弱、病多，出生后容易夭折，爱哭，家中没有男孩等等，诸如此类，都有习俗，就是要拜干爹，据说拜了干爹的孩子有喜头、皮实好养活。所以，农村的孩子哪个没有个干爹，那才是奇怪了，更有甚者，一个孩子会拜几个属相不同的干爹，在人们的意识里，似乎拜了干爹，便会有几个父亲护佑着，便会顺顺利利地长大成人。

我的四妹就属于拜干爹的那一类孩子。母亲生下她后，一看又是个丫头，热切盼望生儿子的心顿时凉到了脚底。为了传宗接代，不至于被人们瞧不起，父母一致决定，待四妹满月的时候，正式给她拜一个干爹。给四妹当干爹的先决条件，当然是家中儿子成群，年长父亲，还要与四妹的属相相符。父母的目的很明确，期望四妹拜了干爹能给家里招来一个儿子，因此四妹的干爹不是碰到的，而是刻意请到的。

找来找去，有一个人符合这几个条件，他就是与我们同村不同队的、第七生产队的马大爹。

四妹拜干爹的仪式颇为隆重，请了族里几个长辈，还有嫡系的亲戚。那天，母亲特意擀了平时吃不到的蒿子长面，那是拜干亲遗留下的一道风俗，拜干亲、吃长面。长面意味着女儿长命百岁、干亲之间的关系长久不断，常来常往。那晚的臊子长面香得让客人不忍放下饭碗，事后，母亲心疼地说："一顿长面，吃掉了我们全家将近一个月的口粮。"即便这样，父母也好像是真的讨到了喜气，相信不久的将来，家里定能添一个男孩，一个掌柜的。

在亲戚乡邻的见证下，马大伯正式成为了四妹的干爹、父母亲的干亲。干爹给四妹的礼物是一只小瓷碗，外加一只铁勺子，这是每个当干爹的人必须买给干儿子或干女儿的礼物，意喻一辈子有饭吃，不挨饿。

四妹的干爹，小时候因出水痘，水痘破了，落下了一脸麻子，他是生产队的副队长，因此，背地里人们都称他麻（马）子队长。马队长心地善良，豪爽直率，爱打抱不平，在生产队人的心中，他的外形丝毫没有影响到人们对他的敬重，尤其是我们一家人，见到他，就像见到了亲亲的大伯一样。

有一年，母亲生病，家里挣的工分只有别人家的一半多，过年的时候，生产队按工分要给每家每户分肉，我们家工分少，自然分到的肉少，六七个人，一斤多肉，还不够塞牙缝。四妹的干爹得知原委后，传话叫大姐晚上去他们家，不一会，大姐喜滋滋地端来了一块浸好的猪血、几斤肉和豆腐。仿佛是从天而降的田螺姑娘变出的戏法，令我们惊喜不已，从姐姐口中得知，干爹家儿子多挣的工分也多，加上他们队里本身的收入就高，所以过年分的肉当然比我们要多得多，让姐姐晚上过去拿肉是为了避嫌，怕让别人看见了说我们吃嗟来之食。

那年的春节，虽然下了一尺厚的雪，冷得人人躲在屋里，可我们的心里却暖暖的，如春风拂面。一年到头只有过年才能闻着荤腥、吃到肉，而且又美美地吃了好几天，肉夹食、炒肉菜、肉揪面，那可是平时吃不到的美食呀！

或许真是应验了那些老规矩，拜了干亲沾喜气。几年后，已经四十六岁的母亲真的生了一个“秋葫芦蛋”——我的弟弟，家里唯一的男孩。十几年后，从小就聪明好学的四妹又考上了外地的一所重点大学，四妹的干爹听到这一喜讯后，第一时间上门祝贺，眼中闪着激动和欣喜的泪光。也许，在心里，他早已把四妹视作自己的女儿了。

一晃眼，四妹大学毕业，在他乡结婚生子，干爹知道后，有些伤感地说，结婚怎么也不通知他，是不认了？还是遗忘了？父母亲赶紧解释道：“不是，不是，太远了，不方便去的。”

有一年，四妹探亲回家，听母亲讲了许多干爹对我们家不为人知的帮助，令我们感慨万千、唏嘘不已。第二天，我们姐妹几个提了礼物去看望四妹的干爹，四妹的干爹也是我们共同的干爹。在大队院子里耍龙的场子里，我们见到了身体依然硬朗的干爹，干爹说去年过年，他还在耍龙舞绣球，今年身体欠佳，只能凑热闹了。从干爹说话的语速中，依稀能看到当年的血气方刚。那天，我们说起小时候的许多往事，说起干爹对我们一家的顾念，感激万分，而干爹，竟把过去的一切说得那么轻描淡写，云淡风轻，仿佛不曾做过有恩于别人的事。

想一想，那个年月，家家都吃不饱，肉更是稀缺食物，而干爹却能从一家人的口中省出，给毫无血缘关系的干闺女家送来年货，这份深情厚谊，难能的可亲、可贵。搁现在，恐是稀有之事了。

如今，实行计划生育多年，一家只生一两个孩子，生男生女一个样，乡下已不时兴拜干爹、干妈了，可是我依然怀念那时候的淳朴习俗，厚德的人、淳朴的民风，更有像干爹一样施恩不图报的乡民，让许多孩子享受了除父母之外更多的爱，那就是干爹的爱。

干 娘

大姐是母亲的第一个孩子。生大姐的时候，父母结婚已近八年，当时父亲在部队服役，几年都难得回一次家，因此，大姐的出生让全家人都很高兴，尤其是奶奶。

千呼万唤始出来的大姐，刚出生就赶上了三年困难时期，粮食短缺，母亲奶水少得可怜，大姐瘦弱得命悬一线，奶奶为了极力保住这个“珍贵儿”，萌生了给大姐拜干娘的念头，对大姐拜干娘也与对她的出生一样，充满了期待。

满月那天，奶奶迫不及待地早早就抱着襁褓中的大姐出门去碰干亲，可能是出去太早的缘故，门口的路上竟没有遇上一个人，焦急中，奶奶把大姐抱到了通往县城的大路上去等。也许是大姐的肚子饿了，她啼哭不止，正在奶奶犹豫不决之时，一对赶早进城卖枣的夫妇拉车到了跟前，推车的妇女听到孩子的哭声，连忙对奶奶说：“赶紧回家给孩子喂奶吧。”眼尖的奶奶瞧她与母亲年龄相仿，当即便说：“我孙女今天满月，有缘碰到你，给娃当个干娘，成吗？”没等应声，奶奶赶紧说：“那就是了，就是了。”大姐的干娘就是这样认下的，从此，我们家算是认下了一门亲戚。

大姐的干娘家住在邻县一个叫枣园的村子，村子盛产红枣。每年枣子红的时候，干娘都要托人给我们带一布袋红枣来，那里的红枣酸、甜、脆，好吃得出了名。

亲戚是要经常走动的，大姐的干娘也是如此。冬天空闲的时间长，干娘就抱着比大姐年长半岁的女儿，到家里来走亲戚，每次来，干娘都不会空着手来，带的礼物便是晒干了的红枣。红枣补血、益气，在当时的农村那可是稀罕物，大姐因此没有少吃干娘的红枣，或许是吃了红枣的缘故吧，大姐单薄的身子竟然渐渐地硬气了起来。

有一年，干娘捎信来请母亲到家里去站亲戚，那年的粮食歉收，干娘家里因为用红枣换了粮食，稍富裕些，便留母亲和大姐在家足足住了一个月。母亲老念叨，那一个月过得真舒坦，白天和干娘纳鞋、剪鞋样、做针线活、一起煮饭，两个孩子在炕上玩耍，晚上，则一起抱着孩子到村里串门、听戏，快乐得很。

至今，母亲仍珍藏着一张发黄的照片，这张照片是那一年母亲回家的时候，和干娘在城里的照相馆留下的纪念。相片上的母亲梳着两条细细的长辫子，怀里抱着刚满一周岁的大姐，母亲说，大姐当时身上穿的是干娘给做的红棉袄和绿棉裤。和母亲并肩坐着的干娘，同样穿着厚厚的大兜襟棉袄，怀中也抱着一岁多的女儿，两个人会心地微笑着，看上去是那么甜蜜幸福，从她们脸上丝毫也感觉不到苦难日子的煎熬。

时至今日，母亲一直觉得，大姐的干娘是我们家的贵人，她不但在缺奶水的日子里给大姐补足了“口粮”，护佑大姐平安长大，还在遭遇难处的年月里与我们结缘，不避不嫌。送红枣，走亲戚，送来了比红枣更可贵的是那一颗火热的心和一句句暖人心的话。

干娘，茫茫人海中相遇的一个母亲，她不是亲娘却似亲娘。

划排子的人

傍河的村庄里总会有几排羊皮筏子。

小时候，村里有一排羊皮筏子和一个划羊皮筏子的人。村里人把羊皮筏子称为“排子”，划排子的人是母亲的姨表妹夫，也就是我的姨父。姨父姓孙，村里人习惯称他为“孙排匠”。

孙姨父住在祖父的车院里，他扎排子时，我们都跑去看稀罕。

一捆竹竿在孙姨父手里像布阵，被用麻绳扎成十几个小方阵，继而组成一个大方阵。看孙姨父扎排子，我觉得比爷爷用柳条编筐和背篼要费劲的多。牙咬、手捏、脚踏、膝盖压、眼瞄，好比盖房子打地基一样，马虎不得。倘若排子扎不紧，就会在河里散脱，那可是要排毁人亡的。

排子能在水里漂浮，全凭下面系着的“浑脱”。

“浑脱”是将整张羊皮完好无损地脱下来，熟皮后，反复涂上香油，拿文火慢慢烤炙，待白色羊皮被烤成古铜色，散发出油香和膻味，羊皮“浑脱”就算是制成了。这时，将“浑脱”的五个孔用麻绳扎紧，只留一处，往里努力吹气，待九个鼓鼓胀胀的“浑脱”系在竹筏下，一个完整的排子就大功告成了。

做排子是慢活、细活，得好些天才能全部做好。要是材料筹备不及时，也有一年半载才能做成一个排子的。奶奶说，做排子好比女人做针线活，靠的是喜爱和手艺。慢工出细活，严格按工序制作的排子，水渗不进，针刺不进。

由此说来，排子的制作需要的是精益求精的工匠精神。

孙姨父不但会做排子，还会划排子。

那时，孙姨父三十来岁，中等个子，两眼炯炯有神，常年划桨、扛排，身板硬朗结实，双肩与双臂的肌肉格外发达，皮肤也晒成了和“浑脱”一样的古铜色，脚板日日浸在排子上，磨出了一层厚厚的白茧。孙姨父平日少言寡语，一旦说话，定然一言九鼎，坐过他排子的人都深有体会。孙姨父是孙爷爷的大儿子，继承了他父亲爱抽旱烟的习惯，胸前常吊着个旱烟杆，得闲时把烟杆叼在嘴上，擦着火柴，点燃烟丝，慢悠悠吸上几口。孙姨父的烟嘴是白色玉石的，指肚大的烟锅是铁制的，天长日久，被烟丝烧成了黑乎乎的一坨。仅看这烟锅，就不知浸透了多少烟味？相伴着这浓浓的旱烟味，划排子的孙姨父不知在河畔风里来雨里去往返了多少回。

夏天，中午我们放学回家，迎面看见孙姨父准备出门。看到他把桨往排子里一插，那就是要到河里放排子去了。只见他腰一猫，像举重运动员一样，一鼓劲就扛起了排子。从后面只看见排子下一双蒲扇似的大脚板。待下午我们放学回去，又见他扛着排子摇摇晃晃地回来了。水从“浑脱”和竹排间滴滴答答掉下来，把对襟布褂和裤子淋得干一块、湿一块，身后的土路上留下一串湿漉漉的水印子。扛着排子归家的孙姨父，光着湿脚板走路，脚上沾满了黄土，布鞋被他提在手里，来回摇摆，倒像是乏困了的主人。孙姨父戴的一顶草帽，也被日头晒得掉了一圈。

小时候，车院里的孩子们充满了好奇心，孙姨父每次从河边回来，都要撵过去看。孙姨父常常顾不得喝水吃饭，就先把排子立在墙边控水，人蹲在地上检查起排子来。靠墙立着的“浑脱”，有的和早上出门时一样鼓胀，有的则一副软塌塌的样子。孙姨父像诊病的医生，一瞧一触，便知道症结所在。他却并不急着拾掇，望着排子深深吐出一口气来，似要调整回一个上午渡河往返费去的气力。片刻，才慢悠悠从胸前取下烟杆，自汗衫小口袋里捏出一撮发潮的烟丝，用手指捏住烟杆，拇指往烟锅只那么一按，烟丝就一丝不漏地扣到了烟锅里。孙姨父动作娴熟，闭着眼睛都能做到极致，就像他在河里划排子，自在惬意。

一锅烟吸上几口，孙姨父用指头压死烟锅里的火星，侍弄起排子来。他伸手摸摸“浑脱”与竹竿系得紧不紧，绳结有无松动，“浑脱”有无漏气等等。但凡有上述情况之一的，他都逐个解决。“浑脱”气不足的，就见他把“浑脱”夹于腿间，鼓起腮帮子，使劲往“浑脱”里吹气，脸憋得像紫红茄子。不知要鼓多少次腮帮子，才见浑脱鼓胀起来，似乎摇晃着起来奔跑一般。等浑脱吹足了气，将吹气口用右手使劲一拧，麻绳一头用牙咬住，一头捏在手里，快速转圈扎紧，“浑脱”就会像马吃足了粮草，又充满了生机。

奶奶说，排匠种的是河湾地，风里来雨里去。

春耕、夏收和秋收，是村里人的大忙时节，也是划排人的大忙时节。村里社员要到对岸河滩耕种、收获庄稼，这时的孙姨父往往是连轴转，只有在运送社员过河等待的间隙，他才能得空歇息片刻，吃些自带的干粮，捧几口河水去喝。

村庄里的人离不开排子，就像排子离不开黄河。

一次，我们同村同校在外上学的三个女生，想坐运粮的卡车赶在中秋节前夜回家。结果，我们被错拉到了与家一河之隔的一星滩。看着渐渐升起的月亮，我们首次体会到了归心似箭的心情。就在我们冷得瑟瑟发抖，感到无助的时候，忽然发现河面上有人划着排子过来了。近了一看，正是村里划排子的孙姨父。那一刻，真像做梦一样，令我们三人惊喜至极。排子靠岸后，孙姨父说，他本是运送在河滩劳动的社员回家，不巧，有一个人坐不下，才又往返了一次，不料竟远远看到了河边的我们。孙姨父唤着我们几个人的小名，指挥我们上了排子。我们都是第一次坐排子，心里战战兢兢的。孙姨父像是看透了我们的心思，很轻松地说："别害怕，就像坐在炕上一样稳妥。"他把我们分别安排到排子的三个边上，叮嘱我们蹲着，抓紧排子的竹竿，还说，不论排子如何摇荡，都不要站立或在排子上走动。

待我们坐稳后，孙姨父把桨嗵的一声插向水里，双臂向后一划，顿时，排子便驶离了河岸。坐在排子上，人感觉晃悠悠的，过了一会儿，好像还在原地打转，但看河对岸的树，就知道排子在向前行驶着。到河中心的时候，月亮也升了起来，河面上少了白天的喧嚣，平静如一面银盘，只有桨入水时发出的嗵嗵声，还有桨划水的噗噗声。

我们三人坐在排子上，像是达成了某种默契，谁都没有开口说话，生怕惊扰了河神和河面上的一轮圆月。突然，一浪打来，河水从"浑脱"漫上了我们的脚踝，孙姨父头也不回地说："别动。"只这一句简洁的话，我们立刻像吃了定心丸，只将手紧紧地抓牢排子的竹竿，害怕、惊恐的心情渐渐平复了。

在清冷的月色下，只见孙姨父双膝跪在排子上，上身前倾，像要扑到河面上一样，用力地甩开双臂划桨。他的裤子被河水打湿了，上衣也被桨带出的水淋得斑斑驳驳，他全然不顾，我们的布鞋被涌上的河水浸湿，也竟浑然不觉。

约莫过了半个小时，或许更久的时间，我们终于到达了对岸。当我们依次走下排子，看到村里闪烁着的点点灯光时，仿佛离家的孩子找到了回家的路，不禁一股暖流涌上心头。孙姨父是最后一个上岸的人，他低头收拾着排子，对我们说："快回家吧。"我们三人回家心切，竟然忘记了道谢，一个个像归巢的小鸟，把扛着排子的孙姨父抛在后头，一心向村庄跑去。刚到村头，孙姨父就大步流星地撵上了我们。走在晕黄的月色里，看着排子在孙姨父的肩上摇摇晃晃，系着的"浑脱"像展翅欲飞的大鸟，蹲在他的肩上，似乎与他融为了一体，显得那么柔美，又那么有力。

排子是过河人的脚，也是划排人的魂。

有一年夏收，队里的一个小媳妇洗衣服时，不小心掉进了河里。拾掇排子的孙姨父来不及扛排子下河，就抱起一个刚吹胀气的“浑脱”，快速向河边跑去。在汹涌的河水里，孙姨父抱着“浑脱”奋力向落水者游去，最后把落水者救上了岸，岸上的大人娃娃们看的惊心动魄，拍手称奇。

现在每次回家，看到曾经被孙姨父救起的媳妇，她如今已七十来岁了，就会不由得想起会扎排子、会划排子，又会凫水的孙姨父来。

农家姑娘的草帽情

夏收一开始，金黄的麦田里不光摇曳着饱噜噜的麦穗、健壮的麦秸，还摇曳着头戴草帽、身穿花衣裳的大姑娘小媳妇们。她们手握闪着银光的镰刀，站在清晨的田埂上，一字排开，温柔的目光扫过一块块麦田，此刻，她们要留一点时间，让麦子与土地作一个告别。

粘着清晨露珠的麦秸在锋利镰刃的切割下，发出“噌噌噌”脆而好听的声音，一拦一割之间，麦子已齐刷刷地倒在了身后。一个晌午，大片的麦田像是男人头上的板寸，露出了齐刷刷的麦茬和匍匐在它身上的麦子。

看着满田沉甸甸的麦穗和笔挺的麦秸秆，姑娘们的心里乐开了花。收成好的年份，麦穗大，麦秸秆自然也壮，成色也好。要知道，麦秸秆是编织草帽最好的原料。农家的屋檐下要是没有挂着几顶草帽，就像家里少了什么摆设，硬生生地叫人觉得奇怪。夏收进行到一半，手巧的姑娘就按捺不住了，趁歇晌的时候，挑上几大捆粗壮光滑的麦子，抱到麦场上剪去麦穗头，把麦秸秆小心翼翼地抱回家，放置在仓房里存起来，就像老鼠攒粮食一样，等攒够了上好的秸秆，就开始筹备着编草帽了。

整个夏天人人都忙着抢“黄田”。村里的姑娘和小媳妇们，总能挤出时间掐麦辫，编一顶草帽需要五六米长的麦辫。编麦辫前，先选好麦秸秆，然后将其摁入水中，让麦秸秆的空芯喝饱、表皮浸软，褪去麦秸外面的一层薄皮，少顷，沥掉秸秆空心中蓄积的水分，等麦秆变得柔软起来，就可以掐麦辫了。掐麦辫看似简单，编得整齐如一却不那么容易。麦秸秆到了妇女的手里就像绣花、做针线活一样熟稔，她们能编出各种图案，各种式样的草帽。

掐麦辫的时候，姑娘们常常喜欢三五成群、四五搭伙地围坐在村口或是院落里编织。人人提一小捆润好的麦秸，搬一小凳，神态娴静安详，手指灵巧生风。此情此景，宛如一个个正在指尖绣花的女子，只听得麦秸秆在指间穿梭的唰唰声，她们时而窃窃私语，时而哄堂大笑，就像一簇花会引来蜜蜂一样，一会儿工夫，她们的周围就会围上一大群看热闹的人。

随着麦辫长度的延伸，姑娘的心思也在增长。她们心灵手巧，用勤劳的手，水晶般的心把对家人、对心上人儿的思念都编织进了一圈一圈的草帽中，就像这透着麦香、泛着金黄色的麦秸秆一样，馨香而朴素。

生产队里的一位姐姐就因草帽而结成了一段良缘。这位姐姐和我的大姐同龄，她弟弟和我又是同学，从小，我们都知道她患有先天性心脏病，不能下地劳动、干重活，她长得貌若仙女，手也极巧，做鞋做衣服织毛衣都是其他姑娘望尘莫及的，她聪慧、灵巧，好像干什么都无师自通，她编织的草帽样式更是让队里的姑娘们争相观看模仿。

每到夏天，村里的年轻人都下地干活，或是成群结伙地外派搞副业去了，唯独她，像一只受伤后离群索居的孤雁，郁郁地目送人们渐渐远去的背影，一个人静静地拿起了脚边箩里的麦秸，编织着心中一个美丽的梦，那是一个灰姑娘和白马王子的浪漫之梦。

一年又一年，和她一起长大的姑娘都相继出嫁了，她的病似乎是一个魔咒，让提亲的人望而却步。或许是她的美丽善良感动了上苍，抑或是她坐在院落里，编织草帽时娴静淑雅的姿态吸引了每天路过她家的一个英俊小伙，他们相爱了。她送给他的定情信物，便是一顶由她亲手编的麦秸草帽。

少年时光，也曾学姐姐编麦辫、编草帽，只觉得好玩，久了，也能编出像模像样的花辫来。长大上了中专，在学校里学织毛衣，竟发现有异曲同工之处，经人一点拨，很快就熟练了，心想，兴许就是小时候编麦辫练下的手功吧!

麦秸草帽就像农家人身上佩戴惯了的一件物品。炎热的夏天，下地劳动、赶集时每人头上都习惯性地要戴一顶草帽，风来了用它挡风，雨来了用草帽避雨，热了摘下当扇子扇凉，驱赶蚊虫。干活困了乏了往田里一躺，脸上盖顶草帽，透气又遮阳，好不惬意。

挡风挡雨的草帽，来自大地，来自麦田，更来自农家姑娘勤劳善良的双手。

泉水雨声太白山

夏天和秋天交接的时候，我们一队人马去了太白山，到达时已近傍晚，山外的太阳还挂得老高，可进了太白山，阳光像被一把扇子挡在了山外，天色顿时暗了下来。空中烟雾蒙蒙，若有若无的水丝扑面而来，裸露在外的肌肤和身上的衣服，渐渐泛起了潮湿的凉意。极目远眺，到处满目苍翠，太白山被绿茸茸的植被覆盖得严严实实，暄蓬蓬地起伏逶迤。山像穿了一件厚厚的羽绒服。

空气中到处弥漫着沉沉的水雾，仿佛一不留神就会凝集成雨点泼洒下来。

进入太白山，两侧错落有致、风格不同的客栈便映入眼帘，依山而建的客栈与太白山相依相守、日夜对望，像情人眼里的镜子，百看不厌。山脚下一条弯曲宽阔的溪渠，边缘极不规则，像很久以前由山洪的大口啃食成的一条沟壑，宽度可以和一条小河相比。沟壑的底面平整，布满许多大大小小的石块，石头有方有圆，但每个石头几乎都没有棱角，大概是被湍急的泉水日积月累冲洗得钝了角。

沟底流淌的泉水不深，清澈得能一眼望底，但汹涌湍急得很，每碰到石头便溅起一股白色的浪花来，随即发出啪啪的溅水声，犹如棒槌在石头上敲打衣服的声音。河床上的石头密集如云，每个石头都像是有人布好的一枚枚棋子，疏而不密。流经此处的泉水每遇石头便发出声声爆响。泉水在石头之间左右突围，不停撞击，最后汇集成了一种声音——震耳欲聋的的轰鸣。这水必是汇集了太白山上所有的雨水和从山上渗下来的泉水吧，所以声势才那么浩大，气势才那么不凡。你看，对面山腰上，有几丈宽的一条白练腾空而下，它是诗人李白笔下的“飞流直下三千尺，疑是银河落九天”吗？

进入太白山，你先听到的便是不绝于耳哗哗哗的泉水声，它不知来自何方，也不知要流到哪儿，就这样日夜奔流，汇入大江大海。

晚上夜宿在太白山下的客栈里，透过窗正望到对面山上一条飞流而下的泉水，它流到一个山峦，忽而不见了踪迹，像山中的隐士，忽而又在下面的山涧汇聚了几束泉流，猛地向山下的沟底跌跌撞撞地冲下去，谷底便听到巨大的跌落声，这泉声敲击着不老的青松不老的太白山。临窗而立，如置仙境之中，一路的舟车劳顿在泉水的交响乐中消失殆尽。

夜里的泉声单一而宁静，如天籁之音响在耳畔，令人兴奋不已。

第二天天刚蒙蒙亮，没等起床，就听得外面有雨点敲打树叶稀稀落落的声音，滴滴答答的声音轻轻柔柔，飘忽不定，仿佛婴儿的一双小手在闹弄母亲的发丝。这声音犹如一把梳子，梳的人心底清幽，直想在这里幻化成仙，在月朗星疏的夜晚和太乙真人坐在太白石上对弈、喝茶，哪管人间已过千年万年。

吃过早餐，雨似乎小了许多，空气中飘着若有若无的雨雾，太阳在太白山仿佛是藏在闺阁里的一个女子，羞答答地难见其芳容。

太白山海拔高达3767米，山上奇树异木丛生，上山的路呈螺旋式修筑，沿途花红叶绿。正是人暑末尾，但越往上走越感寒气逼近，到了一千多米的高处，眼前顿时平坦开阔起来，一看，前方是上太白山的收费站。离收费站200米处有一家两层楼客栈，名曰“水云间”。客栈木质结构，门前搭建了一个凉亭，楼角一侧是雨篷撑起的一个临时灶台，大锅下的灰烬依稀崩裂着火星，估摸是刚做完了午饭。

也许是因为我太喜欢这座木质建造的客栈，又或者是此时的景象正契合了我内心久远的梦境，于是，我决定在此逗留等待同伴返回。

来太白山仿佛就是为了到此一游，不必登高，也无需多看。此情此景，足矣。

客栈的收费价格出乎我的意料，合理也便宜。领我去客房住宿的是一位怀抱孩子的年轻妇女，从她的口中得知，他们是一家人在经营客栈，她丈夫负责往山上运送盒饭，婆婆公公负责打扫客栈卫生，中午给上山的脚夫做午饭。在二楼的走廊上，我无意间听到他们一家人操着陕西话在交谈，说着琐碎的事情，心里顿时踏实暖和得像到了家。

我选了二楼中间的一个房间，内有两张床。可能是下雨的原因吧，住宿的人不是很多，间或走廊上传来零星的脚步声。刚放下背包，那抱孩子妇女的丈夫就送来了热开水，他仿佛看穿了我的心思，说："你关上门就行，这里很安全，也很安静，放心休息吧。"

靠床头有一扇窗，开得窗来，满眼的绿色扑面而来，像在看 3D 电影，很有立体感。客栈后面的山云雾缭绕看不到顶。倒是傍山而生的树和灌木郁郁葱葱，近在眼前，被雨水洗刷得摇曳生姿。树绕叶，叶缠树，它们相互装饰，已分不清彼此。

在这样一个离群索居的地方，瞌睡虫像是蛰伏了许久。和衣而卧，一页书还没看完，便沉沉地睡去。有雨的天气，瞌睡总是格外香甜。不知过了多久，一阵紧似一阵的雨声把我从梦中吵醒，推开窗，只见线珠串的雨点敲打在密密的树叶上，发出窸窸窣窣的响声，这声音一经树叶的合奏，仿佛是战场上的击鼓声，声声紧促。

雨越下越大，客栈通往收费站的小路上竟一点儿也不泥泞，路是山的台阶，山体的一部分，雨水滋养了山上植物和生物的同时也哺育了大山，就像这太白山上的雨水，汩汩地渗入山体，汇成涓涓细流，最后形成泉眼或瀑布飞入谷底，向大江大海奔流而去。

太白山的泉声和雨声，大气磅礴，连绵不绝，一如到此写下不朽诗篇的李白和杜甫，还有在此采药的药王孙思邈，他们心系百姓，登高望远；又如这太白山上的涓涓细流，利万物而不争。

太白山

高粱的馈赠

大集体时期，生产队种麦子、稻子的土地占绝大部分，种玉米、西瓜和高粱等农作物的田少之又少。土地平均亩产量低，粮食紧缺，人人都勒紧裤腰带，主粮精打细算才能接到来年。而种植高粱，纯粹是为了队里养的牲口能有饲料吃。高粱秆高、粗壮，头穗的产量高，被农民誉为“铁杆庄稼”。因此，成片的高粱在其他矮小的植物里总是分外的显眼、招摇。

高粱熟了的时候，火红的高粱头像一个个耀眼的火炬，在田野里摇摆。每到这个时候，队里便腾出一个上午的空闲，吆喝社员到地里砍高粱头，在大人们的眼里，砍高粱头就是小孩子的活计，无需大人动手。当然，这些活计既好玩也轻松，孩子们是乐意干的。他们带上自家的菜刀、镰刀，背上背篼，成群结队地到密植青纱帐内去砍比他们高出一头的高粱，乏味了便在高粱地里藏猫猫吓唬胆小的孩子，乐此不疲，倒也成了农村孩子特有的娱乐天堂。

从外观上看，高粱与玉米有着七八分相似，但高粱比玉米要高，秆比玉米细。砍高粱头的时候，孩子们有时实在够不着，索性从高粱秆的半腰中折断，多余的高粱秆剥了皮嚼里面的芯，有丝丝甜味，多少有些甘蔗的味道。

高粱头砍下后背到生产队的场上，毒日头晒上一个上午，高粱穗有大半就晒干了，截齐的高粱秆和穗头一溜铺开，用厚厚的木板捶打，高粱头里的壳米便被捶打出了壳，剩下空壳的高粱头，这个时候，便可根据秆的长短制作锅刷和扫地的笤帚了。

高粱又称蜀黍、秫秫等。浑身都有其利用的价值，高粱米可酿酒、制糖，当粗粮食用。高粱米磨了面可做面条浇了油泼辣子吃，油香爽口，很是诱人。蒸发糕，蓬软。那些年，高粱米是生产队里喂养牛和马的主要草料，装一小袋高粱米，挂在牛或骡子、马的脖颈上，它们便自顾自地吃开了，你能听到它们咀嚼时发出的嗑噌嗑噌的声音。它们能美美地吃上一顿粗粮，是队里的饲养员给劳累了一天的牲畜加的小灶。高粱秆铡碎晒干，是漫长冬天里牲口绝好的饲料。

用高粱头制作锅刷、扫帚简单、方便、环保。只需铁丝或是麻绳便可捆扎成一束，留出一截锅刷把、扫帚把，便可以把锅洗干净、院落扫得干净无尘。

高粱米属于五谷杂粮里的粗粮，因此，低标准时期人们视高粱米为救命粮，磨成高粱面做面条吃，蒸高粱面发糕吃，高粱米和大米混合煮了吃，易饱耐饿。

电影《红高粱》里展现了一望无际的高粱地，青纱帐里发生的故事不断上演，十八坡酒窖酿造的女儿红更让人沉醉，酒窖里，扬起的那一锨锨红高粱，带着体温，带着山东儿女火热的豪情，壮胆壮志，敢爱敢恨；带着对侵略者的仇恨，化作了一缕燃烧的云霞。

高粱，不屈的身姿，高昂的头颅，牢牢根植于大地，不折的是民族精神，酒的灵魂。

踏着积雪看社火

那些年里，冬天好像不下几场大雪就不算过冬，尤其到了年关，更少不了白雪的装扮。雪下得可真大呀！一连几天的鹅毛大雪飘飘洒洒，覆盖了村庄，覆盖了田野，也覆盖了房屋院落。早晨醒来，睁眼一看，外面银装素裹，一片洁白，晃得耀眼，以至于不敢猛然睁大了眼睛瞧，因为实在是怕被这纯净的素白刺疼了双眼。

过年下雪，已不是新鲜事，人们好像早就有所准备。“瑞雪兆丰年”嘛。初二早晨，一出门，院里便有昨夜落下的半尺多厚的积雪，松软的雪，宛若一个晶莹的蛋糕。刚一落脚，雪地里便沙沙地刻下了一个脚窝。咯吱咯吱的响声从脚底传出，脚背上旋即散落了无数雪粒，像面包屑一样。少年时的顽皮，就在那一脚挨一脚的踏雪玩耍中，只为了听那松软的声音，体会那妙不可言的触觉。

等扫完房上和院里的雪，远处镇上传来的锣鼓声也渐渐紧密了起来。吃过早饭，一起耍大的姑娘小伙子，还有十几岁的少年，早已迫不及待地相约上街瞧社火了。村里离镇上还有五里多的路程，这对于我们当然算不了什么，平时，我们经常随大人步行到镇上去买东西或是看病、交公粮。镇上集中供销社、卫生所、收购站、粮站等国营单位，公社是全乡的核心，宽敞的大院里就设有戏台和跑社火的场子。

通往公社的石子路上，一行行大大小小的脚印把蓬松的雪踩踏得稀烂，稍不留神，脚底就会打滑、摔跟头。小时候我们穿的鞋，都是母亲在灯下一针一线，搓麻绳、裱褙子、纳鞋底做成的，棉布吸水，容易湿，为了惜鞋也为了赶看社火，我们便专挑雪没有融化的地方走，一路小跑，有时简直到了飞奔的地步。平时走三十分钟的路程，因为着急看社火，仅用二十分钟便到了。

公社大院里因为要摆社火，早就扫过了，镇上路面的雪被人们踩踏得与泥土混到了一起，泥泞不堪，这并不影响人们兴奋的心情，相反，我们则更加的亢奋，像一群机灵的小猴子，穿梭在大人们的胳膊肘之间，挤来搡去，寻找最佳的看点。场子里舞龙的、踩高跷的、划旱船的男男女女，他们各戴道具，形态迥异，穿着符合自身角色的衣服，踩着强有力的鼓点，劲头十足地舞动。拿绣球游龙的，多是上了年纪的男人，举龙跑龙套的是清一色的小伙子。夹旱船游走的一律是年轻俊俏的姑娘，追着看她们表演的人最多，尤其是年轻小伙子，凑近了看船里"犹抱琵琶半遮面"的姑娘们，她们婀娜的腰身，多姿轻快的舞步就像是船在水面上漂浮一般。踩高跷的人，扮相夸张，有丑角，有靓角，要的就是个喜剧效果。拉榔头车的丑汉子在前一走一退，车上坐个婆娘叼着烟袋，头上戴花，一摇一晃，逗得人乐不可支。

此情此景，使看社火的人也情不自禁地扭了起来，嘴里哼了起来。人们相互簇拥，焐热了雪天里冷彻肌骨的寒风，不是吗？你看，脚下的雪，已开始融化。

火红的社火，冬天里雪的融化剂。

人生中的等待

起起落落，是事物的发展常态，人生亦是。

卫校毕业那一年，我被分配到了家乡的县医院，当了一名外科护士，科里的主任是一位技术精湛、很有名望的医生，后来陆续从别人嘴里得知，他是二十世纪五十年代末从中国医科大、后来的哈尔滨医科大学毕业，是六十年代初首批来宁夏的支边医生。推算，医院刚成立几年，他就来到了医院，截至我们到来，他已经就在这个边陲县医院工作了二十多年，可谓是医院的元老了。

他在外科工作多年，经过长年历练，技术已很精湛，手术做得漂亮、干净、利落、娴熟，县上少有人能与其匹敌。又历任院长、医务科主任等职，再加上人长得高大帅气，自是医院里许多后来者崇拜的对象。就是这样一位令人尊敬的医生，在特殊的年代里曾起起落落，他从科主任起步，二十八岁当院长，在这所县级医院是前无古人后无来者。他任院长期间，着力培养年轻有为的医生，经他传帮带手把手教出的医生，后来个个都成了医院的名专家，至今仍是医院里的中流砥柱。政治风云的变幻莫测，也波及了医院，后来的几上几下，他承受了别人难以想象的非人议论，可他对医者的一颗热忱之心从未动摇过，也未从改变过。

生活中，有些人经受打击、挫折后一蹶不振，也有一些人，他们越挫越勇，越发坚强、执着。懂得在得意时不骄狂，欣赏掌声；在低谷时不气馁，经得起失败的考验。有些人心理落差大，有些人心理落差小，但他们都相信，希望一定在前方。

潮起潮落是自然规律，何尝不是人生的定律呢？能以一颗淡定之心来对待，“看庭前花开花落，宠辱不惊”，是智慧，也是感悟。

就在他五十岁当院长的就职演讲中，他的妻子，也是他的同学和同事的内科医生，正在附属医院接受癌症化疗。演讲中，他饱含热泪，感谢组织对他能力的肯定，感谢医院同事们的信任和支持，他对医院的前景充满信心和希望，在场的医务人员无不深受鼓舞，充满期待。那些年里，医院在他的带领下，内、外科的医疗水平突飞猛进，尤其是外科诊疗水平，在某一领域和区级医院达到了并驾齐驱的水平，这不能不说是一个奇迹。

每个人的一生都不可能一帆风顺，有高潮便有低落，有平静便孕育着波浪，犹如海水潮起潮落一般，是自然界的不二法则，也如正弦曲线一样，上升到一定的高度，必然滑落，上升，滑落，亦复如是。

学会等待，是人生的最高境界，当然，等待不是消极的，而是积极蓄积贮备的过程。佛教里静思语曰：“痛苦不是长久的，幸福也不是长久的”。上升和低谷的时间有长有短。三五年有者，十年八年有之，等一辈子的也大有人在，周朝的姜子牙在八十岁的时候方才遇到了周文王，施展了他的治国抱负

“姜子牙八十遇文王”的故事，充分证明了人生需要进取，需要沉淀，当然，也需要等待。

心灵契约

不知从何时，我惦记上了你，你也青睐于我。或许是2010年，抑或更早，至今，我仍清楚地记得，那是一个春潮涌动的季节，我的第一篇散文——《春天里的苜蓿菜》被编辑孙艳蓉编发刊登在《中卫日报》的文学副刊上，当拿到报纸的那一刻，看到我的文字被印成了铅字，散发出油墨的清香，真是高兴极了。要知道，那是蛰伏在我心底久远的一个文学之梦啊！如今终于得以实现。握在手中的报纸已反复看了多遍，仍不肯释手，随后的几天里，我把报纸带在身边，一有时间，便拿出来阅读。静下心来阅读，越读越欢喜，这是我的文章吗？精炼、紧凑、流畅，简直不敢相信。就像一位穿了宽大袍子的女人，被编辑瘦身后变得紧致、出彩、容光焕发了起来。

在那个季节里，我的心也像这春天里稚嫩的苜蓿一样，在编辑的扶持下渐渐丰硕了起来，在她们对一个词、一段话的修改中，我悟到了写散文的真谛，因为在《中卫日报》的开始发表，也更喜欢上了散文这一写作题材。于是，有了《家乡的河流》《逝去的年味》《似曾相识燕归来》等乡土气息浓郁的文章见诸《宁夏日报》“六盘山”副刊。如果说我是一个初学写作的弄潮儿，那么，是《中卫日报》给我提供了任鱼儿畅游的河流，任思绪飞翔的天空，是编辑们耐心细心的扶持激励了我写作的信心。

回顾这些年的文学之梦，不禁令人感慨万千。二十世纪九十年代，中卫县第一份由文联创办的小报《中卫文苑》起航了，她播撒着文学青年的种子，那时，我也曾是土壤里埋藏的一个小嫩芽。几十年后，《中卫日报》

这颗文学的种子生根发芽，终于长成了一棵葱郁的树，其为集新闻、娱乐及文学于一体的综合性报纸。每周二的《水城休闲吧》，周三的《夏风》副刊吸引了中卫市文学爱好者的目光，也圆了写作爱好者的梦想。

《中卫日报》发行量大，覆盖面广，妇孺皆知。一次，医院里的一位退休大夫去公园晨练，在报刊栏里，突然发现了我写的一篇散文，她先是疑惑，仔细看了内容后确信是我，顿时，她像发现了一件新鲜的事物一样，跑到医院当面向我求证，得到证实，她像是找到了知音，连连说道："写得好，能把过去那些美好的事或人再现出来，挺好。"之后，但凡有我的文章在《中卫日报》发表，她都收集起来，如果哪次我没有样报，她就急急地给我送来。

习近平总书记在文艺座谈会上讲："艺术的最高境界就是让人动心，让人们的灵魂经受洗礼，让人们发现自然的美、生活的美、心灵的美。"确实，我们每一个写作的人，都有责任把一切美好的东西呈现给读者、呈现给社会，引领时代风尚。《中卫日报》就是这样的一个平台，报社的编辑就是这样的一个为作者和读者绣花的女子，她们慧眼识珠，总能在争奇斗艳的花圃中，剪出最美最馥郁的那一朵，呈现在读者面前。

这片土地养育了我，给了我许许多多的创造灵感，我爱这片土地以及这片土地上的人们。编辑能读懂我，读者能与我共鸣。从第一篇文章开始，我注定和你有缘，无论其他报纸的名字多么响亮，但是，在我心里，《中卫日报》对我而言是最熟悉最亲切的报纸，是熏染着家乡烟火味的报纸。一直以来，每写好一篇文章，你总是我投稿的第一选择，因为我是那样的热爱这片土地、热爱你，也因为我与你有一个约定，那是一份心灵的契约。

四　爷

四爷在民国时期当过区长（几个镇的总称），管辖方圆几个乡镇，大小也是个地方官。四爷当区长的时候清正廉明、耿直，能为民做主，给一方百姓做了不少好事，尤其是灾荒年间的赈灾一事，深得乡亲们称赞，从此，镇上人都尊称四爷为“王区”，久而久之，四爷的真名竟被人们渐渐遗忘了。

四爷在家排行老四，却担当着大哥的角色。据母亲回忆，四爷人长得英俊不说，论学识、胆识、干事的魄力，在弟兄们中数第一，尤其是人品，刚直不阿、不畏权势，性格既和蔼可亲又严肃认真。但凡与四爷打过交道的人都说：“这个人身上有一股子正气，有勇气，能担当，讲义气。”

早年间，镇罗堡一带干旱，蝗虫肆虐，夏天麦子颗粒无收，青黄不接，乡里人就要面临逃荒的境地，此时的四爷已经不是区长而是镇罗中学的校长了，他看到此情此景，当即上书宁夏省会的马主席，报告了灾情，请求政府抗灾，之后又发动学生请愿，最终，省政府及时发放了赈灾粮款。四爷带着他的学生提着盛银元的篮子，连夜挨家挨户发放赈灾款项的情景至今被人们所称道。由于赈灾粮款的及时到达，避免了人们饿死和背井离乡的境况，四爷也由此声名鹊起，声震一方。

四爷在外有号召力、有威慑力、有见地，在家也是管家的掌柜，家里兄弟六人，加上姐妹姑嫂共计二十几口人都敬他听他的。《大学》说：“正心、修身、齐家、治国、平天下。”四爷深知齐家的重要性，所以他要求兄弟姊妹念书的认真念书，耕种的好好务农，姑嫂们侍奉公婆、恪守妇道、相夫教子，如果哪个做得不好，不论长幼都要受到责罚。

四爷的大哥因是太爷的长子，深得父母宠爱，长大后念书无果，四爷建议父母在镇上开了一家中药铺，让大哥学了司药，这样不但利益了看病的人，还培养大哥稳重厚德的心。四爷对待哥哥弟弟如此，对嫂嫂也不例外。奶奶说，年轻时四爷就曾管束过她。奶奶信仰佛教，经常会外出念经，娶了长媳妇后，原以为家里的事交给媳妇，就可以云游拜佛了。一次，奶奶又要准备出远门，四爷站在大门口，像一个守门的将军，黑着脸一言不发，见此情景，吓得奶奶提着包袱、颠着小脚赶紧退回自己的屋里，从此，再也不敢轻易丢下家里的一切外出念经去了。

四爷就是这样，以自己的正气影响管束着一家人，以至在乱世年间，家里人为官、为民、为商，都老实本分，没有做出出格的事情来，至今想来，真乃家之幸事也。

活色生香

二十世纪五十年代，曾祖父被划成了地主成分，车院里的十几间房屋一夜之间被没收，分给了从甘肃和陕西等地逃荒而来的人。最多的时候，车院里住着六七户十几口人，后来，一直住着朱姓、孙姓和冯姓三户人家。若干年后，他们的儿子相继长大，又娶了媳妇，车院里渐渐人丁兴旺热闹非凡了起来。院里的人来自几个地方，说话时常夹带方言，经常张冠李戴闹出不少的笑话。

车院里有一口青石井，常年清冽、甘甜，供人们饮用洗漱，每家都圈有烧炕的柴厝，挖有过冬储菜的菜窖，还有养猪的猪圈和厕所等。大院里常常有货郎担、补锅匠、擀毡匠和劁猪的等各色匠人光临。夏天，收工吃完饭，院里的人便会聚集到某一家，或蹲或坐在门槛上、台阶上听过门不久的媳妇绘声绘色地讲述道听途说，从外面听到的添油加醋、稀奇古怪的故事，听得人津津有味，忘记了疲劳，忘了时间。大一些的孩子在院里不知疲倦地追逐捉迷藏，襁褓中的孩子在母亲的怀抱里酣睡，小一些的孩子则依偎在母亲身边昏昏欲睡。月亮透过院里的一棵老杏树，影影绰绰漏下斑驳的月光，倘若这时讲的是一个精灵鬼怪故事，院子里顿时鸦雀无声，像真的有鬼怪来了一样，人们屏气凝神大气也不敢出，生怕一出声，便招来鬼怪，身体不由得相互靠近，似要抱成一团，随时准备对付什么人或什么事一般。

白天的车院，叽叽喳喳，忙碌异常。生活就像车轱辘一样，井然有序地在吱吱转动。挑水、喂猪、喂鸡、扫地、生火、做饭，孩子吵闹的声音此起彼伏，这声音、这景物和这儿居住的人们，就像原生的溪水和树木，透着水气、草味，这气味清香、朴素、有朝气，浑然一体。

大院里各家的门好像从不习惯上锁，如若家里没有老人，上工的时候顶多把门上的门闩挂上即可，另一家如果差什么调料或锄头等物件家什的，尽管进屋取用，大可不用担心屋主归来后责怪。孩子们在院中择菜、擀面、过家家玩耍，村里的老人们则聚拢在一起，坐在村前的古树下乘凉拉呱、眯眼小憩，慈祥地注视着自己的孙子们可劲地疯玩。

火热的夏季，隔三差五有卖香瓜、西红柿的毛驴车到村口吆喝，大人们或用钱买卖或用粮食等价互换，买的或不买的都喜欢围着看热闹，没钱的孩子则跟着毛驴车走走停停能转悠上一整天。红丢丢的西红柿、香气四溢的香瓜，看着闻着都令人馋涎欲滴，但最终也没有吃上一口，就这样踅摸着，却也能望梅止渴。

走村串户的补锅匠这时也忙里偷闲来到村里补锅，在村头的空地上安营扎寨，支好炉匠锅，拉起了风箱。孩子们像期盼了许久而至的一件喜事一样，争先恐后拿出了家里的破锅破盆，排起了一溜长队，全然不顾炉匠锅里迎面扑来的热浪，围在四周不厌其烦地看补锅人那有些炫耀的、千篇一律的一道道补锅程序。

院里东边的屋里住着孙爷爷，是从甘南逃荒过来的，娶了本地的女子，开枝散叶，生了几个儿子和闺女，院里更加热闹。孙爷爷一直沿袭着甘南人喝砖茶的习惯，黑黑的茶块放在一个铁罐罐里噗突噗突地熬呀熬，直煮成酽酽的黑色的浓茶，看着像一服发苦的中药，可孙爷爷却吸溜吸溜喝得很是香甜，仿佛喝下的不是苦而涩的茶水，而是琼浆玉液一般，一副很享受很惬意的样子。后来，孙爷爷不知得了什么怪病，孙奶奶更勤地煮茶熬茶，后来孙爷爷竟活到了九十岁。车院里的人都说，这是经常喝盐茶的结果。我想，这与孙奶奶长年累月煮茶的功夫是分不开的。

至今还记得孙奶奶的二儿子因为小时候瞌睡多，车院里的人给他取了个外号“孙瞌睡”。“孙瞌睡”长大直到娶了媳妇还被人叫起，几十年过去了，他如今升级当了爷爷，仍被村里的人亲切地叫着，他也照旧应着，并不气恼。那时候，村里的人很少有人不被取绰号编排的，稍微有些缺点，就被人形象生动地给起了绰号，好像很少有人幸免。我爷爷耳朵有些背，就被叫了“王二聋子”，四爷当过区长，也被叫了“王区”。许多年过去，我一直以为“王区”是被人谪贬的绰号，结果竟是四爷任过区长，赈灾有功，受尊敬才被人们叫响的。还有因出水痘留下麻点的叫张三李四王麻子的，实在没有缺点编不上绰号的，就按家中的排序，“朱三姓”“孙大王”“王小五”“四尕”的叫上了。

祖父的车院浓缩了人间百态。院里凡有大事小事，人们像一家人一样齐心合力。这真有些像老电影《七十二家房客》里的情景，一人有难，众人援手，一人有喜，众人分享。从山东逃荒来的朱奶奶有一手绝活——穴位挑掐治病，哪家的大人孩子发烧、闹肚子了，一声呼唤，朱奶奶便颠着三寸金莲，戴着《红楼梦》中刘姥姥那种样式的帽子，急急地赶去诊治了，帽子上别的银针拿在她的手中，灵巧如绣花女子手中的绣花针，在病者的穴位处、手指尖针灸、挑、掐、捏、揉、放血，这多少有些原始的土法治疗，还真达到了出其不意的疗效。曾经看过小说《包法利夫人》，书中身为兽医的包法利就用放血疗法治好了患感冒的病人。

不论大人孩子，经朱奶奶的妙手，发烧的降温了，拉肚子的停歇了，妙手回春，手到病除了。

北屋住着冯奶奶一家，冯奶奶的儿子结婚时，正赶上青黄不接的时候，再加上平日里家境就差，新媳妇“装新”时炕上铺的、盖的、家里的摆设、新郎穿的甚至摆酒席的粮食都是车院里的人凑的、借来的，这些，未过门的媳妇尚蒙在鼓里。待新媳妇三天从娘家回来后，却不见了新铺盖，以为走错了门而错愕不已继而号啕大哭。许多年后，人们当笑料讲了无数遍，仍让听的人回回忍俊不禁，笑破肚皮。

每到吃饭的时候，院里的大人孩子都喜欢端碗坐在自家的门槛上吃，时不时说个见闻或者笑话，哪家的饭菜香，孩子们就赖在谁家门前不肯挪脚，谁家的饭煮少了，喊一声，孩子立刻便跑了去，不认生地拿了饭勺到锅里舀饭就吃。奶孩子缺奶水了，奶水多的那个妈妈便一并抱入怀中，左一个右一个的喂哺，跟自己亲生的儿女一样，毫无分别。冬天农闲时节，院里的青年喜欢聚拢在火炕最热的那一家，谝闲话、打扑克争上游，每每这个时候，看热闹的人比打扑克的人还多，一副扑克早已揉得毛了边分了层，仍稀罕得舍不得扔掉，如果差牌了，再剪一个一模一样大小的硬纸，照猫画虎地画上老K或是相应的牌来替代就是了。

大人们有玩头，孩子们也淘嫌得很，丢子子、踢毽子、抛卡子、顶沙包等自创的游戏层出不穷。

冬天也是积肥的时候。家家都要用烧炕拆炕的方式以求多囤积肥料，每个月都有几家拆炕搽炕，如果谁家的男劳力没在，叫一声，立马会有男人应声前去搭把手，帮着干些体力活。被人常常请去帮忙，是非常光彩的一件事，更无人计较报酬什么的。积肥的粪堆上，放学后的孩子们则举着榔头嗨吆嗨吆比赛着打土坷垃呢。

过年杀了猪羊，杂碎烩上一大锅，人人孩子都有份，几十号人站在车院里围着锅台，哈着冷气，吃着油汪汪的杂碎，香味引得孙爷爷家的狗不停地在人的脚下来回寻觅。

农家院落的生活，调剂了淳朴村民稠稠的日子，这日子浓香、自然，就像村前那条生龙活虎的黄河，和河滩上满滩遍野的沙枣树，还有那清香扑鼻的野花，活色生香，香远益清。

烟火人生

小时候，冬天早晨醒来的第一件事，便是寻找昨夜脱下的棉衣，此时的棉袄棉裤早已被母亲在热炕上焐着，屋里寒气逼人，冷得能让人起鸡皮疙瘩，但穿在身上的棉衣却是暖暖热热的，就好像还睡在热乎乎的火炕上一般。而这时的屋里，总缭绕着一圈圈或淡或浓的烟雾，那是母亲烧炕生火后，炭火燃烧留下的尾巴。薄薄的烟雾仿佛带着温度，在滴水成冰的冬季驱散了屋里的寒气。袅袅炊烟中，村庄上空蔓延着灶火炕火的气味，崭新的一天开始了。

逢年过节这些重要的日子，家里闲置的大锅灶便派上了用场，蒸馍馍、烙月饼、炸馃子都少不了它。你瞧，灶火一点着，屋里顿时有了生机，火塘里的柴火噼里啪啦、火星四溅，红彤彤的火舌舔着锅底、扑向烟囱，发出呼隆隆的声音，像千军万马在厮杀在奔腾一样。彼时，蒸锅里的水则随着火势的渐强沸腾了起来，揭开锅盖，倏地一下，屋里就升起一层热腾腾的水雾，待蒸馍上了笼屉，盖严了锅盖，白色的雾气似乎又消失得无影无踪，一会儿，又见丝丝缕缕的雾气从捂得严密的锅盖缝里飘出来。一炷香工夫，蒸气便携着小麦面香，在屋里屋外来回飘，那味道惹得人喉头蠕动直咽口水。我想，八月十五供奉给月亮婆婆和菩萨的，染着人间烟火气味的莲花馍馍，一定比天上的仙桃还格外香甜吧。

一缕烟火升起，便是村庄人喜庆的轴心。譬如正月二十三的“燎疳”，过年的柴火馍馍，七月十五、八月十五敬土地爷爷和月亮婆婆的仙桃馍馍、莲花馍馍，以及娶媳妇嫁闺女的大锅饭，哪一样能少得了烟火？有了烟火也便聚了人气，聚了生活的勇气和人间的喜气。

过喜事，宽敞的院落就是席台。顶棚一搭，新砌的土灶台还浸着泥水的湿气，鼓风机一吹，红彤彤的火苗便飚出一尺多高，顿时，锅里油旺了、水沸了，现宰的猪羊鸡肉又鲜又嫩，掌勺的大师傅和帮厨的村人忙前忙后、穿梭其中，煎炸炒煮尽在红红火火的灶台上，不等客人落座，满院子的饭菜香味已先入为主刺激着人们的味觉。亲戚邻居在烟火缭绕中，在新人敬酒的祝福声中，吆五喝六酒足饭饱一醉方休。那烟火熏染的场面，恐是喜宴上最令人难忘的一道风景吧！

那些年里，父亲常年被生产队派去搞副业，一个月、两个月回一次家，每个月母亲都要用铁鏊子给父亲烤一次馍馍做干粮。土炉烤的馍馍外焦内沙，实在是香极了也诱人极了，引得我们日思夜想，在睡梦中都在舔嘴。母亲怕我们偷食，便把盛馍馍的柳条筐悬挂在房梁上，馋嘴的我们总能想尽一切办法，拿长棒捣，用针扎，搭人梯攀登，诸如此类的偷食伎俩层出

田间烟火

不穷，结果，每每等父亲带干粮的时候，柳条筐里的馍馍只剩下了一半多，母亲防不胜防，最后，便睁一只眼闭一只眼作罢。

多少年过去了，鏊子烤馍馍的香味仍留在儿时的记忆深处，纵然如今满大街的无烟电炉烤馍、烤箱烤馍，终抵不过那一块火烤烟熏，散发着浓郁面香的馍馍。

长大后外出求学，上学的地方是一座清朝古寨，没有暖气设施，教室和宿舍冬天全靠火炉取暖，也是这火炉，拉近了我们与家的距离，缩小了与邻县同学间的缝隙，抚慰了一个游子在外想家、思念母亲的心。每到周末，同乡的学子便将从家里带去的大米，浸到铝制的饭盒里放在铁火炉上焖煮，一会儿，米饭的香味便散发开来，整个宿舍都弥漫着大米饭的香气。两三个人一盒饭或甜吃或辣酱当菜，感觉都如美味佳肴一样，挤在一起吃得津津有味回味无穷。至今想起，那香甜软糯的白米饭竟是那么香、那么甜，或许，是因为米饭的香味勾起了少女对家的思念，又或者，是掺杂了熟悉的家乡的烟火味道吧。

几十年来，我从一个在家目睹母亲日日生火做饭的小女孩，到上学后生火炉的女生，及至长大后为人妻、为人母的琐碎生活中，我渐渐感悟了些许生活的真谛。平凡的日子犹如这烟火一样，有明有暗，有温有烫，也有红火和绝望。最终，温暖了你一生的，蓦然回首，还是那个烟熏火燎过的老屋和母亲身上的烟火气味。

熏染了人间烟火的人生既平凡也真实，它让我们懂得了生活中的一箪食、一瓢饮的来之不易，也让我永远记得——自己只是烟火中的一粒粟。

护生者护心也

每次回乡下老家，都要经过河边的一片湖泊，湖泊四周静谧、祥和、恬淡、安然。湖的四周绿草萋萋，一排椿树，长势茂密旺盛，把湖围在中间，它们像是为了和湖作伴而生长在此的一道天然围墙。湖面漂浮着细碎翠绿的叶片，平静的湖面不时泛起鱼儿游过的涟痕，鸟儿盘旋于上空，伺机叼食小鱼以果腹。湖边竖立着一块木牌，木牌经风沐雨已显得陈旧，但上面黄色娟秀的三个字依然清晰可辨——护生池。这不由得使人回头四处张望，附近山上或许就有一座寺庙，寺里住着清油素灯的尼姑和她的师父。

这个湖和别处似有不同，远离闹市，静若处子，湖边没有垂钓的人，我想这大概就是因为立了“护生池”牌子的缘故吧。这三个字虽然绵软秀气，但在路过人的心里不亚于敲了一声洪钟，心底预设了一道藩篱：有的地方是需要人们共同爱护、共同维持的，不能逾越——即便无人守护，使其保持清净自然的状态。就像这片湖，像我们精神的园地，总有一隅是干净的、纯洁的、自然的。

娑婆世界的芸芸众生，在纷扰的世界里浮浮沉沉，在自己心底设置一道无形的屏障，不让灰尘蒙蔽双眼，不让利欲熏坏心智，不让恶的言行污染举止，这就如同一个民族爱护自己的声誉，一个人爱护自己的眼睛一样，譬如德行、身体、言行、举止，名声等等，这一切都让我们心生敬畏，不随心所欲。这样活着我们才心底安稳，坦坦荡荡。

护生池里的一尾尾鱼儿有了庇护，得以无忧无虑地生长、畅游。我们人类呢，也是否要像护生池里的鱼，在大地母亲的怀抱中如初生的婴儿，保持无染的一颗心，安宁地畅游那该多好。

生命都需要尊重爱护，哪怕只是一棵草、一尾鱼抑或者一只蚂蚁。现代画家、散文家丰子恺先生就曾创作了百集漫画《护生画集》，在这部《护生画集》里，一条狗，一只鸡、一只鸟在人们的眼里都是平等的、可爱的，它们都是人类的朋友，生活中的伙伴。画家把护生看做一种修为方式，通过审美养成人们的同情心，促成人和人之间，人和动物之间，人和自然环境之间和谐共处。他说："护生即是护心"。

的确，爱护生灵如同爱护自己的身体一样，它让我们减少杀戮，增加善心；减少贪欲，净化心灵；懂得知足常乐，不把自己的快乐建立在别人的痛苦之上。

护生池

记得小时候，生产队里养的牛、马和骡子，它们吃的粗粮有时候是队里社员都吃不到的，牛和马每天干很重的活，如犁田、驮粮、拉粪这些重活都离不开它们，它们是农人最好的帮手。因此，生产队里的饲养员对它们格外爱护，精心养护，即便在粮食紧缺的时候，也没有人想杀了它们来充饥，直到老了、死了，牲畜们也很有尊严地被人们掩埋，不忍食肉。一头老黄牛，会被使唤它的人想念多年，一头毛驴，会被骑着回娘家的媳妇爱惜，一只燕子会在屋里筑巢，和人们共处一室其乐融融……

黄河里的鱼，能长到门板长，人们也不惦记着去捕捞它，只有在发洪水“淌鱼”的时候,村里人才拿了箩筐去捕捞,这是多么美丽而悲情的时刻!

这世界需要有鸟叫、蛙鸣，需要有鱼跃、马跑，在和它们相处的过程中，人类学会了慈悲；学会了和谐共处，懂得了适可而止；懂得了贪欲的可耻和高贵品质的可贵。护生，即爱护这片蓝天，爱护我们自己，同时，也爱护了我们的德行。

护生者，护心也。

烟　火

有人类居住的地方就会升起炊烟。一个村庄倘若没有了烟火，这个村庄将不复存在，一个家庭没了烟火的味道，那么这个家庭也就失去了生机。

烟火是村庄的标志，是人类身上浸染的活生生的气息。

每次从乡下老家回来，别人总说，你身上带着一股怪怪的味道，我知道，那是火炕的味道、火炉的味道，也是家的味道。

炕　火

儿时的记忆中，村庄的早晨和晚上，家家户户都会不约而同地升起似雾似云的袅袅炊烟。那是一个家庭苏醒的标志，是一天的开始，也是家庭主妇们最忙碌的时候。

每每这个时候，公鸡就急迫地打鸣啼叫，狗也耐不住寂寞时不时吠叫一声，就是这样也吵不醒炕上熟睡的孩子们。家里的母亲、那个带着一身烟火味的妇女，起床后顾不得穿戴整齐，就先把手伸到孩子的被窝里，摸摸炕的温度。麦柴烧的火炕，保持热度的时间有限，经过漫长的夜晚，炕席早已冰凉，剩下的只是余温，母亲生怕冻着熟睡的孩子们，蹑手蹑脚从柴厝抱来麦柴烧炕，遇上没有风的时候，麦柴燃烧的白烟就会倒呛，母亲总是一边扇一边吹，尽量让烟雾不要呛到孩子，而她自己的头发、身上已是烟雾弥漫，呛的泪眼簌簌也全然不顾。

待孩子们起床的时候，火炕上已是热腾腾暖烘烘，小棉裤小棉袄也已在炕上焐热了。而焐热冬天棉衣的，是一颗天下母亲的心！

寒冷的冬天，一个火炕不知要烧掉多少柴火，仅靠麦柴是不够的。秋天，母亲像老母鸡一样，带领家里的孩子在家周边的树林里扫落叶。秋天的树叶像人的脚步，你追我赶的飘落，扫也扫不尽。从中秋至深秋扫下的树叶归拢到柴厝足有一个山丘高，爷爷说，树叶能做烧炕取暖的燃料，灰烬又是上好的有机肥料，当饲料喂羊又是上好的植物草料。

一堆树叶看似多，但用来烧炕是极不耐燃的，且保持热度的时间也短，即便是这样，在数九寒天里，它仍是最廉价的取暖燃料。

一次，我和奶奶睡的屋里断了烧炕的柴火，炕席上冰冷如石，初春的季节，天气依然很冷，少了热炕，少了缭绕的烟雾，屋里的空气都仿佛冻结了，人更是无精打采。奶奶办法多，她说："我们到河滩上拣些枯树枝先将就一下。"我记得那天拣了几大捆柴火，回来后天色已经黑了，又累又饿，可我们全然顾不得这些，高兴得像拣到了宝贝似的。晚上的炕烧得是又烫热持续的时间又长，直到天亮，炕上还是暖烘烘的，只可惜奶奶的裹脚带子被滚烫的热炕烙糊了。因为炕太热，烧得我一夜光找凉的地方挪窝了，以致没有睡个踏实觉。

农村的冬天，闲的时间长，苦轻，农人们可以少吃一点，但绝不可以少了填炕的柴火。所以每年的冬天，生产队长都会组织社员到北山窝去打柴，如果夏天雨水丰沛，冬天山上就会有许多枯草。山上的草硬、壮，带着油性，烧起来火势很大，是冬天里大自然赐予人们的天然燃料。社员们根据柴的软硬度依次给取了好听的名字——毛头柴、铁猴猴、刺威威……

进山打柴的人天不亮就要上山，带上干粮，套上牛车，带上打柴的工具，两人一组，通常是男女搭配，因为山上时有狼和獾出没。一天一个来回，能打满满的一车柴。从山上打回的柴，可生炉子可烧炕。软柴引火当火引子，硬柴如铁猴猴烧炕耐热。山上打来的柴干燥，带着油性、浑身是刺，有着山的狂野的性格，添到土炕里燃烧起来，噼里啪啦，像无数油星子在火中飞溅。它们燃烧彻底，散发出的烟味很轻。那些年，姐姐在生产队上扫盲班，每天晚上在生产队开会的屋子里生火烧炕，炕热了，屋子也热了，人一热燥时，睡意袭来，未等识几个字，便有几个人先在热炕上睡着了。屋里混合着柴火燃烧后松节油的香味和书的油墨香味。

玉米秸秆和麦柴烧炕，冒出的烟呈白色，白色的烟雾缭绕在人的身上、屋子里，仿佛一下子驱除了冬天屋里的寒气，温暖了人的身心，谁又能说得清是烟火温暖了人，还是人温暖了烟火。

灶　火

农村的锅灶可大可小，有煮饭烧菜的小灶台，供几十人、几百人吃饭的大锅灶。几乎每家的伙房里都有小灶和大灶，小锅台平时用来煮全家人的饭菜，大锅台则用于过红白喜事或是过年过节才能派上用场。

有一年，年初家里养了一头猪准备过年，腊月二十八，父亲就在院子的一角打了一个大锅台，准备停当，炉口的直径足足有一米多，刚好和家里的大铁锅肚相吻合，锅和炉子就像卯和榫那样相扣，以至灶火的火焰都不能从炉口的缝隙中冒出。一锅的冷水，在木柴的燃烧中，一会就沸腾了。那一天，灶火旺盛，烫毛，洗下水，水沸人忙，火也旺，灶火里冒出的烟似乎都带着热腾腾的气息，在冬天里，驱散着严寒，驱赶了饥饿，点燃了人们对生活的期盼和热情。晚上，一大锅杂碎在柴火不断的煮沸下，香得能飘出半个村子。现在回想起来，如今的城市里的人虽然都用上了煤气灶、电磁炉，方便快捷了许多，但有许多人仍然念念不忘那些年的柴火饭、灶火饭，或许被烟火熏染过的饭菜总带着寻常百姓的味道吧。

小时候，玉米熟了、山芋熟了、青豆熟了，乡村的孩子们采摘回家后，第一个念头就是将之放在火炉上烤。玉米在火炉上被火苗舔得噼啪作响，烤熟的玉米焦黄带黑，吃起来香甜中又带着焦煳的味道，那焦煳的味道仿佛就是一道美味的调味品，给本平常的玉米又增添了特别的风味。秋天的山芋皮粗个大，虎头虎脑，沾着泥土的芳香，放入灶膛余烬中焖炙，一两个时辰过后，外焦内沙的山芋就烤熟了，用炕箈扫去山芋外皮的泥土灰尘，和着外皮你尽可放心的一小口一小口地哈着气吃，慢慢尝，似山珍，似海味。

毛豆带着旷野的气息被孩子们连根拔下，还带着青草的芳香，搂来一堆杂草杂柴点着，火烧起来了后把青豆连秧带豆荚抛到火堆上烧烤。呀！那才是真正的烧烤啊，只见浓烟滚滚中夹杂着时明时暗冲天的火光，毛豆在豆荚里被烤得吱吱作响，嘣嘣爆裂，四周围一个个嘴唇嚅动的少年，手里拿着树枝在翻转着豆秧，豆秧烤蔫了，青豆也熟了，剥开燎煳的豆荚，冒着热气，吃着烫嘴的半生不熟的青豆，人仿佛就是大地的一只小老鼠，土壤里的一条小虫子。

不论是蔬菜抑或肉类好像都必须经过烧烤才更香、更甜。小时候采了蘑菇拿来烧，韭菜烧，大蒜也烧了吃更香，过年时杀了猪羊取下脾脏，放到火炉边烤炙熟了吃也格外的香。

凡是经炭火或者柴火煮出的饭、炒熟的菜，抑或是蒸馍、烤馍、烙馍，无不散发出浓浓的面香味来，或许，我们的先人发明的火不但可以驱散鬼魅、取暖，它还是食物的引子、馍馍的发酵粉。

许多年过去了，那经鏊子烙烤、蒸笼回流和麦柴烤炉做出的馍馍，总弥漫着炭火、干柴和牛粪烟火缭绕的面香味道，久久停留在人们的舌尖上，不肯散去。

柴 火

读小学时，一到冬天，教室里冷得人瑟瑟发抖，老师和同学们要靠生煤炉取暖以度过漫长的冬季。煤饼或煤炭既冷且硬，干柴少的时候很难把煤炭燃着烧透，有时需反复几次，直到把炉膛暖热了才能把炉火生旺。

班里若遇男生值日，那一整天火炉都很旺，教室里暖融融的，同学们脸上洋溢着和炉火一样的笑脸，上课听老师讲课精神也格外集中。一旦遇上女生值日，教室里便冷气直窜，浓烟缭绕，呛得老师在讲台上直咳嗽，同学们更是透过烟雾睁大了眼睛才能看得清楚黑板上的字。之所以这样，一个最重要的原因是男生带来的干柴多，他们总能想尽一切办法拾到柴火，如上树折枯树枝，去饲养棚里偷牛粪，诸如此类的方法花样百出。因此，为了能拾到足够的干柴生火，同学们可谓是绞尽脑汁想方设法，目的只有一个，把教室里的火炉生旺，既能得到老师的表扬，也能在同学面前出尽风头。

开学后的第一件事，老师便组织学生们集体出动去山里拾柴火。那是初秋的一天，天高云淡，早晨的气温凉爽宜人，同学们早早就起床备好了干粮喝饱了水，背着盛柴的背篼到学校等待出发，因为是第一次到山里拾柴火，同学们显得特别兴奋，个个情绪高涨，平时调皮的男生甚至等不及老师发话，就迫不及待地跑到了大路上向北山张望。

村庄离北山有五六里的路程，同学们在老师的带领下，排着队唱着歌，不知不觉就到了北山的边上。山边上尽是突起的沙丘，间或长着许多沙枣树，彼时，正是沙枣成熟的季节，搽着红黄脸蛋的沙枣像无数个小铃铛，缀满了银灰色的沙枣树，在黄色的沙海中格外诱人，同学们一看到沙枣，像看到了诱人的零食一般，争先恐后地爬树摘吃沙枣，全然不顾老师的号令，一会儿，人人的口袋里、嘴里便都塞满了噎人的沙枣。

在沙枣树荫下吃够了，同学们才开始了今天此行的目的——拾柴火。进山前，老师把男生和女生搭配分成几个组，强调了集合的地点和时间，同学们便像上前线的战士一样，雄赳赳气昂昂地向山的腹地进发了。

在我们的想象中，山里遍地是柴火，我们拾的柴火多得背篼肯定装也装不下，可到了山里才发现，并非如此。因为干旱，山里长的都是小草不说，许多地方光秃秃的，不是石头就是沙漠，为了完成老师布置的任务，同学们便赶紧四散开来，寻找可以燃火的柴火，干了的牛粪、马粪、枯树枝、枯草根以及不知名动物的干粪蛋蛋都成了我们争相抢拾的对象。班里有个淘气男生大声喊着说，他拾到了一窝狼粪，吓得同学们赶紧四处张望，好像狼就在周围蛰伏着一样。

那一天正午，骄阳似火，太阳像一个炉盘，烤的沙漠发烫人发晕，同学们在沙漠里寻觅着，期望能拾到更多更好的干柴，大半天时间，带的干粮吃完了，水喝干了，连摘的沙枣也吃了个兜朝天，下午太阳快落山的时候，大多数同学也只拾了半背篼的柴火，当然，班里的男生永远是不甘落后的，他们拾到的柴火最多，个个背篼里都装满了干柴。

那天下午，当同学们拖着疲惫不堪的双腿回到学校，把干柴归拢到一齐的时候，不禁惊喜交集，啊呀！整整一大堆柴火呀！这个冬天再也不为生炉子发愁了，众人拾柴就是火焰高啊！

烟火熏染了少年的情趣，熏染了少年的意志，也熏染了少年的 生。

蚊　烟

夏天的晚上，酷暑难耐，白天人们在麦田里挥汗如雨，晚上人乏马困，可是蚊子却异常活跃，在人们裸露的皮肤上肆意妄为，叮咬得皮肤上起了一个个红包，刺痒难耐。每当这个时候，家家的院落里就会点起一堆蚊烟。点蚊烟时通常先用打麦子后吹下的麦芒煨火，让其慢慢燃烧，待其燃烧起来，火堆上再覆盖潮湿的不容易烧大火的柴火，目的只有一个——产生烟雾。

火堆下，忽明忽暗的火星像星星一样眨巴着眼睛。袅袅烟雾飘忽在院落里，飘忽在围火堆而坐的人的脸上，每寸肌肤仿佛都被它缭绕包裹，这时的蚊子就像遇到了克星一般，一时间逃得竟是无影无踪了。这时候一家人围坐在蚊烟堆旁吃着晚饭，享受着一天来最悠闲最凉爽的时光。父母有一搭没一搭地说着麦田里的收成，奶奶仰头寻找着慢慢升起来的月亮，孩子们则把耳朵调整到最佳的视听状态，生怕漏掉了大队高音喇叭通知放映电影的消息。九点钟一过，蚊子也歇息去了，月亮照得农家小院亮晃晃的，忙碌了一天的父母已昏昏欲睡，此时的蚊烟淡了许多，火星也渐渐地暗了下来，孩子们早已约伴跑到邻村看电影去了。

第二天早晨，院里的一堆黑色灰烬静静地躺在那里，仿佛还带着昨晚的余温，散发着缕缕的烟雾。

燎　疳

正月十五一过，正月二十三“燎疳”的日子一眨眼就到了。“燎疳”的习俗不知源于何时，据说是为了燎掉一年来的不顺和灾难病症。在农村，“燎疳”是不容忽视和错过的一个日子。“燎疳”那天，吃过晚饭等天色完全黑下来之后，人们便都陆续从家里走出来，拢来麦柴或是一切可以燃烧的柴火，如木箱木柴，农村更多的时候用的是麦柴。

点火前，柴堆上先撒上盐巴和麸子。据说盐巴和麸子掺了柴火焚烧时发出的响声大，能吓退鬼魅。添加了盐巴和麸子的柴火燃烧起来火焰既大且旺，火堆发出噼里啪啦的爆响声，大人喊着、孩子笑着从火堆上越过时，像是真的把一年来的灾难病痛和不顺都燎掉了一样，“燎疳”过后，人人顿时身轻如燕，心无烦恼。如此反复从火堆上纵身而跃，每一次，都像是在和自己的过去告别，一次一次地跨越，不肯散去。夜色渐浓，寒气也盛，仍有人在火堆前续柴添火，好让后面来的人继续“燎疳”。时大时小的火光，映红了一张张红彤彤的笑脸，和对未来的期盼。

“燎疳”后，还没等麦柴燃烧彻底，便有拿着铁锹的男人抄起带火星的灰烬，高高撒下，就像在麦场上扬麦子一样。灰烬中的火星子带着余温，带着农人的希望四散开来，人们扬着喊着：“麦子黄了、麦子熟了、麦子收成了……”火星仿佛是人们希望的眼睛，它带的烟雾带着火烧火燎的味道，带着麦香，在初春寒冷的夜空下慢慢地散去，宁静如初，一如人们对美好生活的向往一样，炫目而真实。

人生，就是一场与烟火的相伴，因为它，我们得以取暖，得以饮食，得以生存；人类得以延续，传宗接代，生生不息。

校园铃声

同学扣

上卫校的时候，我们都正处于十六七岁的韶华光景，班里的同学大抵是这个年龄段的，学校里基本是清一色的女生。校址在清朝将领遗留下的一座百年古寨内，古寨飞檐廊阁古色古香，再有一群活力四射的青春少女，着五颜六色的花衣穿梭其间，真像满园春色中翩翩飞舞的蝴蝶，活泛极了也养眼极了，散发着沉暮气息的古寨也仿佛一下子抖去了浮尘，变得英姿勃发了起来。

负责接待我们入学的是学校的管理员——一位复转军人。他和蔼可亲，身材挺拔，很有军人的风范，不到半天时间，便把来自各县同学的吃饭、住宿安排得井井有条、妥妥帖帖。

宿舍有六张高低床，六个同学来自区内不同的县。我下铺的同学小芳来自青铜峡小坝，她比我们小几岁，像一泓清泉，似乎一眼就能看到底。她的父母都是医生，穿戴和言行举止自然与我们乡下来的学生有所不同，刚到宿舍的第一天，我们还在怯生生地观察周边的情况时，她已经提着水壶去开水房打开水了，回来后又帮这个叠被子帮那个铺床，和我们像是很熟悉的伙伴，在她的带动下，大家纷纷互相自我介绍，很快就消除了陌生感。

那一年，卫校开学的时间本来就迟，入学后不久就感觉到了初秋的凉意。少女总是爱美的急先锋，不知是哪个同学率先织起了围巾，那是一种

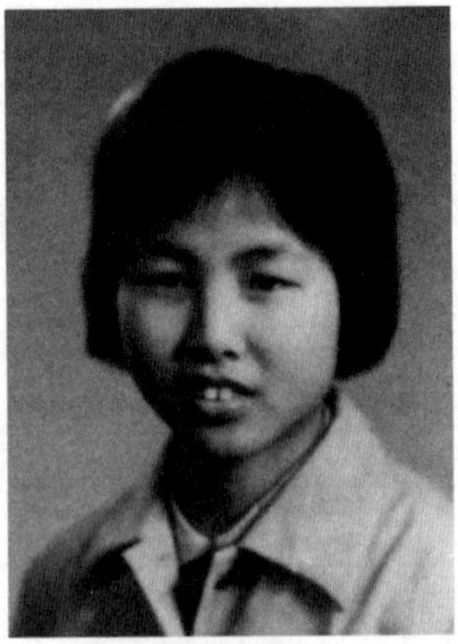
同学小芳

用粉红色膨体纱毛线织就的扇形小花头巾，既好看又保暖，很受同学们喜欢，一时间同色同款的头巾风靡整个校园，校园内成了一片粉红色的海洋。同宿舍的人都围上了粉嘟嘟的头巾，我也心里发痒。周末，便托吴忠的同学帮我买回半斤粉色的膨体纱毛线。买回来的毛线呈散状的圈形，织头巾得先把毛线绕成团。第一次绕毛线，手忙脚乱自是在所难免，一团毛线被我抽成了一团乱麻，越着急缠得越乱越紧，眼看着一团软蓬蓬的毛线被我折腾得像一团乱草无法使用，心想，干脆打结的线头用剪子剪断省事。小芳像是知道我的心思，跳上床来，说："别剪，我们一起来解决它吧。"一个小时、两个小时过去了……在她的帮助下，我们两人慢慢地从一堆乱麻似的毛线头中，纵横穿插、见缝插针地绕过来绕过去。终于，打结的毛线变得顺溜了，毛线在我们两人的手里慢慢变成了一个个绕好的、蓬蓬松松的毛线团。

其实人生亦复如是，无论多么糟糕，都不要轻言放弃，不气馁，不急躁，静下心来仔细梳理，你会惊讶地发现，原来生活没有解不开的死扣，能解开死扣的人生，将更加顺畅、绚丽多姿。

同　桌

上初二的时候，恢复了高考制度，平日里班里学习好的同学都跃跃欲试，暗暗地使着一把劲，以期能在考试大军的浪潮中分得一杯羹，跳出农村，考上中专或大学。

在这之前，班里的同学们早已习惯于帮家里干活，好像干活是主业，学习反而成了副业。所以大部分同学的学习成绩平平，想要短时间内提高全班的学习成绩，无异于异想天开。老师倡议，学习好的帮学习差的，先进帮后进。一段时间后，班里的学习氛围空前高涨，效果出奇的好，玩耍的学生少了，调皮捣蛋的学生也学乖了，同学们回家的时间也推后了。

我帮助的对象是我的同桌，一位姓乔的女生。她腼腆，性格文静，学习成绩在班里属于中等。我和她共同学习的方式就是对照课后的习题，我讲她听。其实，我心甘情愿地帮她，内心是存有私心的，一个人复习很难长时间保有学习兴趣，如果给另一个人讲解，就不一样了，会有事半功倍的效果，既提高了自己的学习成绩，又能对疑难习题举一反三进行巩固，遇到难题还得向老师请教，这样才能给同桌个交代。那个夏天，每天放学后，我与乔同学坐在篮球场边的沙堆上，头碰头拿着书，如饥似渴地复习着，忘了时间，忘了饥渴，甚至忘了回家。一个讲，一个认真地听，那一刻，我就像一个小老师在给学生讲课一样，自信而兴奋。至今，我仍觉得，这种温习功课的方式出奇的好，没有负担，没有错对，没有压力。

一个多月，我与乔同学把数学、化学书本上的课后作业几乎全部做了一遍，之后，我们又用同样的方法温习了语文和物理，一遍又一遍，直到觉得已经吃透了课本上的知识方才罢休，就这样，我们一起走进了考场。

二十世纪七十年代末的高考，题型简单，不外乎课本上的知识，只要平时学习扎实，课堂上认真听讲，大部分学生都能进入大学或是中专的门槛。在 1979 年的那场考试上，我分明看到或触摸到了我们共同复习过的习题，它们是那么的熟悉和亲切，仿佛向我答题的笔下羞答答地走来。结果显而易见，我如愿考上了一所中等专业学校——银南卫校。

如果说，当初没有那些日子帮同桌复习的过程，也许就没有后来的一切。多年来，无论顺境逆境，我都觉得，只要怀有一颗助人的心，你随时可以伸出手、敞开心去接纳帮助那些弱者，最后你会发现，帮助别人，其实就是成全自己。

帮人就是在帮自己。

校园铃声

村里的小学，坐落在庄子的中心位置，如果从空中俯瞰，就能看到被村庄环绕着的学校，好像母亲怀中抱着的一个婴儿。学校没有围墙，上、下课的铃声一响，散落在校园里的学生，像贪食的羊儿听到了牧羊人的哨声，恋恋不舍地离开操场，放下手里正在滚动的铁环，收起踢飞的毽子，接住抛起的沙包，从校园的各个角落跑回教室。

校园里的铃声是用半截废弃的铁轨，挂在一棵白杨树上用木棍敲响的，木棍和铁碰撞的声音有些喑哑，听起来更像村里寺庙里的钟声，低沉且浑厚。或许是没了围墙的遮拦，学校的钟声在整个村庄里频频回荡。

打铃的人是学校从生产队里请来的一个回乡知识青年，打铃同时承担看护校园的责任，几乎一天二十四小时都吃住在学校。他的房间里有一个台式的需要上发条的老式钟表，主要用来看下课上课时间以准时打铃。钟表一侧的墙上贴着一天的作息时间表，他就按这个时间表敲钟。一节课四十五分钟，不能迟也不能早，人工操作有时很难那么准时。一次，校工农忙时请假去收庄稼，临时便由校长和老师担任了打铃的任务。那次，正好是我们班主任值日打钟，那节课又恰好是语文课，讲的是《小英雄雨来》，课文里小英雄雨来巧妙机智地与鬼子周旋的故事情节，也许太引人入胜了，同学们和老师都被带到了那个烽火连天的年代，不知不觉中老师忘了下课的时间竟忘了敲钟，我们也忘了下课。直到其他年级的学生在校园里玩耍的喧哗声传来，才把我们从故事中拉了出来。

校园里的铃声是集合的号角，也是撒欢的乐声。每天早晨的最后一节课和下午的自习课、体育课，铃声在同学们耳中，无疑就是一首欢快跳动的乐曲，令人欢呼雀跃。

长大后上了中专，学校里的校舍层层叠叠，铃声在空旷的校园里听起来清脆而富有节奏，我第一次知道，上课的铃声和时间也可以由电闸来控制，不用担心错了上下课的时间。一个周末，我好奇地循着铃声传来的方向找到了电铃的位置，它像一个吸盘紧紧地吸附在通往食堂的廊檐下，电铃黑色呈椭圆形，像屋檐下燕子垒的窝，又像是一顶罗宋帽或是一枚蘑菇，它的伞下藏着一枝柄细头小的小蘑菇头，清脆的铃声就是通过那枚小蘑菇头不停向大蘑菇头碰撞而发出的。

校园里的铃声，是童年、少年乃至青春岁月里串起的一把金色钥匙，它开启的不止是知识的闸门，也是人生远足的第一步。

白衣天使

二十世纪八十年代初期，从卫校毕业的我分配到县医院，当了一名护士。那一年，我刚满十八岁。

青春总是和激情憧憬相伴。上班的第一天，一帮青春激扬的姑娘，身着白大褂，头戴白色的圆帽，走在通往病区的小路上，叽叽喳喳，神采飞扬，像一群刚飞出笼的小鸟，自豪的神态溢于言表。带领我们熟悉病区的是医院的护理部主任——总护士长涂志芳，我们都叫她涂老师。涂老师当时年龄在五十岁左右，中等身材，一双眼睛清澈明亮，仿佛能读懂人心，和人交谈时操一口好听的浙江宁波普通话，目光平视，给人以亲切的感觉。可能与职业有关吧，涂护士长说话干净利落，言简意赅，走起路来脚步轻快，就像在前线救护伤员的护士一样。她的头发全部束在护士帽中，只露出光洁的额头和有神的大眼睛，干净整洁的装束，一看就知是一个能统领全院护士的总护士长。

后来从其他护士的口中得知，涂护士长的家在浙江宁波，从卫校毕业的时候也就和我们同岁，刚踏出校门就离开了父母和家乡，响应祖国召唤，奔赴我们这个边陲小县城，当了一名支边青年。和她一同来的还有她的同乡，也是她的恋人并后来成了她的丈夫的吴会计。

二十世纪六十年代初期的县医院，规模很小，工作人员不足四十人，各个岗位都缺人，她常常身兼数职，既是收费员又是司药员，更是患者贴心的护理员，她在各种角色中来回互换，目的只有一个，尽自己的最大可能方便患者，减轻患者的痛苦。来看病的人很多，大多都是因为营养不良而引起的低蛋白水肿患者，这类患者必须得静脉输液方能消肿，补一种高渗的葡萄糖溶液。营养不良的患者血管塌陷，很难一次性穿刺成功，看到许多患者因为反复穿刺造成液体外漏，形成的肿包又刺激皮肤而痛苦的样子，涂护士长的心里难受极了，恨不得变成火眼金睛的孙悟空一次穿刺成功。每天下班后，她就在自己的胳膊、手背和有血管的地方练习静脉穿刺技术。久而久之，她静脉穿刺的技术日益精准，不论大人孩子她都能达到一针见血。过硬的护理技术和一颗对病人的同情悲悯之心，使她赢得了患者和同事的信任和爱戴。

她身上闪烁着母性的光芒。为急症患者输过自己的血，为困难的患者交过药费，为有急事而不能前来上班的护士盯过班，夜间巡视病房时为患者无数次地掖紧过被子……在病人眼中，她是一位可亲可敬的姐妹，一位母亲，一位普普通通的护士、护士长。

几十年如一日，在平凡的岗位上每天重复着再熟悉不过的操作，面对着一张张熟悉又陌生的面孔，送走了一个又一个康复的患者，这就是忙碌而烦琐的职业——护士。

南丁格尔说："护士必须要有同情心和一双愿意工作的手。"也有人说，护士是上帝派到人间的天使。

乡村老秀才

父亲是村庄上少有的几个秀才之一。

父亲小时候很是顽劣，上课时用铅笔戳前排同学的后背，用手揪邻座女生的头发，结果屡屡遭同学告状，也屡屡遭老师批评。几年下来，他成了班里出了名的调皮捣蛋鬼。令老师头疼，爷爷奶奶也无可奈何，父亲虽然调皮，但是聪明好学，学习成绩一直排在前三名。三年级的时候，因为一道数学题的对错和老师发生了争执，一气之下负气退学，从此，那个调皮捣蛋鬼成了一个无拘无束的野孩子。

俗话说，男儿不吃少年闲。十二岁的男丁，在家里顶半个劳力，他独自一人进山拉过煤，上山砍过柴，去盐湖驮过盐……但日子无论过得多么清苦，父亲心底读书的愿望一直没有泯灭。

苍天不负有心人。刚解放，朝鲜战争爆发了，十四岁的父亲为了能当兵，虚报年龄应征入伍，成了一名光荣的中国人民志愿军战士。就要跨过鸭绿江的时刻，板门店停战协议生效了，没有打一枪放一炮，父亲和他的战友们被一列火车运到了新疆建设兵团，当了一名垦荒的战士。部队是一个大熔炉，也是一所学校，父亲在这里当过猪倌、卫生员，最后当上了梦寐以求的通信兵。父亲的好学、爱写作的梦就是在那时候复苏的，在当通讯员的时候，他写了《蚂蚁的纪律》《威武的军马》《豆芽菜的旅行》等生动活泼的文章和通信报道，从此在部队小有名气。由此，引起了部队首长的注意，首长说，小鬼来当警卫员吧。

八年的部队生活，锻炼了父亲的意志也圆了父亲的愿望。回乡后，父亲当过代课教师，当过包工头，更长的时间里，他的角色是——农民。

在土地上匍匐的岁月里，父亲白天耕种，晚上不论多么劳累，他都坚持在煤油灯下看书、练毛笔字。凭在部队和当代课教师那几年所学的知识和打下的功底，父亲的钢笔字和毛笔字在不断的临摹中，突飞猛进，很有些书法家的遒劲和飘逸的味道。每年除夕自家门窗上贴的对联，就出自父亲的手笔。父亲写对联大都用大楷毛笔，字体说不上是标准的楷体还是行书、隶书，总之综合各家之长，很有一枝独秀的风范。对联的内容也不落俗套，有诸葛亮《诫子书》里的名句“静以修身，俭以养德。非淡泊无以明志，非宁静无以致远”，以及佛家禅语。这些对联贴在院门上，和别人家的对联一比，自有清雅和凡俗之别。久而久之，上门来求写对联的庄户人多了起来，谁家有红白喜事，父亲总是第一个被邀请的人。每次父亲赴约，必先把祖传的砚台和拳头大的毛笔，用一个黄挎包装上，背在肩上自信满满地说这是他的“行头”。

令父亲声名大噪的是大伯母去世后他写的悼词，连同挂在门正中布料上的那几个字——懿风淑德。这几个字犹如大伯母的一生，柔中带刚，秀外慧中，悼词的内容更是无比贴切地写尽了大伯母的贤德，听的人无不感动恸恻，唏嘘不已。

从此以后，只要谁家有请，父亲总是洗净手上的泥巴，放下卷起的裤腿，换上干净的衣裤，头发梳得一丝不乱，背上他的“行头”就上门义务去了。

古代秀才做事说话从骨子里透着文人的迂腐和固执，但身上的正气却渗透在血液里，父亲亦如此。他写的字，颜色经风吹雨淋有褪色的时候，家门也有更替的时候，但对联的内容却像生了根，刻在路人的脑海中，教人深思，振聋发聩。虽无声，却如清风空气，也如村里的老秀才一样，令人不舍，叫人尊敬。

乡村里的秀才，不纯粹，但不可缺。

村庄寺庙

每到凌晨四五点钟，城里一座古老的寺庙内便有晨钟敲响，一下、两下……钟声悠远浑厚，传出很远很远，仿佛来自天国，又仿佛响在我们心间。听到的人不禁心里一惊，睡意顿消，这时，你也许会披衣坐起，或许会默念一句佛号，也或许又沉沉睡去，但不可否认的是，那一声声钟响，在黎明前最黑暗的时候，它在钟楼上被一个不知名的和尚撞响了，那钟声仿佛是太阳蹦出地平线的一声吽响，是那样的空灵和耐人寻味。

早些年，村里就有一座寺庙，寺庙位于庄子的中心位置，显而易见，它的地位和影响力相当于现在的镇政府和村委会。

寺庙里住着一位出家僧人，剃光头，着灰色宽大的僧衣，平时寺庙里很少有闲人进入，在村里人的心中，那里仿佛就是一块圣地，不容亵渎。开始，村庄里大大小小的孩子对寺庙以及庙里的神像和僧人很是好奇，纷纷猜测寺里的师父是男是女，心底里总想弄个明白。好在她每个月都要到家户里去化缘一到二次，每每这个时候，我们便尾随其身后，从她化缘时说话的声音最后判断出的结果，令我们大吃一惊，原来寺庙里住的竟是一位尼姑。

尼姑走路低眉顺眼，似乎只看脚前的几步路，她步履轻盈，恍若一片树叶在随风飘动。到施主家化缘的时候很少听见她大声说话，开口说话的时候，只听她的声音谦卑而悦耳，面露笑意，眼睛犹如月牙弯弯，嘴唇微启，雪白的牙齿若隐若现，慈眉善目，端庄好看极了。

每月逢初一、十五这两个日子，村庄里皈依佛门的居士都会到寺庙里拜佛，这时尼姑便和居士们一起焚香诵经，诵经的声音细细绵绵，柔和悦耳，在寺庙高大的殿堂里回响绕梁。若是大年初一或七月十五的盂兰盆节，八月十五的中秋节这些重要的日子，居士们不但要上香磕头诵经，还把平时省下的白面蒸成莲花样及寿桃等各种形状的馒头供奉到佛像前，希冀菩萨保佑风调雨顺、五谷丰登，超度亡灵、祭祀祖先等。

村庄里的寺庙建于清朝嘉庆年间，据说当时洪灾遍地，人们流离失所，庄子里人口锐减，劳动力缺乏，土地大片荒芜，当时村庄里一位在外经商的员外回到家里，看到曾经富足的村庄而今满目疮痍，很是痛心，便拿出多年的积蓄，又四处化缘一年，所得善款悉数用来建寺，后来寺庙建成了，庄子里的人也渐渐回到了原来的生活轨道上，日子慢慢红火了起来。所以村里的人们都说："寺庙功德大呢，把我们村庄上的人又拢回来了。"

白天生产队上的壮劳力都下地干活去了，村里的老人们总爱坐在寺庙前的大榆树下乘凉聊天，或纳鞋底做针线活，她们的孙子们则在寺庙前的台阶上上上下下地翻滚玩耍。到了晚上，寺庙大门紧闭，里面黑沉沉一片寂静，这个时候，寺庙内外宁静安详，藏猫猫的孩子们都不敢到寺庙附近，生怕惊扰了庙里的神灵。

后来，世事变迁，寺庙里佛像被毁，僧人吓得不知躲到了什么地方，寺庙被改作他用。

那些年，村庄上民风淳厚，没有出过一个偷盗杀人者。村子里谁家的孩子不听话不受管教，父母亲总会把村里曾当过私塾先生，德高望重的柴姓居士请到家里教育孩子，讲如何做一个好人，做一个勤劳善良的人，讲因果的报应，讲做人最根本的准则。

佛教里讲究的因果轮回，善有善报，恶有恶报，听的人无不自省。

改革开放后，村庄寺庙里的地盘上早又盖上了大队部，寺庙仿佛海市

安乐寺

蜃楼一样了无踪迹。后来，人们又在离村庄一河之隔的地方重新建造了一座寺庙，新建寺庙的名字是一位故去的叫含琥的老法师起的，名“安乐寺”。他或许是希望人们能安居乐业吧。

寺庙开工的那一天，大兴土木，人头攒动，村里几乎所有的人都到了，出现了有钱的出钱、有粮的出粮、有物的出物、有人的出工的盛况。有的人家把自家里舍不得用的、盖房子的大梁都运到了寺庙里，柜子和椅子、成筐的大米饭、成堆的蔬菜和水果，村民纷纷从家里拿到了寺庙。

新建的寺庙仍和以前一样，有大雄宝殿，有笑口常开的弥勒佛，有十八罗汉，有送子的菩萨娘娘……不同的只是庙外又搭建了一座戏台。

古人说：人生如戏，戏如人生。的确如此。每年七月十五的盂兰盆节，寺庙的香火越发旺盛，寺庙门前的戏台上天天在唱大戏，有古装的秦腔戏，有通俗的自乐戏。大殿内烧香拜佛的人络绎不绝，发达的人来了，郁郁不得志的人也来了，连在外地工作的城里人也千里迢迢地开车来了，他们大概都有愿望——求发财、求升官、求平安。

寺庙内的斋饭供不应求，寺庙外的小吃饮料卖得火爆，打卦的算命的都云集于此，此时的寺庙闹哄哄的更像一个集会的市场。

不知佛祖看到此情此景，是悲还是喜。寺庙里已盛了太多的希求，人们不再只虔诚地信奉佛教的精髓，诚心地供养十方诸佛，而是求得这个，求得那个，欲壑难填，得陇望蜀。好像要菩萨让他什么都能得到。

这一切，不知菩萨作何感想？

我若是河里的一滴水
就应听从禾苗的召唤
浇灌良田滋润稻穗
汇成大地的一分子

我若是一片树叶
就应给路人撒下绿荫
给果实输送养料
为红花增添色彩

我若是一株麦穗
就应饱吸阳光雨露
在农夫的期许中
让自己的仓衣丰盈

我若是一棵树
就应不断修正生长的方向
增加自己的密度
直至长成参天大树

谨以此，当成一束田野上的花，献给我热爱的这片土地、家乡、亲人和我的朋友们。

后记：心中的桃花源

当写下第一篇散文且印成铅字见报的那一刻，我知道，储存在记忆里有关村庄的一切像打开闸门一样，如一道清泉，抚过我的每一寸肌肤，流经我的心房，舒坦惬意。它是一处风景，叫人百看不厌。家乡的码头，浓浓的年味，冬天在冰河上打陀螺的孩子，夏收河边饮水的黄牛……村庄里的人、事和物，都仿佛活了一般，徐徐向我走来。

原始的村落，淳朴的民风，感谢上苍的眷顾，我生就在这样一个傍河而依的小村庄——河沟。河边有学校，有水磨坊，有油坊，也有寺庙。村子里的孩子们就在村庄的怀抱中，在人们慈祥目光的注视下背着书包上学读书。父辈们勤劳耕作，收获后在水磨坊里磨米磨面，磨坊下的河水不舍昼夜地推动着水车哗哗作响，不远处黑乎乎香喷喷的油坊，里面高大笔直杵油的木杵在吱扭吱扭地转着，不等出油，熟胡麻的香味已飘出很远很远，油香诱人，令人迈不动脚步。

村子前方的黄河水裹挟着泥沙日夜翻腾，黄河鲤鱼自在畅游，而食物匮乏的人们并不惦记着去捕捞，只遇夏季“淌鱼”的时候，才用背篼把呛晕的鱼儿捞上岸，或晒或烹，当成上天赐予的食物。

宽大的河面，日积月累淤就了一片延绵十几公里长宽的“世外桃源”，那是村里人的粮仓、驿站，也是孩童们的乐园、鸟儿的天堂。每到夏天，河滩绿草茵茵，连绵野生的沙枣树如密织的纱网，遍布河滩的每一寸土地。鸟儿和野鸭在半腿高的草丛中嗖嗖出没，绒绒的绿草中随处可见一窝窝雪白的鸭蛋，肉嘟嘟的蘑菇藏在树脚下乘凉，野鸭蛰伏嘎嘎出没，鸟儿栖息树梢欢叫。河滩上的土地湿而沙软，几铁锨挖下去，就有泉水淙淙渗出，人和牲畜饮总也饮不完似的。春天村里人要到对面的河滩去耕种，大队仅有的一排羊皮筏子便是唯一的交通工具，负责运送种子和社员。夏天收获的时候，羊皮筏子日日载了麦子在汹涌的河面上摇摇晃晃地往返，看了叫人惊心，可是，从来也没有发生过人员伤亡和倾覆事故。后来，大队又造了一条木船，人畜和粮食的运送方便了许多，这之后，学校也开始组织学生到河滩上去育树苗、栽树，收青豆、割蒲子，每年沙枣成熟的季节，是学生们最繁忙的时候，老师组织各班的学生过河打沙枣。据说沙枣核卖到外面是用来串门帘的。每到那个时候，也是年少的我们最期盼最高兴的事情，数不清的沙枣树，密密的沙枣，打也打不完，拾也拾不尽。沙枣既沙又甜，是充饥的野果，我常猜想，孙悟空的花果山上肯定就长着沙枣树吧。打完沙枣回家的时候，我们每个人的荷包和肚子里都填饱了满满的沙枣。

那些年，经常目睹姐姐数九寒天在河边筑防洪的工事。考上中专前一年的暑假，我也和队里一般大的孩子到河边防洪抗灾，往返几里之外拉车运土的苦和累，被中午大队集中供应的、香喷喷的油焖黏饭冲得烟消云散。

黄河孕育了村庄也孕育了我。数年后，当看到从黄河的一个拐弯处劈出的跃进渠、淤出一望无际的米粮川河滩，隔岸相望，河对岸的学校、村庄，田野里星罗棋布的瓜房、热火朝天的打麦场，还是那么熟悉和亲切。老院中的井台，生产队里的粮库和饲养棚，以及农家大院里逃荒而来的不同地方的人们，他们都是那么淳朴的乡民，是至亲至爱的亲人和乡邻。天不亮就上工，天黑到生产队开会，吃的是半饥半饱的萝卜干饭、腌酸菜，即便这样，也有断顿的时候。尽管如此，他们仍是那么乐观那么开朗，相信面包会有的，牛肉会有的，相信共产主义会实现的。晚饭后的井台边、杏树下、门槛上，她们怀抱吃奶的婴儿，纳着等穿的鞋子，面露满足的笑容，自信而从容，从他们脸上看不到苦和愁为何物。

那时，我只是其中的一个不知少年愁滋味的孩子，在黑夜里我随母亲到碾坊里碾过米、磨过面，跟在姐姐屁股后面，在炎热夏夜里打过麦子，在冰冷的稻田里插过秧薅过苗，拾过麦穗摘过菟丝子，挖过野菜抄过芋头。在外公的瓜田旁踅摸过香瓜，爬上杏树摘过青杏。穿着打补丁的裤子羞答答地走在操场上，一遍又一遍地排练“六一”儿童节的节目，趟过小河打过蒲子植过树。在曾祖父留下的地主大院里捉迷藏，随姐姐们去镇上的供销社赶过集，到邻村串过亲戚吃过席，背着旧鞋去废品收购站卖钱换蜜枣吃，无论天多么黑都要撵着到邻村看电影；过年看社火，登倒台地听看似懂非懂的秦腔折子戏……

许多年过去了，家乡的一切早已物是人非，许多已无迹可寻。用土法医治疾病的朱奶奶、有着江湖义气的外公、被打成“右派”扫大队院子的大伯、笃信佛教的奶奶，以及小学里既能教语文也能教数学，还能脚踏风琴嘴唱歌的音乐老师，童叟无欺小卖部里买日用品的叔伯，邻家的大婶、大伯，奶奶爷爷，姐姐哥哥……他们生活在同一个村庄，一个大院，同一个地方，一个屋檐下，吃一样的饭，干同样的活；他们相互帮助建房，外出搞副业相互依存生活……他们身上凝集了太多太多中国农民的优良品质。村庄里鲜见偷盗，无杀人越货，更无图财害命的事件发生。走夜路不怕劫财劫色，出门不怕屋里丢失粮食财物。庄稼不施农药，牛、羊、猪不喂“瘦肉精”，渠水、河水、井水清澈干净透明，所有的一切，都是那么自然美好，令人怀念。

村庄里的人和事，影响了一代乃至几代人的人生观、价值观。人们不求回报，默默奉献，忍辱负重，不急功近利，本色犹如一块无字丰碑，镌刻在人的内心深处，任凭风吹雨打，无以撼动。我是在那个年代出生的一分子，我能做的，就是把他们写出来，像画匠一样，把他们的一言一行栩栩如生地画出来，如小人书一样能看图说话，让后来的人知道并记得他们——还有那么一个年代、一群人，心是忠诚的，做人是厚道友善的，民风是纯朴的，村庄是温暖的，土地是干净的，河水是清澈的，天空是蔚蓝的……

这就是我写作乃至出这部书的初衷。写出这一篇篇文章的时候，我仿佛沿着小时候走过的路重新走了一遍，目睹的、亲历的、耳听的都通过我的笔触跃然纸上，我相信，如果你经历过那个年代，你也一定会懂的。

最后，感谢文友石也、郝雪峰、李慧英、孟繁华、房继农、郝文娟以及文昌阁读书会的成员们对我文章的润色和修改，没有他们，我的文章充其量就是一片片没有串起来的，虽美丽却散乱的羽毛，是他们，让我的文章披上了这件织了又织，绣了又绣，并且能飞翔起来的外衣。当然，我更感谢我的父母、我已故的姑父以及我所在的村庄和祖祖辈辈在那里生活的人们，是他们打我一出生就让我看到和感触到了一个善的人性和美好的世界。

写到此，我内心已不能自制地涌动着一种深深的感恩和对先辈的敬仰，为能给他们绘出一幅较标准的肖像，同时也为自己终于画上了一个美丽的句号而倍感欣慰。

2016 年 10 月